In einem kleinen polnischen Dorf, in einer Gegend, die auf den meisten Landkarten nur als Sumpfgebiet dargestellt wurde, da sich niemand für diese Wildnis interessierte, lebte ein junges Bauernpaar.

Sie waren einfache Leute und kamen mit ihrem kleinen Bauernhof jedes Jahr recht gut über die Runden. Der Ertrag, den die beiden erwirtschafteten, reichte aus, um sorgenfrei zu leben. Die Potoskis besaßen einige Felder und auf ihrem Hof hielten sie Kühe und Federvieh, so wie es die meisten Bauern in der Umgebung hielten. Zu ihrem Glück fehlte nur der Nachwuchs, aber dieser blieb über die Jahre aus.

Das junge Paar litt unter dem Umstand, dass der gemeinsame Kinderwunsch nicht in Erfüllung ging. Alle anderen Familien in ihrer Gemeinde der beiden hatten Nachwuchs, nur bei ihnen wollte sich das Kinderglück nicht einstellen.

In ihrem Dorf hatten alle Familien Kinder, nur bei ihnen blieben die Nachkommen aus.

Man schrieb das Jahr 1845 und die Welt befand sich in Aufbruchstimmung, aber in diesem kleinen polnischen Dorf schien die Zeit schon vor vielen Jahren stehen geblieben zu sein.

Hier in dieser Abgeschiedenheit der Wälder und Sümpfe fanden die Ereignisse der Geschichte nur in der Ferne statt. Sie überdauerten Könige und Kaiser, und von den politischen Verhältnissen in ihrem Land bekamen sie nicht viel mit.

Die Bauern klebten an ihrer Scholle und schienen froh zu sein, dass der Rest der Menschheit sie in Ruhe ließ. Selten verschlug es einen fahrenden Händler in diese Gegend, und Reisende umgingen normalerweise diese Sumpfgebiete. Von diesem Fleck der Erde blieb es für die Bauern eine Weltreise bis zur nächstgrößeren Stadt.

Nur der Pfarrer verließ ein-, zweimal im Jahr das Dorf und reiste zu dem Amtssitz des katholischen Bischofs dieser Diözese, um sich mit seinen Glaubensbrüdern auszutauschen und dem Bischof Bericht zu erstatten, wenn dieser danach verlangte.

Für die Bauern gab es nur sehr selten einen Grund, das Dorf zu verlassen, und sie interessierten sich auch nicht für die Welt außerhalb ihres Universums am Fluss. Aber einen Anlass gab es dennoch für jeden Bauern!

Im Dorf wurde über Generationen ein alter Brauch gepflegt, dass die jungen Leute nach ihrer Hochzeit zumindest einmal in ihrem Leben in die Stadt reisen sollten. Das junge Paar verließ für einige Tage die gewohnte Umgebung, um etwas von der Welt zu sehen, wie die Leute im Dorf zu sagen pflegten.

Auch Potoskis reisten nach ihrer Hochzeit in die Stadt, und sie waren überwältigt.

Sie dachten später oft an diese Reise, allerdings ohne miteinander darüber zu reden. Beide plagten sich heimlich mit Vorwürfen über die Ereignisse in dieser Zeit. Denn sie glaubten später fest daran, dass diese Reise etwas mit ihrem unerfüllten Kinderwunsch zu tun haben könnte, und so behielt jeder seine Gefühle und Eindrücke dieser Hochzeitsreise für sich.

So viele Menschen auf einem Fleck gab es nicht einmal zum großen Jahrmarkt am Jahresende in ihrem Dorf.

Nach der Ernte trafen sie sich mit dem einzigen Dorf in ihrer Nachbarschaft zu einem Fest.

Das andere Dorf lag nur einen Steinwurf entfernt hinter einem Hügel und man hätte auch die beiden Dörfer als eines sehen können, aber die Bauern der Gemeinden waren auf eine strikte Trennung bedacht.

Es entsprach einfach ihrer weltfremden Mentalität und sie betrachteten jeden Dorffremden mit Argwohn, obwohl beide Dörfer über die Jahre miteinander auf jegliche Weise verwandt und verschwägert waren. Dieses Treffen gehörte zu den

Höhepunkten des Jahres für die beiden Dörfer. Die Feierlichkeiten fanden in ihrem Dorfe statt, da sie die älteste und prächtigste Kirche am ganzen Flusslauf hatten.

Potoski hatte immer gedacht, dass es kein größeres Haus geben könnte als ihre Dorfkirche, aber in der Stadt musste er feststellen, dass es weit größere Bauwerke gab. Das junge Brautpaar konnte gar nicht fassen, wie viele Menschen hier auf einem Fleck zusammenlebten. Das war nichts im Vergleich zu ihrem jährlichen Fest, welches sie mit der anderen Dorfgemeinschaft feierten.

Aber in der Stadt schien alles möglich! Sie standen beeindruckt vor den hohen Häusern und konnten nicht verstehen, wie die Stadtmenschen in dieser Enge leben konnten. Erschüttert mussten sie sehen, wie arme Menschen auf den Straßen bettelten und zerlumpte Kinder in dem Unrat der Gosse spielten und am gleichen Ort sichtlich reiche Bürger in überladenen Geschäften ihre Einkäufe tätigten, ohne sich an dem Elend der anderen zu stören.

Sie verstanden die emsige Geschäftigkeit der Menschen nicht, die Hast und Hektik verstörte die beiden. Selbst am Tagesende ließ der Trubel nicht nach. Die Straßen füllten sich jetzt mit Stadtbewohnern, die ständig und allerorts zu feiern schienen. Die Gaststätten und Schänken waren voll mit lauten, lärmenden Menschen, es spielte unentwegt Musik und es wurde reichlich getrunken. Das junge Brautpaar versuchte unbeholfen sich an dieser Ausgelassenheit zu beteiligen, aber es wollte ihm einfach nicht gelingen. Trotzdem war es zutiefst beeindruckt von diesem Treiben.

Allerdings fiel Potoskis auch auf, dass sich zu den Abendstunden an einigen Stellen der Stadt plötzlich recht anstößiges Volk herumtrieb. In ihrer Unbedarftheit verliefen sie sich in einer der Nächte in eine Gegend, in der es beiden unheimlich wurde. Hier lungerten in den dunklen Ecken Gestalten herum, die ihnen Angst machten, und einige der Damen, welche am Tage einen überaus vornehmen Eindruck machten, nun zur Nachtzeit aber recht aufreizend auf der Straße standen.

Potoski beobachtete die feingekleideten Damen in ihrer überaus weiblichen Ausstaffierung. Diese Frauen erregten ihn und machten ihm gleichzeitig Angst. Niemals hätte er es gewagt, eine dieser Frauenzimmer anzusprechen. Was hätte er auch sagen sollen? Er war nur froh darüber, dass seine Frau seine Blicke nicht bemerkte, aber sie schien viel zu sehr damit beschäftigt, selbst alle Eindrücke aufzunehmen und zu verstehen. Zum Glück schien ihr diese lüsterne Veränderung nicht aufzufallen.

Lagen sie dann abends in den Federbetten der kleinen Herberge, waren beiden glücklich, einander zu haben. Allerdings belebten diese Eindrücke ihr Liebesleben ungemein. Es schien geradezu so, als würden sich die jungen Eheleute gerade hier in der Stadt besonders viel Mühe geben, ihrem Partner zu gefallen, und so untermauerten sie ihre Beziehung in heftigen Liebesattacken.

Vielleicht waren es diese Eindrücke in der Fremde, welche die Menschen bewog, ihre kleine Gemeinde später nicht mehr zu verlassen. Für Potoski bestand auf jeden Fall kein Zweifel daran, dass er in einer Stadt nicht leben würde, und seine Frau pflichtete dem bei. So verbrachten die beiden einige aufregende und glückliche Tage an diesem Ort.

Sie hatten viel Zeit füreinander, und so wäre es nicht verwunderlich gewesen, wenn einige Monate später Potoskis Frau in anderen Umständen gewesen wäre. Schon die Alten im Dorf behaupteten, dass während dieser Hochzeitsreisen viele Nachkommen ihres kleinen Dorfes gezeugt wurden. Zählte man nach den Geburten eines Kindes die Monate der Schwangerschaft zurück, kamen die Leute meist auf die ungefähre Zeit der Hochzeitsreise der jungen Paare. So hofften auch Potoskis, bald Nachwuchs zu erwarten. Aber nichts dergleichen geschah. Beschämt dachte Potoski später mit seiner Frau an das Gerede der Leute, nachdem sie von ihrer Hochzeitsreise zurück waren. Die Weiber in der Spinnstube rechneten schon den Geburtstermin ihrer zukünftigen Kinder aus. Aber ihre Ehe blieb kinderlos.

Am Anfang tuschelten die Leute im Dorf hinter ihrem Rücken, und die Bauern machten unflätige Bemerkungen über seine Manneskraft, aber im Laufe der Zeit verstummten die Spötter. Die Leute im Dorf fanden sich damit ab, dass Potoskis keine Kinder hatten. Es gab für die eigenbrötlerischen Bauern wichtigere Dinge, als sich mit den Problemen der jungen Eheleute zu beschäftigen. Es fiel niemandem auf, wie sehr die beiden unter dieser Situation litten. Potoski haderte mit seinem Schicksal, er gab sich die Schuld für das Ausbleiben der Schwangerschaft. Er wusste, dass er damals in der Stadt meist an die aufregenden Frauenzimmer in ihrer aufreißenden Ausstaffierung gedacht hatte, wenn er mit seiner Frau zusammenlag, und das hatte seine Liebeslust unglaublich angespornt.

Auch Wochen später beschäftigte er sich in seiner Fantasie mit diesen Frauen und malte sich Dinge aus, für die er am nächsten Tag in der Kirche eifrig Buße leistete. Anfangs wagte er es nicht, seiner Frau am nächsten Morgen in die Augen zu sehen, als könnte sie hinter seiner Stirn die Bilder seiner unzüchtigen Gedanken erblicken. Potoski liebte seine Frau, daran bestand kein Zweifel, aber trotz allem konnte er in lüsternen Momenten nicht von diesen Weibsbildern lassen. Erst als ihm bewusst wurde, dass seine Frau nicht schwanger wurde, regte sich ein intensives Schuldgefühl. Nun schien ihn sein Gott für derartige Gedanken zu bestrafen. Reuevoll verbrachte er viele Stunden in der Kirche und versuchte mit intensiven Gebeten einen Ablass zu schaffen, und er bewirkte es tatsächlich, nicht mehr an die Frauen in der Stadt zu denken, so groß wurde seine Angst, schuld zu sein an diesem kinderlosen Zustand.

Fast jeden Abend saß er mit seiner Frau zusammen und sie haderten mit ihrem Schicksal. Keiner machte dem anderen irgendwelche Vorwürfe, sie hielten die Hände und beteten. Potoskis Frau glaubte ihrerseits die Schuld zu haben an ihrer Zeugungsunfähigkeit, denn die Frauen bekamen nun einmal die Kinder und ihr Schoß blieb unfruchtbar. Sie hatte Angst, ihren Mann zu verlieren, und kämpfte täglich um dessen Zuwendung. Sie bereitete ihm besonders gutes Essen und gab sich jegliche Mühe in ihrem Zusammensein.

Eines Tages sprachen sie darüber, ob sie nicht einen anderen Weg finden könnten, endlich ihren sehnlichsten Wunsch zu erfüllen. Anfangs glaubte Potoski, seine Frau würde den örtlichen Pfarrer meinen, schließlich musste dieser als geistiger Hirte der Gemeinde ein besonders gutes Verhältnis zum göttlichen Schicksal haben. Aber seine Frau wollte davon nichts wissen.

»Wir haben lang genug gebetet, aber er hilft uns nicht. Wir haben nichts Unrechtes getan.« Sie zögerte einen Augenblick. »Vielleicht sollten wir uns anders behelfen!«

Potoski erschrak über die Entschlossenheit seiner Frau etwas zu unternehmen, was offensichtlich nicht im Einklang mit dem Pfarrer stehen könnte.

»Was willst du tun, Frau?«

Sie nahm ihn an die Hand und setzte sich an das Fenster in ihrer Schlafstube. Von hier aus konnte man die Kirche und den angrenzenden Friedhof sehen. Leise fing Potoskis Frau an zu sprechen.

»Meine Mutter hat mir vor vielen Jahren etwas Unheimliches erzählt.«

Dabei zeigte sie auf den Gottesacker.

Jahre vor der Geburt ihrer Mutter gab es im Dorf eine Frau, deren Mann frühzeitig bei einem tragischen Unfall verstorben war. Diese Frau sollte fast jede Nacht auf den Friedhof gegangen sein, um dort am Grab ihres Mannes zu schlafen, so sehr hatte sie ihn geliebt. Monate später, erzählte damals ihre Mutter, bekam die Frau ein Kind, obwohl jeder im Dorf hätte schwören können, dass kein anderer Mann bei ihr gewesen war. Damals fürchteten sich die Bauern vor der Frau und vertrieben sie, bevor das Kind zur Welt kam. Was aus der Frau geworden ist, wusste ihre Mutter nicht mehr zu berichten. Potoski hörte sich die Geschichte an und schüttelte den Kopf.

»Das ist Unsinn und verrückt. Soll ich erst sterben, damit du auf den Friedhof gehen kannst, um was zu tun?«

»So habe ich das nicht gemeint!«

Potoskis Frau sprang erschrocken auf. Den Tod ihres Mannes wollte sie natürlich nicht, aber es blieb immer noch die Möglichkeit, dass die Kräfte der Verstorbenen ihr zu einem Kind verhelfen könnten.

»Da können wir uns ja gleich mit dem Teufel einlassen!«, fluchte Potoski und bekreuzigte sich gleichzeitig. Ihm stand der Schweiß auf der Stirn, denn seine Frau entgegnete nichts, obwohl sie bislang immer eine schreckliche Angst davor hatte, dem Leibhaftigen zu begegnen. Ihr Kinderwunsch schien jegliche Vorsicht und Vernunft außer Acht zu lassen. An diesem Abend sprachen die beiden kein Wort mehr miteinander. Potoski, weil er Angst hatte, von seiner Frau Dinge zu hören, mit denen er nicht zu tun haben wollte, und seine Frau schwieg, da sie sich Vorwürfe machte, ihrem Mann indirekt den Tod gewünscht zu haben.

Eine Woche nach dieser Auseinandersetzung stieg Potoskis Frau mitten in der Nacht aus dem Bett und ging heimlich zum Friedhof. Sie hatte Angst vor ihrem Mann und vor dem nächtlichen Gottesacker. Über dem Friedhof stand dichter Nebel, der aus dem Moor emporstieg. Sie schlich in ihrer seelischen Not planlos durch die Reihen der Toten. Einige Male wäre sie fast über ein Grab gestürzt. In dem spärlichen Licht, welches der Mond über dem Nebel spendete, konnte sie fast nicht sehen. Bei jedem Geräusch fuhr sie zusammen, und sie glaubte, unheimliche Bewegungen in den Nebelschleiern zu sehen. Sie wusste nicht, was sie nun unternehmen sollte. Allein die Hoffnung auf ein Wunder verlieh ihr die Kraft, in dieser Nacht einen solchen Ort aufzusuchen. Sie suchte nach einem Zeichen, einem Hinweis, nach irgendetwas, das ihr helfen konnte, ihre seelische Not zu lindern. Nichts außer das lähmende Entsetzen dieses Ortes begegnete ihr. Nach einer Weile sank sie erschöpft und weinend zu Boden. Sie wäre bereit gewesen alles zu tun, nur um ein Kind zu bekommen, aber selbst hier ließ sie das Schicksal im Stich. Am liebsten wäre sie jetzt gestorben, um so ihrer Verzweiflung zu entgehen. Sie hockte sich vor eines der Gräber und begann inbrünstig zu beten, dabei versetzte sie sich in einen derartigen trancehaften Zustand, dass sie in dieser Körperhaltung einschlief. Ihr Körper kippte nach vorn und sie schlug mit dem Kopf gegen den Grabstein, wovon sie erwachte. Etwas benommen zog sie sich an dem kalten Stein empor, dabei blickte sie unweigerlich auf den eingravierten Namen des Verstorbenen. »Potoski« las sie laut und fuhr zurück.
Erschrocken stolperte sie nach hinten und stürzte zu ihrem Entsetzen in eine offene Grube. Als sie sich aufrappelte und versuchte, aus dem feuchten Loch zu steigen, stellte sie mit Entsetzen fest, dass auf dem Rand der Grube lauter Krähen saßen und diese nach ihren ausgestreckten Händen hackten. Entsetzt schlug sie mit aller Kraft nach den Tieren, aber diese wichen nicht zurück. Sie fing an zu schreien, inzwischen war es ihr egal, ob sie jemand auf dem Friedhof entdecken würde. Sie wollte nur noch aus der Grube heraus.
In diesem Augenblick packte sie ihr Mann und stieß ihr kräftig in die Seite. Plötzlich lag sie in ihrem Bett und sah in das fassungslose

Gesicht ihres Gatten. Sie brauchte einen Moment, um zu verstehen, was mit ihr geschah. Offensichtlich lag sie in ihrem Bett und hatte geträumt. Erschöpft ließ sie sich in ihr Kissen sinken und weinte. Potoski bemühte sich hingebungsvoll um seine Frau, bis diese endlich einschlief.

Am nächsten Morgen blieb sie länger im Bett, um über das Geschehene nachzudenken. Sie war sich nicht sicher, ob sie wirklich geträumt hatte. Erst als sie ihre schmutzigen Füße sah, wusste sie, dass sie in der Nacht auf jeden Fall nicht nur im Bett gewesen war. Völlig verängstigt versuchte sie das Erlebte zu verstehen, aber sie fand keine Lösung. Sie konnte nur mit Sicherheit sagen, auf dem Friedhof gewesen zu sein. Nun schämte sie sich für ihre Verzweiflung und suchte Trost im Gebet.

Mit ihrem Mann sprach sie nicht über das Erlebte, zumal keine erhoffte Veränderung eintrat. Ihre Unverzagtheit, jemals ein Kind zu bekommen, schwand, da nicht einmal die unheimlichen Kräfte auf dem Friedhof ihr helfen konnten. Nach einem weiteren halben Jahr begannen sie das Thema zu meiden und versuchten sich einzureden, keine Kinder mehr haben zu wollen. Nur ihre Herzen sagten etwas anderes.

Alles änderte sich, als eines Tages im Dorf die dicke Koschwitz unerwartet starb.

Die dicke Koschwitz war die reichste Bäuerin im Dorf, wenn man in so einem kleinen, unbekannten Ort überhaupt von Reichtum reden konnte. Ihr Besitz übertraf an Größe alle Höfe in der angrenzenden Gegend. Sie gehörte zu den wenigen in der Gemeinde, die sich mehrere Knechte halten konnten. Wobei die Weiber der Bauern darüber lästerten, dass diese Männer bestimmt nicht wegen ihrer Arbeitsleistung bei der dicken Koschwitz untergekommen waren, denn der Ehemann der Bäuerin starb schon vor vielen Jahren. Trotzdem verließ die Bäuerin auch nach dem Tod ihres Mannes das Kinderglück nicht. Alle paar Jahre wieder bekam der Koschwitzhof Nachwuchs. So lebte auf dem Hof der dicken Koschwitz eine beachtliche Zahl von Kindern und Gesinde.

Keiner im Dorf wagte in Gegenwart der dicken Koschwitz darüber ein Wort zu verlieren. Alle hatten Respekt vor ihr, denn sie war eine gewaltige Erscheinung. Obwohl sie über eine beachtliche Leibesfülle verfügte, hatte sie ihre frauliche Attraktivität bewahrt. Sie hatte das Antlitz eines wunderschönen Engels, große Augen, volle Lippen und langes, dunkles Haar. Schnell konnte sie mit ihrem herausfordernden Blick und der Art ihres Auftretens einen Mann auf sich aufmerksam machen. Es fiel ihr sichtlich nicht schwer, einen weiteren Knecht für ihren Hof zu finden. Aber es wurde kräftig gelästert, wenn ein neuer Knecht eingestellt wurde und ein anderer überstürzt den Hof verlassen musste.

Nur der Pfarrer im Dorf wusste als Einziger, was sich auf dem Hof des Nachts so abspielte, denn die dicke Koschwitz ging jeden Sonntag zur Kirche. Sie gehörte zu den Frauen, die regelmäßig den Beichtstuhl aufsuchten. Manche bösen Zungen behaupteten, dass diese Beichten dem Pfaffen besondere Freuden brachten.

Nun war die dicke Koschwitz gestorben.

Wie man erzählte, sollte sie am Tag zuvor auf dem Friedhof das Grab ihres verstorbenen Mannes besucht haben, danach musste sie zu Bett gegangen sein. Am nächsten Morgen konnte die schnell herbeigerufene Kräuterfrau Kapschuthke nur noch ihren Tod feststellen. Die dicke Koschwitz musste im Schlaf gestorben sein.

Einige rechthaberische Weiber aus der Nachbarschaft stichelten, dass die Koschwitz es wohl zu arg getrieben hätte mit ihren zahlreichen Knechten. Bei ihrer Leibesfülle wäre es nur zu verständlich, dass ihr Herz derlei nicht verkraften konnte.

Als der Pfarrer von diesem bösartigen Gezänk erfuhr, mahnte er am nächsten Sonntag von der Kanzel seine Gemeinde vor übler Nachrede und neidvollen Gerüchten. Alle im Dorfe wussten, an wen diese Worte gerichtet waren, und es konnte schon sein, dass der eine oder andere Bauer am Abend sein Weib ins strenge Gebet nahm. Nach dieser Sonntagspredigt gab es keine Gerüchte mehr im Dorf. Die dicke Koschwitz konnte nun friedlich zu Grabe gebracht werden.

Ihr erster Sohn, den sie noch von ihrem verstorbenen Mann hatte, übernahm nun den Hof mit all seinen Geschwistern.

Die Erde auf dem Grab seiner Mutter war noch nicht richtig trocken, da verjagte er die überflüssigen Knechte von seinem Besitz. Denen aber, welche er auf dem Hof beließ, zeigte er deutlich, welche Wendung nun die Zeit genommen hatte.

Er stieg als Erster früh am Morgen aus den Federn und trieb die Knechtschaft zur Arbeit, und keiner wagte es ihm zu widersprechen, er verkörperte die Autorität seiner verstorbenen Mutter. Somit sicherte er weiterhin die Stellung seiner Familie in der Gemeinde.

Auf dem Grab der Mutter ließ der Sohn einen besonders großen Grabstein aufstellen. Diesen fertigte ein Steinmetz aus der Stadt Orzyew an. Es sollte der größte Stein auf dem dörflichen Friedhof sein. Es war der Familie Koschwitz sehr daran gelegen, auch an diesem Ort ihre Stellung in der Gemeinde zu repräsentieren. Schon der Vater hatte einen beachtlichen Findling mit einer aufwendigen Gravur auf seine Ruhestätte bekommen.

Der Sohn veranstaltete ein großes Fest zur Beerdigung seiner Mutter und alle im Dorf wurden eingeladen.

Es wurde eine berauschende Feier, und am nächsten Morgen wurden auf verschiedenen Höfen die Tiere erst zur Mittagszeit versorgt. Einige Bauern waren nicht in der Lage, vor der Tageshälfte ihr Bett zu verlassen, so sehr hatten sie dem Bier und Selbstgebrannten zugesagt. Auch Potoski feierte mit seiner Frau den seligen Abgang der dicken Koschwitz. An diesem Abend stürzten sich die beiden reichlich benommen, voller Liebeslust aufeinander, dabei neideten sie der Verstorbenen ihr Kinderglück. Sie hatten in den letzten Monaten ihr Beisammensein eingeschränkt, die unterschwellige Enttäuschung über den Partner hatte für Abkühlung ihres Verhältnisses geführt. Nicht dass sich die beiden dessen bewusst gewesen wären, aber die Zeit hatte ihren Tribut gefordert. Die anfängliche ungestüme Liebeslust hatte auch hier der Alltag eingeholt. Die Wirkung des Alkohols kam ihrem etwas vernachlässigten Eheleben hilfreich entgegen.

In dieser Nacht zeugten sie ihr Kind!

Einige Wochen später bemerkte Potoskis Frau eine Veränderung in ihrem Körper. In seiner Angst rief Potoski die alte Kräuterfrau Kapschuthke, die abseits vom Dorf in einer kleinen Hütte am Wald wohnte. Die Alte wurde nicht unbedingt gern gesehen in der kleinen Gemeinde, aber jeder hatte ihre Hilfe schon in Anspruch genommen, denn sie wusste immer eine Medizin gegen die kleinen und großen Unpässlichkeiten der Bauern. Man munkelte im Dorf, dass die Alte in ihrer Jugend etwas mit dem verstorbenen Pfaffen gehabt hatte, aber beweisen konnte das keiner.

Nun kam am Abend die Kräuterfrau auf Potoskis Hof. Dabei scheute sie sich nicht, mitten auf der Dorfstraße zu laufen. Alle, die sie bemerkten, beobachteten, wohin sie ging, und jeder Bauer schien sichtlich froh, wenn die Alte mit ihrem gebeugten Rücken an seinem Hof vorbei schlurfte. Es kam ab und zu vor, dass die Kräuterfrau zu einem der Bauern ging und ihn bat, für sie ein paar Sachen zu besorgen. Keiner der Bauern wagte es, der Alten den Wunsch abzuschlagen, denn sie wussten, dass sie ihre Hilfe auch wieder in Anspruch nehmen würden.

Ohne sich zu beklagen, spannte der Betreffende ein und besorgte ihre Bestellung, zumal er sich sicher sein konnte, dass der Pfarrer seine Hilfsbereitschaft gutheißen würde. Alle im Dorf wussten, dass die Alte eine besondere Stellung beim Pfarrer hatte, allerdings konnte keiner der Gemeinde sagen, die beiden je zusammen gesehen zu haben. Die Kapschuthke besuchte die Kirche nur selten und wenn, saß sie am äußersten Ende der letzten Bank, nah der Tür.

Allerdings konnte der Geistliche der Gemeinde nicht erahnen, dass die Bauern nicht nur aus Nächstenliebe so handelten. Sie hatten eine versteckte Angst vor der Alten. Man konnte nie genau wissen, was geschehen würde, wenn einer der Bauern die erbetene Hilfe verweigerte! Ihre Abgeschiedenheit am Fluss hatte auch absonderliche Auswirkungen auf die Ansichten der einfachen Leute, gerade in Bezug auf solche alten Weiber, die am Waldrand lebten. Der Aberglaube an Geister und Hexen war noch fest in ihren Köpfen verankert.

Die Alten im Dorf wussten eine unheimliche Begebenheit zu erzählen, und keiner konnte genau sagen, ob sich diese Geschichte wirklich so zugetragen hatte, zumal der Pfarrer solche Sachen nicht hören wollte.

Am anderen Ende des Dorfes gab es einmal einen reichen Bauern, dessen Frau ein Kind bekam. Der Bauer holte damals eine am Ortsrand lebende Kräuterfrau wegen ihrer medizinischen Kenntnisse zu Hilfe, wie er es zuvor schon bei seinen anderen Kindern getan hatte. So sollte es auch diesmal sein, bis zu diesem Zeitpunkt hatte ihm seine Frau nur Knaben geschenkt.

Nachdem das Kind wohlversorgt den Bauch der Mutter verlassen hatte und zum Unwillen des Bauern nur ein Mädchen das Licht der Welt erblickte, machte er die Kräuterfrau dafür verantwortlich und beschimpfte sie als Hexe. Er verweigerte in seiner Wut auch die Bezahlung der Geburtshilfe und jagte die Kräuterfrau vom Hof. Wurde erst einmal ein solches Urteil ausgesprochen, konnte es fatale Auswirkungen für die Verleumdeten haben. Die Bauern waren schnell dabei, sich solchen Beschuldigungen anzuschließen, und gaben der Hexe auch die Schuld an anderem Verdruss, der ihnen widerfuhr. Zwei Tage nach der Niederkunft seiner Frau kam die Kräuterfrau noch einmal auf den Hof des Bauern. Sie forderte ihren Lohn ein und warnte den Bauern davor, unlautere Gerüchte über sie in die Welt zu setzen. Aber der Bauer gab nicht nach und jagte die Alte ein weiteres Mal von seinem Besitz. Seit diesem Tage, so munkelten die Alten im Dorf, die den Bauern noch gekannt hatten, ging es mit dem reichen Hof bergab.

Eines Nachts kam ein Unwetter auf, und ein schrecklicher Regen ging über dem Land nieder. Das Haus des Bauern stand an einem kleinen Bach. Dieser schwoll in der Sturmnacht zu einem gewaltigen Strom an, unterspülte das Wohnhaus, und der Bauer mit seiner Familie versoff in den Fluten. Nur das kleine neugeborene Kind überlebte dieses Unglück. Der bösartige Bauer hatte darauf bestanden, dass seine ungewollte Tochter im Stall zu schlafen hatte. Aber gerade dieser Stall überstand das Unwetter wie durch ein Wunder völlig unbeschadet. Der damalige Pfarrer der Gemeinde nahm sich der Waisen an und versuchte, das kleine Mädchen bei einem der Bauern unterzubringen. Aber diese weigerten sich, ein mit Unheil behaftetes Kind bei sich aufzunehmen.

Jeder wusste um den schauerlichen Untergang des Hofes, und keiner wollte dieses Kind unter seinem Dach haben. Vielleicht haftete ja an dem Kind ein böser Fluch, und sie verweigerten dem Pfarrer mit vielerlei Ausreden ihre Hilfe. Als sich niemand fand, der sich um das schutzlose Kind kümmern wollte, nahm die damalige Kräuterfrau das kleine Mädchen bei sich auf.

Der Pfarrer, ebenfalls froh, das unglückselige Wesen aus seinem Haus zu haben, sicherte der alten Frau eine sichere Bleibe in der Gemeinde zu.

Nun stand die Kräuterfrau unter dem Schutz des Kreuzes und keiner wagte sich gegen die Allmacht der Kirche zu stellen.

Ob sich die Geschichte genauso zugetragen hatte, wusste keiner der Bauern wirklich zu sagen, aber seitdem gab es im Dorf immer eine Kräuterfrau, die unter dem Schutz des amtierenden kirchlichen Oberhauptes am Waldrand leben konnte.

Nun kam die alte Kräuterfrau Kapschuthke zu Potoski. Freundlich wurde sie im Haus empfangen. Potoskis Frau lag im Bett. Lange untersuchte die Alte den Körper der Frau.

»Ihr tragt ein Kind unter eurem Herzen«, verkündete sie und strich der Glücklichen über den Kopf.

Die beiden blickten sich an und ein freudiger Schrecken stand in ihren Augen. Damit hatten sie nicht gerechnet.

»Aber wie kann das möglich sein, so plötzlich?«, fragte verdattert Potoski.

»Wie das möglich ist, wisst ihr beiden wohl am besten.« Die Alte lachte mit ihrem zahnlosen Mund, überlegte kurz und fügte hinzu:

»Ich würde sagen vor ungefähr acht Wochen ist das Unmögliche geschehen!«

Potoski zögerte. »Da war das Fest auf dem Koschwitzhof.« Verlegen sah er zu seiner Frau, er erinnerte sich an diese Liebesnacht. Aber sein Eheweib ging darauf nicht ein. Diese lag noch völlig überrascht auf dem Bett und betrachtete ihren Bauch. Sie würde endlich ein Kind bekommen. Vorsichtig strich sie über ihre Brüste und ein unendliches Glücksgefühl durchströmte ihr Herz.

»Seid nicht überrascht, gestern Nacht hat mich der Lukower Bauer auf seinen Hof gerufen. Auch seine Frau ist in anderen Umständen,

und der Kazimierz Bauer hat gleichfalls nach mir geschickt.«
Die Alte lachte wieder.

»Das muss ein berauschendes Fest gewesen sein! Ich werde alle paar
Wochen nach euch schauen und wenn der Tag der Niederkunft ist,
bekomme ich als Lohn ein gutes Stück Schwein von euch!«
Ohne auf die Antwort zu warten, stand sie auf und verließ das Haus.
Sie wusste, dass der Bauer ihren Preis akzeptieren würde, so wurde es
üblicherweise im Dorfe gehalten.

Potoski und seine Frau fielen sich in die Arme, ihr sehnlichster
Wunsch schien plötzlich in Erfüllung gegangen zu sein.

Es sprach sich schnell im Dorf herum, dass die Potoskis Besuch
von der Kapschuthke hatten. Beide machten keinen Hehl daraus,
dass sie in freudiger Erwartung waren. Einige Bauern konnten es sich
nicht verkneifen, hinter dem Rücken Potoskis kleine Spöttereien vom
Stapel zu lassen. Allerdings waren diese Bemerkungen nicht von böser
Natur. Jeder im Dorf freute sich für die kleine Familie.
Potoskis Frau hatte eine schwere Schwangerschaft. Heimlich machte
sie sich Vorwürfe über ihren nächtlichen Ausflug auf den Friedhof, da
immer noch einige Fragen offenblieben. Am meisten beschäftigte sie
der Grabstein mit dem Namen ihres Mannes. Gab es vielleicht doch
einen Zusammenhang? Sie glaubte zu wissen, warum gerade ihre
Schwangerschaft so leidvoll verlief. Gott bestrafte sie für ihre
abwegigen Gedanken und reuevoll beugte sie ihr Haupt. Trotz aller
Ungemach ging sie nun jeden Tag in die Kirche und leistete Buße, in
der Hoffnung, Gott würde ihr vergeben und ihr ungeborenes Kind
beschützen.

Oft litt sie unter starken Schmerzen im Rücken und konnte ihrem
Mann nicht mehr zur Hand gehen. Dieser verrichtete aber ohne zu
klagen die Arbeiten auf dem Hof allein. Ihr einziges Augenmerk galt
nur noch dem kommenden Kinde. Nach ein paar Monaten trug seine
Frau eine ansehnliche Leibeswölbung vor sich her. Sie war kaum noch
in der Lage, kleinste Arbeiten im Haushalt zu verrichten. Trotzdem
schleppte sie sich weiterhin jeden Tag in das Gotteshaus.

Die alte Kapschuthke kam nun fast jede Woche vorbei und horchte
den Leib der Frau ab. Sie versicherte den beiden, dass ihr Kind gesund

sei und sehr kräftig werden würde. Oftmals konnten sie die Bewegungen des Kindes im Mutterleib an der Oberfläche des Bauches sehen.

Es wurde Herbst und die ersten schweren Stürme kündigten den Wechsel der Jahreszeiten an. Gerade in der Gegend am Fluss schienen die Unwetter, wie jedes Jahr, besonders stark zu wüten. In diesem Herbst stand nun auch die Geburt des Kindes an.

Als der Tag der zu erwartenden Niederkunft erreicht war, kam die Kräuterfrau zu Potoski. Es mussten einige Vorbereitungen getroffen werden. Die Alte schien sich sicher zu sein, dass in dieser Nacht das Kind geboren wurde.

Gerade zu dieser Zeit sollte der schlimmste Herbststurm über der Gemeinde hereinbrechen. Am Morgen dieses Tages wehte kein Lüftchen, aber nachdem die Sonne ihren höchsten Stand überschritten hatte, sprang das Wetter plötzlich um. Potoski, der um die Mittagszeit auf seinem Feld arbeitete, betrachtete mit Unbehagen das plötzlich aufkommende Unwetter. Von seinem Acker aus konnte er ein Stück des Dorfes überblicken. Er sah die Kirche mit dem angrenzenden Friedhof und ein paar der ersten Häuser des Dorfes, auch sein Hof lag im Blickfeld. Potoski hatte geradezu den Eindruck, als würde das schwere Wetter aus dem Sumpfgebiet hinter dem Gottesacker emporsteigen und sich über das Dorf schieben. Etwas irritiert und missgelaunt beschloss er, zum Hof zurückzugehen, denn er glaubte der Vorhersage der Kräuterfrau, dass heute Abend sein Kind zur Welt kommen würde. Missmutig über das schlechte Wetter stampfte er nach Haus. Sein Weg führte ihn am Friedhofszaun vorbei. Gerade hier hatte er den Eindruck, als hätte das Unwetter inzwischen seine ganze Kraft entwickelt und schweren Schrittes kam er voran. Mit aller Kraft stemmte sich Potoski gegen den Wind. Plötzlich hörte er seinen Namen, trotz des brüllenden Sturmes vernahm er deutlich eine Stimme. Erschrocken blieb er neben dem Friedhofszaun stehen. In den dünnen Eisenstäben der Umzäunung machte der Wind die seltsamsten Töne. Als er auf den Friedhof sah, fuhr ihm der Schreck in die Glieder, genau vor ihm stand Rikolow, der Friedhofsgärtner.

»Na, Potoski, willst wohl nach Haus bei dem Wetter.«

Dabei stützte er sich gegen den Zaun, der bedenklich nachgab.

»Mein Gott, Rikolow, habt ihr mich erschreckt!«

Etwas verschämt grinste Potoski, er wollte weiter. Der Friedhofsgärtner blickte, ohne eine Miene zu verziehen, auf Potoski herab.

»Ja, ja von hier kommt immer der größte Schrecken...« Er zögerte einen Moment und fixierte den Bauern mit seinem Blick.

»An so einem besonderen Tag.«

Dann drehte er sich um und verschwand zwischen den Gräbern. Potoski sah ihm noch einen Augenblick nach und ging dann weiter, verärgert über dessen vermeintlich abweisendes Verhalten. Obgleich er nicht viel mit dem Friedhofsgärtner Rikolow zu schaffen hatte, begegneten sie sich mit einem gewissen Respekt, der eine mit offensichtlich freundschaftlichen Ambitionen und der andere mit unwohlem Gefühl gegenüber der Arbeit des anderen. Potoski hatte kindliche Angst vor dem Gottesacker. Nachdem er den Hof erreichte, brachte er seine Kühe in den Stall und die ersten schweren Regentropfen fielen vom Himmel. Selbst die Tiere wurden unruhig, als die dunklen Wolken heranzogen und der Regen auf das Dach schlug. Für einen Augenblick stand er unter einem kleinen Vorbau vor seiner Haustür und blickte hinüber zur Kirche. Endlich würde sein Kind das Licht der Welt erblicken, und er brauchte seine hochschwangere Frau nicht mehr mit einer Karre in die Kirche zu fahren. Trotz ihrer beachtlichen Schmerzen hatte seine Frau darauf bestanden. Potoski wurden die letzten Tage zur Qual. Es war ihm reichlich unangenehm, sein Weib mit einer Schubkarre über den Friedhof ins Gotteshaus zu fahren. In den Blicken der anderen konnte er den versteckten Spott erkennen, obwohl keiner auch nur ein Wort über diesen skurrilen Anblick verlor, zumindest nicht in seiner Gegenwart. Endlich blieb ihm dieser Weg erspart. Auf dem Gottesacker konnte er die große Gestalt Rikolows unter der Friedhofseiche erkennen, über die Straße näherte sich die Kapschuthke seinem Hof.

Die alte Kräuterfrau lachte leise vor sich hin, als sich das Unwetter über dem Dorf zusammenzog. Trotz der Bewölkung stieß immer wieder die Sonne mit einem plötzlichen Lichtstrahl durch die Wolken, aber dann schob der Himmel die letzte Lücke zu. Zusammen mit dem Bauern betrat sie nun das Wohnhaus.

»Ein gutes Zeichen, das wird ein ganz besonderes Kind.«
Potoski hatte dagegen ein schlechtes Gefühl bei diesem Wetter. Er konnte nicht verstehen, dass die Alte gerade diese unheimlichen Naturgewalten als ein gutes Zeichen deuten konnte. Heimlich beobachtete er die Frau und hatte Angst, eine Hexe in sein Haus gelassen zu haben. Erst nachdem er sah, wie liebevoll diese sich um seine Frau kümmerte, schämte er sich seiner Gedanken.

Selbst in ihrer Hütte flackerten die Kerzen, so tobten die Naturgewalten über das Dorf. Das unruhige Verhalten der Tiere in den angrenzenden Stallungen konnte man im ganzen Haus hören. Schnell richtete er alles für die bevorstehende Geburt ein. Die Kräuterfrau half ihm dabei nicht, wohl aber dirigierte sie Potoskis Arbeit. Als er alle notwendigen Vorbereitungen getroffen hatte, lief er unruhig in der Stube herum und wartete. Als die ersten Blitze niedergingen, blickte er aus dem Fenster hinüber zum Friedhof und es sah so aus, als würde der Friedhofsgärtner noch immer unter der Eiche stehen. Potoski fragte sich, was Rikolow wohl bei diesem Wetter dort zu schaffen hatte. Er war sich sicher, dass dieser ihn hinter dem hellen Fenster seiner Stube ebenfalls erkennen würde und wie zur Bestätigung hob dieser die Hand zum Gruß.

Bei seiner nächsten Runde konnte er den Friedhofsgärtner nicht mehr erkennen. Ab und zu ging er hinüber in den Stall und versuchte, die Tiere zu beruhigen. Aber diese schienen seine eigene Unruhe zu spüren und stampften noch aufgeregter in ihren Buchten herum.

Potoski konnte seine innere Hysterie kaum unter Kontrolle halten. Abwechselnd stand er mal am Fenster, mal am Bett seiner Frau. Er fand keine Möglichkeit, sich zu beruhigen, zum einen hatte er nun unendliche Angst um seine Frau und das Kind, zum anderen überkam ihn ein unheimliches Gefühl bei dem, was sich über dem Dorf zusammenbraute. Von dem Fenster aus konnte er die gewaltige Kirche im Schein der Blitze sehen. Immer wieder starrte er abwechselnd zu seiner Frau und zur Kirche, als hätte er von dort Hilfe zu erwarten.

Kurz nach Mitternacht setzten die Geburtswehen ein. In der Stunde, als das Kind geboren wurde, erreichte das Unwetter seinen tatsächlichen Höhepunkt. Das Leuchten der Blitze erhellte unablässig die kleine Stube und Potoski konnte in dem fahlen Licht der Einschläge das erschrockene Gesicht seiner gebärenden Frau noch deutlicher sehen. Ihre Schmerzensschreie gingen in diesem Getöse unter. Aber die alte Kapschuthke strahlte eine unheimliche Ruhe aus, die sich auf die Frau übertrug.

Plötzlich schlug ein gewaltiger Blitz in die Kirchturmspitze ein und sprang aus einem der unteren Fenster auf die große Friedhofseiche über.

Im Widerschein des einschlagenden Blitzes und des anschließenden unheimlichen Donnergrollens erblickte das Kind das Licht der Welt. Selbst die Alte erschauderte über dieses seltsame Zusammenspiel der Kräfte. Aber schnell hatte sie sich von dem Schrecken erholt und hob das neue Leben empor.

»Ein Knabe!«, verkündete sie gegen den Sturm anbrüllend. Mit einem wohlgefälligen Schlag auf den Hintern machte das Kind seinen ersten Atemzug auf dieser Welt. Der sonst zu erwartende Schrei blieb aber aus. Ein kleiner Schwall Fruchtwasser verließ den Körper und die junge Brust machte ihren ersten Atemzug. Aber kein Ton kam über die Lippen des Kindes.

»Gut so, der Knabe scheint stark zu sein und schont seine Kräfte!«, äußerte sich die alte Frau zu der ungewöhnlichen Ruhe des Knaben. Mit zitternden Händen streichelte Potoski hilflos über den Kopf seiner Frau, während die Nabelschnur durchgetrennt wurde. Nun war der Sohn von seiner Mutter getrennt.

Die Alte packte den Knaben in warme Tücher und legte ihn in die Arme des Vaters.

»Nehmt ihn, ich kümmere mich jetzt um eure Frau!«

Die Kräuterfrau schob den frohen Vater zur Seite. Potoski stand etwas hilflos im Raum. Diese plötzliche Verantwortung überforderte ihn, aber das Kind lag ganz still in seinem Arm und betrachtete das Gesicht des Vaters. Ab und zu schloss es erschrocken die Augen, wenn der Schein eines Blitzes in die Stube drang und der Donner die Kerzen zum Flackern brachte.

Aber das Kind gab keinen Laut von sich. Langsam beruhigte sich auch Potoski, als er den Körper des Sohnes an seiner Brust spürte und ein seltsames Gefühl begann ihn zu durchströmen. Er empfand eine unendliche Liebe zu dem Knaben, und sein Herz wurde erfüllt davon. Niemals hätte er sich derartige Empfindungen vorstellen können, erst jetzt konnte er die Freude eines Vaters verstehen und seine Angst, dass dem Kind etwas zustoßen könnte. Es durchdrang ihn plötzlich eine ganz neue Gefühlswelt, und er begann, das Leben mit den Augen eines Vaters zu sehen.

Nachdem die Alte die geschwächte Mutter versorgt hatte, legten sie das Kind zu der Mutter.

Die Frau strahlte und aller Schmerz wich von ihr, als sie ihr Kind das erste Mal in ihre Arme schloss. Der Knabe zögerte nicht lang und fand den Weg zur mütterlichen Brust. Sofort begann das Kind zu trinken. Nachdem nun alle Arbeit getan ward, legte die Kräuterfrau dem Vater noch einige Heilpflanzen auf den Tisch, damit sollte er seiner Frau einen Trank bereiten. Dieser würde die Schmerzen der jungen Mutter schnell lindern.

»Bringt mir morgen das Schweinefleisch in mein Haus. Ich hoffe, ihr habt ein gutes, gepökeltes Stück für mich ausgesucht«, sagte sie und packte ihre Sachen zusammen. Potoski nickte abwesend, er hatte einen guten Schinken als Lohn ausgesucht. Als die Alte das Haus verließ, blieb sie noch einmal stehen und betrachtete die beiden glücklichen Eltern.

»Ihr habt in dieser Nacht ein ganz besonderes Kind bekommen, Potoski, vergesst das nie und wenn der Knabe groß genug ist, lasst ihn ziehen, er wird nie ein Bauer werden!«, sagte sie und verschwand in der Nacht, tief gebückt, als würde die tobende Natur alle Ungemach der Welt auf ihre Schultern laden.

Die beiden freudestrahlenden Eltern hatten zwar gehört, was die Alte gesagt hatte, aber sie waren zu diesem Zeitpunkt nicht in der Lage zu verstehen, was diese Vorhersage bedeuten konnte. Schon nach wenigen Minuten hatten sie die Worte vergessen, erst Jahre später sollte sich Potoski wieder daran erinnern.

Seltsamerweise legte sich nun auch der Sturm, und die Tiere im Stall wurden ruhiger. Potoski schien es so, als hätte das Unwetter seinen Teil geleistet und verschwand wieder im Moor. Schnell verdrängte er diesen grausigen Gedanken, und er widmete sich wieder seiner Frau und dem Kind.

Zwei Tage später bekamen die beiden anderen Familien im Dorf gleichfalls ihren Nachwuchs. Auch diesen half die Kräuterfrau, nur verlangte sie von dem Kazimierz-Bauern keinen Lohn. Es hatte den Anschein, als wäre die Alte froh, den Hof wieder verlassen zu können, nachdem sie ihre Geburtshilfe verrichtet hatte. Der Bauer schenkte diesem Umstand keinerlei Bedeutung, die Alte hatte nichts verlangt, also fühlte er sich jeglicher Verpflichtung enthoben und verlor auch kein weiteres Wort über die Sache. Nur vom Lukower Bauern verlangte sie eine Entlohnung, so wie es üblicherweise gehandhabt wurde. Es erblickten zwei kräftige Mädchen das Licht der Welt.

In dieser Zeit machte Rikolow, der Friedhofsgärtner, eine sonderbare Beobachtung. An dem Tag, als der Kazimierz Bauer Vater wurde, versammelten sich ungewöhnlich viele Krähen auf dem Friedhof, und es machte den Anschein, als würden die Tiere etwas suchen. Rikolow lief langsam auf den Friedhof, aber keiner der Vögel machte Anstalten wegzufliegen. Eher ärgerlich, mit einem bösen Geschrei, wichen sie widerwillig vor ihm zurück. Es musste ein seltsamer Anblick gewesen sein, wie der große, kräftige Mann mitten durch die Krähen lief und keiner der sonst scheuen Vögel davonflog. Rikolow folgte den Tieren und stand letztendlich an einer freien Stelle zwischen den Gräbern, hier versammelten sich die Krähen.

Still blieb er stehen, jetzt gaben auch die schwarzen Vögel keinen Laut mehr von sich. Rikolow betrachtete den freien Flecken Erde und plötzlich wurde ihm bewusst, dass er gerade diesen Platz für den nächsten Toten der Gemeinde ausgewählt hatte.

Genau hier würde er das nächste Grab ausheben. Er brauchte eine Weile, dann wurde ihm die Situation zu unheimlich, und langsam ging er zur Kirche zurück. Nicht einmal der Pfarrer machte ihm in derlei Dingen Vorschriften, wo er das nächste Grab anlegen sollte, aber die

Krähen wussten es. Vom Portal der Kirche aus beobachtete er den Rest des Tages die Krähen.

Erst als der erste Nebel aus dem Moor über den Friedhof stieg, verschwanden die Tiere und Rikolow glaubte zu beobachten, wie sich die Krähen in dem Nebel förmlich auflösten, ohne einen einzigen Ton von sich zu geben. Er sprach mit keiner Menschenseele darüber, so wie er es immer hielt.

Somit hatte das Fest auf dem Koschwitzhof dem kleinen Dorf neuen Kindersegen gebracht.

Drei Kinder wurden geboren, Potoskis Sohn und die beiden Mädchen Elisa und Janucka.

Potoski brachte am nächsten Morgen den Schweineschinken zur Kräuterfrau. Wortlos nahm diese das Fleisch in Empfang. Selbst als der Bauer sich noch einmal für ihre Hilfe bedankte, sprach sie kein Wort. Auf dem Rückweg begegnete er dem Pfarrer. Der Geistliche der Gemeinde hatte beobachtet, wie Potoski einen Handkarren zum Haus der Alten schob. Nun erwartete er den Bauern am Zaun des Pfarrhauses.

»Gott zum Gruß, Potoski, deine Frau ist niedergekommen, wie ich sehe.«

Er blickte in Richtung des kleinen Hauses am Rande des Waldes. Potoski grüßte den Pfarrer und blieb am Zaun stehen.

»Es ist ein Knabe, Herr Pfarrer.«

Potoski strahlte.

»Wann wollt ihr ihn taufen lassen, damit wir ihn in die Christliche Gemeinschaft aufnehmen können?«

»Bald, Herr Pfarrer, wenn meine Frau wieder beieinander ist, werden wir das Taufgebot bestellen.«

Freundlich nickte der Pfarrer und wollte wieder in seine Kirche gehen.

»Herr Pfarrer, gestern Nacht ist der Blitz bei euch eingeschlagen!«

Unerwartet schnell drehte sich dieser um.

»Was wisst ihr darüber?«, fragte der Geistliche und sah den Bauern mit einem lauernden Gesichtsausdruck an. Potoski schrak etwas zurück.

»Ich habe es aus meinem Haus gesehen«, antwortete er und fügte nach einer kleinen Pause hinzu: »Erst traf der Blitz den Kirchturm und dann schlug er in die Friedhofseiche ein.«

»Und das hast du beobachtet?«

»Ja, Herr Pfarrer.«

Dieser bekreuzigte sich.

»Bist du dir sicher, dass es ein und derselbe Blitz gewesen ist?«

Eindringlich blickte er auf den Bauern herab, sein Grundstück lag etwas höher als die Straße. Potoski zögerte einen Augenblick, wobei ihn der Pfarrer genau beobachtete.

»Ich bin mir sicher, Herr Pfarrer.«

Der Geistliche blickte über die Straße in Richtung des Potoskihofes, als würde er darüber nachdenken, ob der Bauer diesen Blitzschlag wirklich hatte beobachten können.

»Aber warum fragt ihr, Herr Pfarrer? Ist etwas geschehen?«

Einen Moment schien es so, als wollte der Pfarrer das Gespräch beenden, aber dann antwortete er dem Bauern. Er wusste, dass diese nächtlichen Ereignisse sowieso jeder im Dorfe erfuhr. Seine Haushälterin war eine arge Plaudertasche. Es erschien ihm besser, wenn er selbst seine Gemeindemitglieder über dieses Vorkommnis unterrichten würde.

»Komm mit, Potoski, wir gehen in die Kirche, ich möchte euch etwas zeigen.« Der Pfarrer nahm Potoski an der Schulter und führte ihn zur Kirche. Als sie durch das Hauptportal gingen, zeigte der Pfarrer auf den Altar.

Jedes Mal, wenn Potoski das Gotteshaus betrat, überkam ihn ein frostiger Schauer. Das Mittelschiff hatte eine beachtliche Höhe und am Ende des Gewölbes ragte ein gewaltiger Altar in die Höhe. Das Ganze ergab eine beeindruckende Kulisse, welche dem Bauern in die Glieder fuhr. Der Pfarrer wusste um die Wirkung des Gebäudes, selbst ihn beschlich an manchen Tagen ein ehrfurchtsvolles Gefühl bei diesem Anblick.

In allen alten Unterlagen, die er über seine Kirche gefunden hatte, fand er keinen Hinweis darauf, warum gerade hier in dieser abgelegenen Gegend ein derartig prächtiges Gotteshaus errichtet worden war. Er konnte nur davon ausgehen, dass vor einigen hundert Jahren der Fürst des Landes viel Geld in diese Gegend investiert und sich wahrscheinlich einen gewaltigen wirtschaftlichen Aufschwung versprochen hatte.

Aber aus irgendeinem Grunde blieb es bei dem Bau dieser gewaltigen Kirche.

Als Potoski mit dem Pfaffen den Altar erreichte, hatte sich dessen Befangenheit etwas gelegt.

»Seht, als der Blitz in die Kirche einschlug, entzündete er alle Kerzen unter dem Kreuz. Aber die große Altarkerze, die der Sohn der verstorbenen Koschwitz hat aufstellen lassen, spaltete der Blitz in drei ungleiche Teile.«

Der Pfarrer stand nun mit Potoski vor dem Altar. Zwischen den brennenden Kerzen lagen die drei Stücke der Koschwitz-Totenkerze. Ein großes Stück und zwei kleinere Teile. Der Pfarrer belauerte den Bauern. Wie würde dieser auf diesen seltsamen Umstand reagieren? Potoski aber sah zum Dach der Kirche.

»Aber derselbe Blitz schlug auch in die Eiche auf dem Friedhof«, flüsterte er. In seiner Stimme klang eine gewisse Unsicherheit mit. Es wurde ihm plötzlich unheimlich in der Kirche und die seltsame Art des Pfaffen verwirrte ihn. Sie gingen durch eine kleine Seitentür hinter dem Altar auf den Friedhof. Als sie sich der Friedhofseiche näherten, sah Potoski Rikolow an einem der Gräber arbeiten, welches unmittelbar an der Eiche lag. Es musste das frische Grab der dicken Koschwitz sein. Als Potoski mit dem Geistlichen die Stelle erreichte, bestätigte sich seine Vermutung. An dieser Stelle hatten sie vor neun Monaten die Bäuerin unter die Erde gebracht.

»Der Blitz ist durch die Eiche geschlagen und am Boden auf den Grabstein übergesprungen«, sagte der Pfarrer. Potoski starrte erschrocken auf die Auswirkungen, welche der Blitzschlag verursacht hatte. Der Grabstein war in drei Teile zersprungen, ein großes und zwei kleine. Wie die Kerze, dachte Potoski, und mit Unbehagen wurde ihm bewusst, dass genau in diesem Augenblick sein Sohn das Licht der

Welt erblickt hatte.

In diesem Moment schwor er sich, niemandem davon zu erzählen, nicht einmal seiner Frau. Dabei überlegte er, ob die alte Kapschuthke den Blitz auch gesehen hatte, aber diese würde das Geheimnis für sich behalten. Ohne ein weiteres Wort zu sprechen, stand er nun neben dem Pfarrer und sah dem Gräbermacher bei seiner Arbeit zu.

Rikolow bemühte sich, die Bruchstücke des Steines auf eine Karre zu laden und das zerstörte Grab wieder herzurichten. Dabei nahm er keinerlei Notiz von dem Pfarrer und dem Bauern. Potoski hatte ein unwohles Gefühl, als er neben Rikolow stand. Was hatte dieser unheimliche Mann wohl in der letzten Nacht auf dem Friedhof getrieben?

Im Dorf gingen ihm alle aus dem Weg. Man sagte, dass Rikolow der Letzte sein würde, dem man auf der Erde die Hand gab. Eine der Aufgaben des Friedhofsgärtners bestand darin, die Toten für eine Aufbahrung fertigzumachen.

Es wurde erzählt, dass er nach Beendigung seiner unheimlichen Arbeit den Toten die Hand gab und sich von ihnen verabschiedete. Immer, wenn Potoski den Alten sah, musste er auf dessen große, wettergegerbten Hände starren, und ihm lief ein Schauder über den Rücken. Diese Hände konnten auch für ihn die letzten sein, wenn ihn der Sensenmann holen würde.

»Ja, wie ihr seht, ein seltsames Zusammenspiel von Zufällen«, beendete der Geistliche das Schweigen und wartete auf eine Reaktion des Bauern. Aber Potoski beobachtete Rikolow bei seiner Arbeit und nickte nur zustimmend.

»Ich habe dem Sohn der verstorbenen Koschwitz heute Morgen schon die schlechte Nachricht überbracht. Er wird einen neuen Stein fertigen lassen.«

Jetzt schob der Pfarrer den Bauern sanft in Richtung Straße, er betrachtete das Gespräch als beendet.

Rikolow beteiligte sich nicht an der Unterhaltung, solange der Bauer am Grab stand.

Erst als Potoski ihnen den Rücken zuwandte, hielt er mit seiner Arbeit inne und erhob sich.

Mit Erleichterung verließ Potoski diesen Ort. Als er auf die Straße trat, drehte er sich noch einmal um und beobachtete, wie sich der Pfarrer intensiv mit dem Gräbermacher unterhielt. Es sah so aus, als würden sie sich streiten.

Potoski ging nach Hause, diese Begegnung auf dem Friedhof wollte er so schnell wie möglich vergessen. Seiner Frau erzählte er nichts davon.

Freudig erwartet von seiner kleinen Familie, vergaß er für einige Zeit, was er auf dem Heimweg erlebt hatte.

Im Dorf machten die Ereignisse auf dem Friedhof in der Sturmnacht schnell ihre Runde. Im Laufe der nächsten Tage hatten alle Dorfbewohner irgendetwas auf dem Friedhof zu schaffen, und zufällig gingen alle am Grab der dicken Koschwitz vorbei. Der Pfarrer beobachtete diese Neugier seiner Gemeinde mit Missfallen.

Er wusste, dass es bald Gerüchte im Dorf geben würde. Daher beschloss er, am Sonntag einige mahnende Worte an die Bauern zu richten, um so den schlimmsten Spöttern und Geschichtenerzählern Einhalt zu gebieten.

Einige Zeit später trafen sich die Bauern abends in der einzigen Dorfschenke.

Früher war das Gebäude eine Poststation, in der durchreisende Kutscher ihre Pferde versorgten und nächtigten. Allerdings reisten jetzt selten Fremde durch diese Gegend.

Vor der Teilung Polens kamen Händler aus den umliegenden Dörfern, und einmal im Monat verkehrte sogar eine alte Postkutsche und folgte dem Lauf des Flusses. Seitdem dieser Teil ihres Landes unter der Regentschaft des fernen russischen Zaren stand, blieben auch diese wenigen Kontakte zur Außenwelt aus.

Nun trafen sich die Bauern in der alten Poststation. Die daraus entstandene Wirtschaft wurde im Laufe der Zeit zu einem wichtigen Treffpunkt der Leute in dieser abgelegenen Gegend.

Dies blieb auch das einzige Haus im Dorf, welches der Pfarrer und die Frauen der Bauern nie aufsuchten, daher konnten hier die Bauern ungestört trinken und derbe Sprüche klopfen.

Auch Rikolow saß oft am Abend in einem etwas abgelegenen Winkel der Wirtschaft und trank sein Bier.

Dabei rauchte er seine Pfeife und beobachtete mit seinen wachen Augen die Bauern. Selten wurde er in Gespräche miteinbezogen, nur wenn die Bauern einen besonders kräftigen Mann brauchten, wandten sie sich an den Gräbermacher.
Rikolow blieb trotz seines Alters der wahrscheinlich stärkste Mann in der ganzen Gegend. Er war groß und kräftig gewachsen, ihm gelang es als einzigem Mann, einen Bullen an den Hörnern zu Boden zu

zwingen. Man erzählte sich, dass er in seiner Jugend zwei Bauern aus dem Nachbardorf wie Fliegen erschlagen hätte. Die beiden hatten sich angeblich auf einem Dorffest wegen eines Mädchens gestritten. Unglücklicherweise lief das begehrte Wesen in diesem Augenblick den Streithähnen in die Quere und wurde nun von beiden Verehrern auf das Übelste bedrängt. Als es zu Handgreiflichkeiten gegen das Mädchen kam, griff der jugendliche Rikolow in die Auseinandersetzung ein, in deren Verlauf die beiden Kontrahenten ihr Leben ließen. Rikolows unbändige Körperkraft hatte beiden auf einen Schlag das Genick gebrochen.

Nach dieser Gewalttat verschwand Rikolow für viele Jahre. Als er wieder im Dorf auftauchte, hatten sich die Zeiten verändert, die neuen Vertreter der Obrigkeit hatten kein Interesse an solch alten Geschichten.

Er erzählte, dass er in Russland in der Armee des Zaren gedient hatte und dabei durch die halbe Welt gekommen war. Hier im Dorf kam er beim Pfarrer unter. Dieser beschäftigte den kräftigen Mann in seinen eigenen Stallungen und Feldern. Rikolow betreute das Vieh, arbeitete in der Kirche und auf dem Friedhof. Er wurde zu dem unheimlichen Mann, welcher die Gräber aushob und den Toten das letzte Antlitz verschaffte.

An diesem Abend bezog man Rikolow in die Unterhaltung mit ein, schließlich musste gerade er am meisten von dem Vorfall wissen. Wenn auch von seiner Person eine unheimliche Aura ausging, überwog doch die Neugier der Bauern, denn einen derartigen Blitzschlag gab es nicht alle Tage und das gerade auf dem Friedhof. Sie gaben dem Friedhofsgärtner einen mächtigen Humpen Bier aus und etwas widerwillig erhob sich Rikolow aus seiner angestammten Ecke und gesellte sich zu den Bauern, allerdings ohne ein Wort zu sagen. Allein schon die Anwesenheit seiner Person sorgte für eine schauerliche Atmosphäre.

Dabei gruselten sich die Bauern schon genug über das Zusammenspiel so vieler Zufälle. Sie waren sich sicher, dass dabei dämonische Kräfte ihre Finger im Spiel hatten. Auch Potoski verfolgte aufmerksam die verschiedenen Spekulationen der Bauern. Er hatte seinen Schwur gehalten und niemandem erzählt, dass genau bei diesem Blitzschlag sein Sohn geboren worden war. Einer der Bauern schlug in einer Bierlaune vor, dass die mutigsten Männer des Dorfes doch beim nächsten Gewitter auf den Friedhof gehen sollten, dann würde sich vielleicht herausstellen, ob alles nur ein Zufall gewesen war. Dieser Vorschlag wurde mit Schaudern diskutiert. Keiner der Bauern wäre so verrückt gewesen, sich in solch einer Nacht auf dem Gottesacker herumzutreiben. Nicht einmal an trüben Tagen oder in der Dämmerung, wenn der Nebel aus dem Moor zum Friedhof emporstieg, gingen sie dorthin, dafür saß ihr Aberglaube viel zu tief in ihren arglosen Seelen. Aber in ihrer überschäumenden Laune gingen sie auf den Vorschlag ein. Nun mischte sich plötzlich Rikolow ein, der bislang keinen Ton von sich gegeben hatte.

»Ihr solltet das Schicksal nicht herausfordern, Chrzanowski!«, sprach er den führenden Redner in der Runde an, aber Chrzanowski hatte schon einige Gläser getrunken und ließ nicht locker.

»Warum nicht, Rikolow?«

Herausfordernd stieß er dabei heftig gegen seinen Bierkrug. Rikolow nahm gewichtig seine Pfeife aus dem Mund und begann umständlich die kalte Asche herauszuklopfen, bevor er antwortete.

»Man kann nie wissen, wen solche Blitze unter der Erde noch treffen und welcher Sarg gespalten wird, vielleicht ja der deines verstorbenen Bruders!«

Chrzanowski verstummte und setzte sich wieder. Dass nun das Gespräch auf seinen verstorbenen Bruder kam, gefiel ihm nicht. Als er diesen beerdigt hatte, hatte es Gerüchte im Dorf gegeben, dass mit dem plötzlichen Ableben des Bruders etwas nicht stimmen würde. Dieser war in einem kleinen Teich nahe dem Dorf ertrunken. Man hatte damals nicht eindeutig feststellen können, wie das geschehen konnte, die Sonne hatte den Teich fast ausgetrocknet, und es hatte ungefähr eine Handbreit Wasser auf dem Grund gestanden. Rikolow stieg damals in den kleinen Weiher und hob den Bruder aus dem Morast. Der jüngere Chrzanowski lag nur bis zu den Ohren im Wasser, aber seine beiden Arme steckten fest im Grund.

Seinen Hinterkopf und Rücken hatte die Sonne mit Hilfe der Fliegen schon arg zugerichtet, und es stank erbärmlich. Unverständlicherweise hatte er ein schweres Eisen um den Hals, welches ihn mit seinem Gewicht tief in den Schlamm presste. Rikolow vermutete, dass der Unglückliche gestürzt sein musste und versucht hatte, sich im Schlamm zu erheben. Dabei mussten seine Arme im weichen Untergrund keinen Halt gefunden haben, er bekam vermutlich seinen Kopf nicht frei. Der feuchte Schlick hielt seine Arme fest, und er erstickte jämmerlich in einer kleinen Wasserlache. Es blieb nur die Frage: Was hatte der junge Bauer mit einem Eisen um den Hals an dem Teich gemacht, über dessen Verwendung keiner eine Auskunft geben konnte? Als Rikolow später das Metallstück noch einmal sehen wollte, konnte der Bruder das Eisen seltsamerweise nicht mehr finden.

Nun gehörte der Hof allein dem älteren Chrzanowski, was dieser nicht gerade bedauerte. Er hatte sich mit seinem jüngeren Bruder nie gut verstanden.

Aber Rikolow war mit den Bauern noch nicht fertig.

»Wisst ihr eigentlich, dass der Blitz schon einmal in die Eiche eingeschlagen ist?«, fragte er die Anwesenden. Über die Sache mit dem Bruder brauchte er nicht weiter zu reden. Allein die Erinnerung an den Unfall reichte schon aus, um den Wortführer in der Runde zum Schweigen zu bringen. Nun hatte er die volle Aufmerksamkeit seiner Zuhörer. Rikolow wusste um ihre Angst vor solchen Dingen. Genussvoll lehnte er sich zurück.

»Vor vielen Jahren, da war noch keiner von euch von seinem Vater gezeugt, hatten wir im Dorf einen reichen Bauern, unten am Fluss.« In der kleinen Runde sprach nun keiner der Anwesenden ein Wort. Alle wussten aus den Erzählungen der Älteren, dass es einen solchen Bauern gegeben hatte.

Nachdem sich Rikolow seiner Zuhörer versichert hatte, fuhr er fort, vergaß dabei aber nicht, seinen leeren Bierkrug demonstrativ in die Mitte zu stellen. Dieser wurde sogleich vom Wirt gefüllt. Erst nachdem der Gräbermacher einen kräftigen Schluck genommen hatte, sprach er weiter.

»Also, dieser Bauer war kein guter Mensch. Er schlug das Vieh und seine Leute. Selbst vor seiner Frau machte er nicht halt.«

Einige der Bauern grinsten, als er das sagte. »Man erzählte sich damals, dass er sogar den Herrgott verfluchte, wenn ihm etwas Übles widerfuhr. So ein Mensch war dieser Bauer. Aber das Schicksal strafte ihn hart für seine Vermessenheit, und drei seiner fünf Kinder starben in einem Jahr.

Dann bekam seine Frau wieder ein Kind. In dieser Zeit lebte, genau wie heute, eine Kräuterfrau am Waldrand. Diese kam, um seiner Frau bei der Niederkunft zu helfen. Der Vater verweigerte die Bezahlung der Alten und versoff mit seiner Familie bei einem Unwetter.«

Die Bauern winkten ab und begannen herumzubrummeln, diese Geschichte wurde ihnen schon von Kindheit an erzählt. Aber Rikolow brachte mit einer herrischen Handbewegung die Bauern zum Schweigen.

»Was ihr aber nicht wisst, ist, dass bei diesem Unwetter damals auch der Blitz in die Kirche und dann in die Friedhofseiche schlug!«

Nun konnte er an den überraschten Augen der Bauern sehen, dass dies auch für sie eine Neuigkeit darstellte.

»Und dieser Blitz schlug in die Erde unter die drei Särge der im Jahr verstorbenen Kinder des Bauern. Alle drei Eichenkisten wurden aus dem Boden gepresst. Das Unwetter hatte so eine Kraft, dass es die kleinen Särge in den Bach trieb, und dieser unterspülte das Haus des Bauern.«

Keiner der Zuhörer wagte aus seinem Bierhumpen zu trinken, so gefesselt waren sie von dem Bericht des Alten. Rikolow erhob sich leicht und sein gewaltiger Brustkorb warf einen bedrückenden Schatten auf den Tisch.

»Vielleicht haben gerade die drei Särge im Wasser die Grundpfeiler des unterspülten Hauses so empfindlich gerammt, dass alles zusammenbrach!« Rikolow ließ sich wieder schwer in seinen Sitz zurückfallen und fuhr fort.

»Am nächsten Tag fand man die Leichen des Bauern und seiner Familie flussabwärts. Bis auf das neugeborene Mädchen waren alle umgekommen. Der Bauer selbst lag abseits auf einer überschwemmten Wiese und große Krähen machten sich an seinem Gesicht zu schaffen und um ihn herum standen die drei kleinen Särge seiner Kinder.« Rikolow nahm einen kräftigen Schluck aus seinem Krug.

»Aber das Schrecklichste an der Geschichte ist, dass alle drei Särge leer waren, obwohl die Kisten fest verschlossen und erst ein Jahr unter der Erde lagen!«

Zur Bekräftigung seiner Worte schlug er mit der Hand auf den Tisch und den Anwesenden fuhr ein zusätzlicher Schrecken durch die Glieder. Nun hatte Rikolow das Bier ausgetrunken und entschloss sich zu gehen. Er erhob sich, und seine gewaltige Gestalt überragte die angstvollen Bauern. Groß und finster stand der Gräbermacher über ihnen und keiner wagte es, ihm ins Gesicht zu sehen.

»Also überlegt euch gut, ob ihr bei einem Unwetter auf den Friedhof geht. Ihr wisst nie, welchen Sarg der Blitz nach oben treiben kann!« Und etwas böswillig fügte er noch hinzu:

»Es könnte ja auch später euer eigener sein!«

Dabei sah er dem Bauern Chrzanowski fest in die Augen. Dieser erbleichte und schien förmlich in seinem Stuhl zu verschwinden. Mit festem Schritt verließ Rikolow die Wirtschaft und als die Tür hinter ihm in das Schloss fiel, zuckten die Bauern zusammen. Nach diesem Bericht wurde von dem Unternehmen, den Friedhof während eines Unwetters aufzusuchen, abgesehen.

Potoski fühlte sich an diesem Abend nicht sehr wohl, als er nach Hause ging. Zu allem Übel musste er direkt am Friedhof vorbei. Mit einem schnellen Seitenblick musterte er im Vorübergehen die Gräberstätten.

Unheimlich breitete die Eiche ihre Äste über die Gräber aus, als wollte sie diese beschützen.

Als er seinen Hof betrat, drehte er sich noch einmal um und sah zur Friedhofseiche. Und nun konnte er dort im Schatten des Baumes eine Gestalt sehen, die dort unbeweglich in seine Richtung blickte. Potoski spürte regelrecht, wie ihm eine unheimliche Kälte am Rücken emporstieg. Das konnte nur Rikolow sein. Wer würde sich sonst um diese Zeit noch auf dem Gottesacker herumtreiben?

Plötzlich drehte sich der Gräbermacher um und lief in Richtung der Kirche. Dabei schienen ihn die aufsteigenden Nebelschwaden vom Moor regelrecht aufzusaugen und er verschwand aus Potoskis Blickfeld.

Dieser war froh, dass er unbeschadet zu seiner Frau ins Bett konnte. Er brauchte lange, bis er innerlich zur Ruhe kam und endlich einschlafen konnte, selbst dort verfolgte ihn der Gräbermacher mit seinen großen Händen.

Einige Wochen beschäftigten die Ereignisse auf dem Friedhof noch die Bauern, aber dann rückten wieder ihre alltäglichen Probleme in den Vordergrund. Potoski und seine Frau waren glücklich über ihren Nachwuchs und verbrachten alle Zeit, die der Hof ihnen ließ, mit dem Knaben. Dieser entwickelte sich sehr zur Zufriedenheit der Kräuterfrau Kapschuthke, und sie stellte ihre Besuche ein. Sie würde nun alle paar Monate einmal nach dem Kind sehen, bis der Knabe mit dem Laufen beginnen würde, versicherte sie. Nachdem sie sich nun sicher waren, dass der Knabe die ersten Wochen gut überstanden hatte, bestellte Potoski die Taufe.

Am Tag der Taufhandlung fiel der erste Schnee. Es wurde ein herrlicher Morgen, die ganze Welt überzog sich mit einem weißen Schleier, und der Himmel schien so blau wie die Augen des Knaben. Beide Familien der jungen Eltern waren eingeladen, auch einige der Bauern aus dem Dorf fanden sich zur Taufe in der Kirche ein.

Die Kräuterfrau kam auch zu diesem feierlichen Anlass. Keiner der Gäste konnte sich daran erinnern, dass die Kapschuthke überhaupt schon einmal zu einer Taufe erschienen war, obwohl sie viele Kinder mit zur Welt gebracht hatte. Sie setzte sich auf die letzte Bank in der Kirche und wurde so von den Wenigsten bemerkt. Als Potoski die Alte sah, nickte er ihr aufmunternd zu. Diese erwiderte den Gruß mit einem freundlichen Lächeln.

Erst als der Pfarrer begann, aus der Bibel zu lesen, sah er Rikolow, der abseits im Kirchenschiff dem Taufakt beiwohnte. Potoski spürte förmlich den musternden Blick des Gräbermachers auf seinem Haupt, und krampfhaft versuchte er einen direkten Blickkontakt zu vermeiden. Rikolow seinerseits hegte kein schlechtes Gefühl gegen den Bauern, auf gewisse Weise fühlte er sich zu der kleinen Familie hingezogen, was letztlich an dem kleinen Knaben lag. Als der Gräbermacher den kleinen Potoski zum ersten Mal sah, schloss er den Buben in sein Herz, auf eine unergründliche Weise fühlte er sich zu dem kleinen Kind hingezogen.

Der Junge wurde auf den Namen Franciszek Josef getauft.

Als Potoski mit seiner Familie die Kirche verließ, kam gerade der Sohn der verstorbenen Koschwitz mit einem Gespann auf den Friedhof gefahren. Er hatte an diesem Tag den neuen Grabstein für seine Mutter abgeholt. Der Stein hatte wiederum eine beachtliche Größe, aber diesmal hatte der Steinmetz eine kleine Grabfigur auf dem Grabstein befestigt. Man konnte sehen, dass die Engelsfigur aus einem sehr hellen Marmor gefertigt worden war und sich dadurch von der Farbe des restlichen Grabsteines unterschied.

Potoski missfiel diese zufällige Begegnung, und er musste wieder an die seltsamen Zusammenhänge in dieser Geschichte denken. Keiner der anderen Gäste nahm Notiz von dem neuen Grabstein. Nur der Knabe in seiner Wiege, getragen von seinem Vater, schien den Grabstein der Koschwitz gesehen zu haben, denn er versuchte sein Köpfchen zu heben, um besser auf den Friedhof blicken zu können. Als Potoski dies bemerkte, drückte er das Kind in seine Wiege zurück. Ohne sich zur Kirche umdrehen zu müssen, spürte er den Blick des Gräbermachers im Nacken. Dieser stand in der Tür des Gotteshauses und schickte sich an, dem Koschwitzbauern beim Abladen des Steines zu helfen. Potoski beruhigte sich erst, als er seinen Hof erreicht hatte. Franciszek Josef Potoski schien äußerlich ein sehr ruhiges Kind zu sein. Hatte er genug zu essen und seine Eltern bemühten sich um ihn, verhielt sich das Kind friedlich. Der Knabe beschäftigte sich viel mit sich selbst, stundenlang konnte er in seiner Wiege liegen und mit einem kleinen Gestell, welches ihm seine Mutter dort befestigt hatte, herumspielen. Daran hingen verschiedene kleine Stoffpuppen, die sich an kleinen Bindfäden bei jeder Bewegung in der Wiege drehten. Seine ersten Zähne bekam er schon im vierten Monat, zum Verdruss seiner Mutter, die nun immer wieder einen heftigen Biss in ihre Brustwarzen ertragen musste. Franciszek schien einen unstillbaren Hunger zu besitzen.

Nach einem Dreivierteljahr begann seine Mutter abzustillen. Der Knabe hatte keine Umstellungsschwierigkeiten, jegliche angebotene Nahrung nahm er bereitwillig zu sich. Das Kind entdeckte seine erste Möglichkeit sich fortzubewegen und begann zu krabbeln. Sehr schnell erkannte Franciszek, wie effektiv diese Fortbewegungsmethode sein konnte. Von diesem Tage an war das Kind beständig unterwegs. Die Mutter ließ den Knaben vor die Tür und Franciszek vergnügte sich den Tag über im kleinen Vorgarten am Haus. Potoski hatte einen größeren Bereich abgegrenzt, damit sein Sohn den Hof nicht verlassen konnte. Hatte Franciszek genug gespielt, krabbelte er zu seiner Mutter oder rollte sich auf einer Decke in seinem Auslauf zusammen und schlief.

Alle paar Monate kam die Kräuterfrau vorbei und untersuchte das Kind. Die Alte blieb die einzige Person, außer seinen Eltern, die das Kind anfassen durfte. Waren die anderen Mütter aus dem Dorf bei Potoski, fing Franciszek sofort an eine ablehnende Haltung einzunehmen, wenn auch nur eine der anderen Mütter Anstalten machte den Knaben zu berühren. Dabei machte er ein Geräusch wie ein drohender Hund.

Das blieb der einzige Laut, welchen er von sich gab, ansonsten waren seine Lippen verschlossen. In den letzten Sommertagen konnte das Kind schon aufrecht stehen und begann zaghaft mit den ersten Gehversuchen. Obwohl der Knabe dabei mehrfach stürzte und sich offensichtlich heftig verletzte, weinte er nicht.

Zu dieser Zeit beobachtete die Mutter, dass Franciszek an manchen Tagen für Stunden am Zaun stand und in die Ferne starrte. Ohne sich zu bewegen, schien er etwas Interessantes für seine Kinderaugen in der Ferne zu verfolgen. Die Mutter konnte nie entdecken, was das Kind da so aufmerksam beobachtete. Aber sie war froh darüber, dass der Knabe sich so ausgiebig mit sich selbst beschäftigte. So blieb ihr mehr Zeit, sich um die Arbeit auf dem Hof zu kümmern. Verwundert stellte sie fest, dass Franciszek wenige Minuten, bevor sein Vater aus dem Stall kam, schon an der Tür stand. Der Knabe wusste genau, wann sein Vater die Stube betrat, zwischen den beiden hatte sich eine starke Bindung entwickelt. Potoskis Frau litt heimlich darunter, dass ihr eigenes Kind sich mehr dem Vater zuwandte, obwohl sie mit dem Knaben die meiste Zeit verbrachte. Wenige Tage vor dem ersten Geburtstag des Kindes geschah etwas, das Potoski einen wahnsinnigen Schrecken bescherte.

Die Tage wurden langsam kürzer und die ersten Herbststürme rissen die Blätter von den Zweigen, als Potoski zu Mittag die Stube betrat und Franciszek nicht auf ihn wartete. Als er seine Frau fragte, verwies diese ihn auf den Auslauf im Vorgarten, sie hatte Franciszek dort am Zaun stehen sehen. Potoski hatte eine schlimme Vorahnung und rannte hinaus, und wie er vermutet hatte, konnte er seinen Sohn nicht entdecken.

Die Eltern durchsuchten das Haus, die Stallungen, den gesamten Hof stellten sie auf den Kopf, aber das Kind fanden sie nicht. Eine schreckliche Panik beschlich sie und beide begannen, sich gegenseitig Vorwürfe zu machen, nicht nach dem Knaben gesehen zu haben. Erst jetzt sah Potoski, dass die Pforte zum Gemüsegarten offenstand, welche er in seiner Panik übersehen hatte. Franciszek musste es geschafft haben, den Riegel zu bewegen. Vom Garten aus gab es eigentlich nur zwei Wege, die das Kind einschlagen konnte. Der eine Weg ging zu seinen Feldern und der andere... Potoski hatte eine Befürchtung. Er schickte seine weinende Frau auf die Felder, in der Überzeugung, dass Franciszek dort nicht sein würde. Er selbst ging den anderen Weg, dieser führte hinüber zum Pfarrhaus und dem Friedhof.

Potoski, seiner inneren Eingebung folgend, fand den Knaben, wo er ihn mit Schrecken vermutet hatte. Allerdings überraschte es ihn, noch zwei andere Kleinkinder dort vorzufinden. Die drei Sprösslinge spielten friedlich auf dem Grab der dicken Koschwitz.

Die Kinder bemerkten den herannahenden Erwachsenen nicht. Potoski kam direkt aus der Sonne und blieb kurz vor dem Grab wie angewurzelt stehen. Sein Sohn spielte mit zwei kleinen Mädchen andächtig mitten auf dem Grabhügel.

Aber noch befremdlicher an dieser Situation war, dass Franciszek, der sonst keinen Laut von sich gab, unaufhörlich vor sich hin brabbelte. Dabei berührte er immer wieder den gewaltigen Grabstein und die beiden Mädchen schienen seiner Babysprache andächtig zu folgen. Potoski wusste sofort, wer die beiden anderen Kinder waren. Diese Mädchen wurden kurz nach seinem Sohn geboren, die rothaarige Januschka gehörte dem Kazimierz-Bauern, eine sehr alte Familie, die schon über viele Generationen in dem Dorf lebte. Und das andere Mädchen mit dem rabenschwarzen Haar, Elisa, musste die Tochter des Lukower Bauern sein. Dieser kam erst vor ein paar Jahren aus einem kleinen Dorf voller Leibeigener im Osten der Ukraine in das Dorf am Fluss.

Im Ort erzählten sich die Leute, dass der Lukower Ärger mit einem russischen Großgrundbesitzer hatte und deshalb in ihren kleinen Ort übersiedelte. Der flüchtige Bauer ging ruhigen Herzens davon aus, dass seine Familie in dieser abgelegenen Welt hinter dem Fluss für alle Zeit vor seinem Verfolger sicher leben würde. Aber hier, in dieser Abgeschiedenheit, musste die Familie feststellen, dass es recht schwer wurde, mit den Einheimischen in festen Kontakt zu treten, zu sehr waren diese mit ihrer Scholle verwachsen und schienen sehr verschlossen zu sein. Es würde Jahre dauern, an diesem Ort feste Beziehungen aufzubauen.

Potoski selbst unterhielt auch keinen größeren Kontakt zu dem ortsfremden Bauern.

Als Franciszek seinen Vater bemerkte, verstummte er. Erst jetzt sah Potoski, dass die Kinder den Erdhügel mit seltsamen Zeichen bedeckt hatten und diese nun versuchten, schnell zu verwischen.

»Ihr habt einen aufgeweckten Knaben, Potoski!«

Potoski fuhr wie vom Blitz getroffen zusammen. Er hatte den Gräbermacher Rikolow nicht bemerkt. Dieser stand einige Meter vom Grab entfernt an die Friedhofseiche gelehnt. Die Kinder hingegen erschraken nur über Potoskis Anwesenheit am Grab. Rikolow mussten sie in ihrer Nähe geduldet haben. Potoski brauchte einige Sekunden, bevor er vor Schreck die Sprache wiederfand.

»Rikolow, ich hatte euch nicht gesehen!«
Dieser nickte, stieß sich von der Eiche ab und kam nun zum Grab
der dicken Koschwitz.
»Das habe ich bemerkt, Potoski. Ist schon seltsam, was diese drei
hier so treiben.« Dabei legte er seine großen Hände freundschaftlich
auf Potoskis Schultern. Die beiden Mädchen hatten nun alle Spuren
auf dem Grabhügel beseitigt und starrten Franciszek an. Der Knabe
verschränkte die Hände auf dem Rücken, stellte sich vor seinen Vater
und lächelte ihn an.
»Nun ja, Rikolow, drei spielende Kinder!«, versuchte Potoski
einzulenken.
»Potoski, ich bin schon etwas länger hier und hatte genug Zeit, die
drei zu beobachten.«
Er schien darauf zu warten, dass Potoski etwas über die Sache sagen
würde, aber dieser schwieg beharrlich. Er sah zu seinem Sohn.
»Franciszek Josef, wollen wir nach Hause gehen zur Mama?«
Das Kind nickte und streckte die Hände aus. Aber die schwere Hand
Rikolows auf seinen Schultern bremste seine Flucht.
»Mach dir keine Sorgen, Potoski, von mir erfährt keine
Menschenseele etwas. Ich habe kein Vertrauen zu den Lebenden, die
reden zu viel.«
Potoski nickte dankbar, er wollte nur weg von diesem Ort.
Ihm schauderte, als er die Hände des Gräbermachers auf seiner
Schulter spürte.
Rikolow bemerkte die Angst in Potoski und ließ ihn los, dann beugte
er sich zu den beiden Mädchen und hob sie hoch.
»Ich bringe die beiden zu ihren Eltern, die werden bestimmt auch
schon gesucht.«
Rikolow machte eine bedeutungsvolle Pause und sah Potoski tief in
die Augen, dafür beugte er sich mit den beiden Mädchen im Arm zu
ihm herab.
»Denn ich glaube nicht, dass die anderen Väter dieselbe Eingebung
haben wie du, Potoski!«
Potoski wusste nicht, was er erwidern sollte, und versuchte, einige
Meter Abstand zwischen sich und dem Gräbermacher zu erreichen.

»Wer würde schon auf die Idee kommen, sein Kind auf dem Friedhof zu suchen? Außer man hätte eine besondere Beziehung zu diesem Ort und seinen Geheimnissen!«

»Ich weiß nicht, was du meinst!« Aber seine Augen verrieten ihn. Dann drehte er sich um und drückte Franciszek an seine Brust, aber Rikolow betrachtete die Unterhaltung noch nicht als beendet.

»Potoski, ist es nicht sonderbar? Die Kerze auf dem Altar und der kaputte Grabstein, ein großes Teil und zwei kleine, ein Knabe und zwei zarte Mädchen?«

Potoski duckte sich weg unter den Worten des Gräbermachers, er wollte das nicht hören. Rikolow sprach nur aus, was er selbst schon gedacht hatte. Für einen Moment sahen sich die beiden Männer in die Augen, aber Potoski wich dem Blick aus. Trotz aller Beklemmung konnte er in Rikolows Augen nichts Beunruhigendes erkennen, eher eine gewisse Art von Zuwendung. Ohne ein weiteres Wort zu wechseln, nahm er seinen Sohn und verließ den Ort. Endlich erreichte er den Friedhofszaun und stand auf der Straße. Als er seinen Hof erreichte, blickte er zurück. Unter der Eiche stand noch immer Rikolow, unter jedem Arm hielt er eines der Mädchen. Und plötzlich hörte er eine Stimme.

»Hast du die Zeichen gesehen? Du hast sie doch gesehen, oder?«
Zu Tode erschrocken machte er einen Schritt nach hinten und stürzte auf seinen Hof. Das konnte Rikolow nicht gesagt haben, dafür stand dieser viel zu weit weg. Mit zitterndem Blick sah er auf seinen Sohn, aber dessen Lippen waren geschlossen. Ja, er hatte die Zeichen gesehen, wenn es auch nur ein winziger Augenblick gewesen war, so erschreckte ihn doch der Gedanke an diese klaren, sauberen Linien, welche die drei Kinder in die Erde gemalt hatten.
Es war eine Art Muster, und er hatte das Gefühl, als hätte er so etwas schon einmal erblickt. Aber er wusste zur Stunde nicht, wo das gewesen sein könnte. Rikolow stand noch immer neben der Eiche und beobachtete das sonderbare Verhalten des Bauern auf seinem Hof. Angestrengt lauschte Potoski in Richtung Friedhof, aber zu seiner Erleichterung hörte er nichts mehr. Nur eine große Krähe saß mitten auf der Straße und beobachtete ihn. Franciszek stand mit dem Rücken

zu seinem Vater und winkte den beiden Mädchen zu.

Potoski hatte keine Gelegenheit die Sache weiter zu verarbeiten, denn in diesem Moment kam seine Frau vom Feld zurück, glücklich nahm sie ihr Kind in den Arm und begann den Knaben mit leicht erhobener Stimme zurechtzuweisen, nachdem sie von ihrem Mann erfahren hatte, dass Franciszek auf der Dorfstraße gespielt hatte.

Potoski konnte seiner Frau nicht erzählen, wo er den Sohn wirklich gefunden hatte. Verstohlen blickte er zum Friedhof, zu seiner Erleichterung konnte er Rikolow nicht sehen, dieser brachte wohl nun die Mädchen nach Hause. Auch die Krähe auf der Straße sah er nicht mehr, aber deren Verschwinden drang nicht in sein Bewusstsein ein, er nahm diesen Umstand nur am Rande wahr.

Potoski schlief in dieser Nacht nicht gut. Er grübelte darüber nach, was er nun tun könnte. Er hatte Angst, dass irgendwelche unheimlichen Kräfte vom Friedhof seinem Sohn Leid zufügen könnten.

Auf der anderen Seite schien sich Franciszek dort ausgesprochen wohlzufühlen. Sollte er noch einmal mit Rikolow darüber reden oder sich dem Pfarrer anvertrauen? Beide Varianten gefielen ihm nicht. Potoski beschloss, das Gewesene für sich zu behalten, er war sich sicher, dass der Gräbermacher es genauso halten würde.

Eine Woche später kam er sehr spät nach Haus, er hatte den ganzen Tag im nahen Wald Brennholz gesammelt. Überrascht stellte er fest, dass seine Frau noch Besuch im Haus hatte. Die Frau des Lukower Bauern saß in der Küche und hatte ihre nun einjährige Tochter Elisa mitgebracht. Potoski begrüßte die späten Gäste freundlich, er ließ sich nicht anmerken, dass es ihm missfiel.

Er wollte keinen näheren Kontakt zu den Zugereisten. Wer nicht im Dorf geboren wurde, gehörte für ihn nicht dazu. Und wer wusste schon, was der Lukower tatsächlich in der Fremde für Probleme gehabt hatte? Schließlich lebte er mit seiner Familie erst vier Jahre in dieser Gegend.

Er beobachtete, wie die beiden Kinder friedlich zusammen spielten und die Mütter sich über deren liebevolles Miteinander unterhielten. Zum ersten Mal hörte nun auch seine Frau das Gequassel des Knaben, und sie erfreuten sich an den Fortschritten, welche die Kinder machten. Noch bevor Potoski das friedvolle Spielen der Kinder begrüßen konnte, wurde diese Ruhe durch einen heftigen Schlag gegen die Tür unterbrochen. Noch während Potoski zur Stubentür lief, hörte er von seinem Hof das laute Fluchen einer Männerstimme, die sich dem Haus näherte. Potoski riss die Tür auf, um zu sehen, wer da auf seinem Grund und Boden herumbrüllte und was gegen die Tür geflogen war. Die Tür stand noch nicht ganz offen, da stürmte ein kleines Wesen an ihm vorbei und auf die beiden spielenden Kinder zu. Potoski erschrak sich zu Tode, es war die Tochter von Kazimierz, Janucka, die sich nun wild fauchend wie eine Katze auf das andere Mädchen stürzte. Gefolgt von ihrem Vater, der mit hochrotem Gesicht in der Tür stand.

»Verfluchte Göre, kaum kann dieses Balg laufen, rennt es auch schon davon.« Schnaufend stand Kazimierz in der Stube und grüßte nun freundlich die anderen im Raum. Jetzt schien ihm sein Auftritt sichtlich unangenehm zu sein. Allerdings musste er sich sofort um seine Tochter kümmern, die auf das andere Mädchen einschlug. Keiner der anderen in der Stube konnte so schnell reagieren, da dieser Überfall so plötzlich stattfand, dass allen noch ein gewaltiger Schrecken in den Knochen saß. Laut schimpfend hob Kazimierz seine Tochter empor, die wild um sich schlug und immer wieder versuchte, sich auf das andere Mädchen zu stürzen. Erst als er das Kind am Nacken packte und wie eine junge Katze schüttelte, wurde das Mädchen ruhiger. Als es nun aber sah, dass sich Franciszek in seiner liebevollen Art um seine überfallene Spielkameradin bemühte, fing sie wieder an zu toben. Jetzt mussten die Erwachsenen lachen, es schien offensichtlich zu sein, dass die einjährige Tochter eifersüchtig auf das andere Mädchen wurde.

»Aber woher in Herrgottsnamen wusste das Kind, dass ihr heute bei uns zu Gast seid?«, fragte Potoski in den Raum, allerdings sprach er mehr zu sich selbst.

»Ach, wer weiß, was in diesem Kind manchmal vorgeht«, klagte Kazimierz.

»Janucka ist ständig unterwegs, meine Frau ist nur noch damit beschäftigt, dieses Kind zu verfolgen. Zweimal schon hat sie uns der Rikolow nach Haus befördert.«

»War sie auf dem Friedhof?«

»Nein, unten vom Bach hat er sie heraufgebracht. Das eine Mal war sie mit ihrer, nun augenscheinlichen Rivalin...« Er musste lachen und zwinkerte Potoski bedeutungsvoll zu. »...der kleinen Elisa unterwegs gewesen.«

Die beiden Mütter konnten nicht darüber lachen.

»Die Kinder hätten im Bach ertrinken können, und außerdem finde ich es schon erstaunlich, dass die drei so früh laufen können. Meine anderen beiden Kinder haben sich damit mehr Zeit gelassen«, lenkte die Lukower ein. Aber Kazimierz winkte ab, sein erster Sohn lief auch schon in diesem Alter der Mutter davon. Eine Weile sprachen die Eltern noch über ihre Kinder, mussten aber in dieser Zeit streng darauf achten, dass die beiden Mädel nicht zusammenkamen. Franciszek Josef hingegen bewegte sich zwischen den beiden hin und her und so beruhigten sich die Kinder, wobei die Tochter des Lukower Bauern sichtlich die Harmonischere schien, im Gegensatz zu Janucka, aber Kazimierz konnte die beiden gut auseinanderhalten.

Potoski selbst beobachtete das Miteinander der Kinder mit Misstrauen. Es gefiel ihm nicht, dass gerade zu diesen beiden Mädchen ein solches Verhältnis aufgebaut wurde. Er dachte dabei an den Altar mit den drei Teilen der Totenkerze der dicken Koschwitz. Dieses seltsame Zusammenspiel von angeblichen Zufällen, wie er sich immer wieder selbst versicherte, verunsicherte ihn zunehmend.

Zu seinem Verdruss musste Potoski am nächsten Tag zusammen mit dem Gräbermacher eine unheimliche Beobachtung machen. Beide Männer waren sich am Friedhofszaun begegnet, Potoski wollte zu einem seiner Felder und Rikolow hantierte an einem alten Eisentor. Sie begrüßten sich kurz und tauschten ein paar belanglose Worte über das Wetter aus, als Rikolow plötzlich aufmerksam die Straße heruntersah.

»Potoski, dein Junge...«

Erschrocken über den Gesichtsausdruck Rikolows fuhr der Bauer herum. Er sah Franciszek am Zaun seines Hofes stehen. Direkt vor ihm hatte sich auf einem Zaunpfahl eine große Krähe aufgeplustert und schien den Jungen zu bedrohen. Potoski wollte losrennen, aber

Rikolow hielt ihn zurück.

»Nicht, bleib hier, du erschreckst nur den Vogel.«

»Aber er könnte meinem Jungen ein Auge aushacken!«
Bedrohlich stand die Krähe über dem Knaben.

»Warte, ich glaube dein Junge kommt ganz gut allein damit zurecht.«

Langsam bückte sich Franciszek zu Boden, dort lag ein kleiner Stock mit einem Bindfaden, den er zum Spielen benutzte. Mit dem Stock in der Hand stand er nun vor dem Vogel. Beide Kontrahenten schienen sich zu mustern, noch bevor der Vogel eine Bewegung machen konnte, schnellte der kleine Arm des Jungen nach vorn und der Strick peitschte über den Körper des Tieres. Der Schlag kam so unerwartet, dass die Krähe vom Pfahl zu Boden stürzte. Noch bevor das Tier wieder auf die Beine kam, stand Franciszek über ihm. Nun geschah etwas Seltsames. Der Vogel senkte den Kopf und schien sich vor dem Knaben zu beugen, regungslos blieb er unter dem Knaben liegen. Der kleine Junge stand mit erhobener Hand über dem Tier, welches sich nicht mehr rührte. Langsam senkte das Kind den Stock und berührte seinerseits den Körper der Krähe. Nach diesem Kontakt trat der Junge einen Schritt zurück. Nun wollte Potoski zu seinem Jungen laufen, aber Rikolow hielt ihn noch immer zurück. Jetzt erhob sich der Vogel, erst jetzt konnte man sehen, um was für ein großes Tier es sich handelte.

Die Krähe ging dem Knaben fast bis zu Brust. Mit einem lauten Geschrei erhob sich der Vogel in die Luft und flog davon, im selben Augenblick stiegen im gesamten Umkreis des Bauernhofes und vom Friedhof überall Krähen auf und flogen in Richtung Moor. Damit hatten die beiden Männer am Zaun nicht gerechnet, sie hatten nicht gesehen, dass ringsum Krähen gesessen hatten und scheinbar die Auseinandersetzung mitverfolgten.

Endlich lief Potoski zu seinem Jungen und schloss ihn in die Arme. Aber der Knabe schien nicht erschrocken zu sein, interessiert verfolgte er die Vögel und drohte mit seinem Stecken.

Potoski brachte seinen Sohn ins Haus, ohne seiner Frau von dem Vorfall zu berichten. Rikolow erwartete ihn am Zaun.

»Hast du deiner Frau etwas erzählt?« Potoski schüttelte den Kopf.
»Mein Gott, bloß nicht, die macht sich sonst die schlimmsten Gedanken.«
Er winkte ab und sah zum Haus zurück.
»Sicherlich.«
Rikolow zeigte über den Friedhof zum angrenzenden Morast.
»Für die da scheint die Sache allerdings noch nicht erledigt.«
Über dem Sumpfgebiet kreisten noch immer die Krähen und machten einen grässlichen Lärm. Sie formierten sich zu einem Kreis und plötzlich konnten die beiden Männer sehen, wie einer der Vögel in der Mitte dieser Bewegung abgedrängt wurde.
»Als würden sie Gericht halten«, sprach Rikolow mehr zu sich selbst. Potoski starrte gebannt auf das seltsame Bild, und er schien sich sicher, dass der Vogel in der Mitte das Tier sein musste, welches sein Sohn vom Zaun geschlagen hatte. Jetzt lösten sich weitere Vögel aus dem Kreis und formierten sich oberhalb der Gruppe, um dann plötzlich auf die Krähe in ihrer Mitte herabzustoßen. Es dauerte nur Sekunden und der Vogel wurde von den Krähenschnäbeln in Stücke zerhackt.

Als die blutigen Stücke zu Boden sanken, verstummten die Tiere und verstreuten sich in alle Richtungen. Einen Augenblick standen beide Männer noch schweigend am Zaun und verfolgten den Flug der Krähen, bis Potoski endlich die Sprache wiederfand.

»Was hatte das zu bedeuten? Ich meine, das war doch kein Zufall, oder doch?«
In der Hoffnung Rikolow würde die Sache als nichtig abtun, sah er den Friedhofsgärtner bittend an.

»Ich würde mal sagen, Potoski, wir erzählen das keinem anderen. Das sollte unter uns bleiben, ist nicht gut für deinen Jungen.«
»Aber was hat er damit zu tun?«
Verzweifelt griff Potoski nach dem Arm des Gräbermachers. Der tat so, als würde er diese Geste nicht bemerken.

»Vielleicht hat das ja wirklich nichts mit Franciszek zu schaffen, aber wenn doch...« Für einen Moment schwieg Rikolow und sah zur Kirche.

»...sollten wir ein Auge auf den Jungen haben.«

Schweigend standen die Männer am Zaun. Potoski hatte Angst und seine Hilflosigkeit lähmte seine Gedanken. Sie einigten sich darauf, über den Vorfall nicht weiter zu sprechen. Allerdings beobachtete Potoski in den nächsten Tagen jede Krähe misstrauisch, die ihm begegnete, aber er konnte nichts Ungewöhnliches feststellen, ganz im Gegensatz zu Rikolow, dem sehr wohl einige Veränderungen aufgefallen waren. Er hatte schon seit einiger Zeit beobachtet, dass sich die Vögel anders verhielten als in den Jahren zuvor. Jetzt fügten sich für ihn diese kleinen Veränderungen zu einem Bild zusammen. Irgendetwas geschah draußen im Sumpf, und er beobachtete, wie sich die großen schwarzen Vögel nachts über dem Sumpf versammelten und beständig in der Luft kreisten, dabei überflogen sie auch immer wieder den Friedhof.

Er behielt diese Beobachtungen für sich.

Wochen vergingen, und der zweite Sommer im Leben des kleinen Franciszek Josef brach an. Nun begann er zu sprechen. Die ersten Worte, die der Knabe von sich gab, waren Elisa und Janucka, wobei er jedes Mal strahlte. Inzwischen hatten sich die drei Familien daran gewöhnt, dass die Kleinkinder gegenseitig ihre Nähe suchten. Obwohl es immer wieder zu handfesten Streitigkeiten zwischen den Mädchen kam, entwickelten die Kinder eine feste Beziehung zueinander.

Potoski versuchte, seit der Begegnung mit Rikolow auf dem Friedhof, diesen nicht mehr zu betreten. Selbst wenn er mit seiner Frau in der Kirche saß, unterließ er jeglichen Blickkontakt mit dem Gräbermacher. Immer noch beschäftigten ihn die seltsamen Worte, die er gehört hatte. Er konnte einfach nicht verstehen, was sich an diesem Tage am Grab der dicken Koschwitz abgespielt hatte. Er versuchte seinen Sohn insofern zu beeinflussen, dass dieser keine heimlichen Ausflüge zum Friedhof unternehmen würde. Aber er konnte nichts dagegen tun.

Franciszek wurde regelrecht von diesem unheimlichen Ort angezogen. Potoski stand dieser Sache vollkommen hilflos gegenüber. Er wollte schon mit dem Pfarrer darüber reden und ihn bitten, Rikolow zu beauftragen dafür zu sorgen, dass die Kinder nicht mehr zum Grab der Koschwitz gelassen wurden. Aber anderseits fürchtete er auch die möglichen Konsequenzen, so würde er nur unnötige Aufmerksamkeit auf seinen Sohn lenken und wer wusste schon, wie die Leute darüber reden würden.

Bislang störte sich keiner der anderen Bauern an dem Verhalten der Kinder. Sicherlich wäre auch der Friedhofsgärtner nicht erfreut darüber, wenn ihn der Pfarrer in seinem Auftrag seiner eigentlichen Pflicht erinnern würde. Schließlich war der Friedhof kein Spielplatz für Kleinkinder, und so entschloss sich Potoski, kein Wort über dieses leidliche Thema zu verlieren.

Im Laufe der Zeit konnte er des Öfteren beobachteten, wie Rikolow am Abend oder sogar in der Nacht unter der Friedhofseiche stand und sein Haus beobachtete, als würde er auf etwas warten. Potoski duckte sich weg unter diesem Blick. Seine Beziehung zu Rikolow war sehr zwiespältig, einerseits suchte er die Nähe des Friedhofsgärtners, andererseits ging er ihm aus dem Weg.

Am Ende des Jahres starb die Mutter der kleinen Janucka bei einem tragischen Unfall im Stallgebäude. Die Heuernte wurde eingebracht. In dieser Zeit bearbeiteten die Bauern gemeinsam die Felder, um das Heu trocken in die Scheunen zu bringen. Nachdem von allen Feldern das Gras untergebracht worden war, schärfte Bauer Kazimierz noch einmal seine Sensen durch und verstaute sie auf dem Dachboden der Viehställe. Wie jedes Jahr hängte er die Sensen an einen Balken in die Dachsparren. Er hatte nicht bemerkt, dass dieses Gebälk im Laufe der Jahre an Festigkeit verloren hatte. Der Balken gab in der Nacht dem Gewicht der Sensen nach. An einer Seite löste sich das Holz und die Sensen rutschten langsam an dem Balken herunter. Am äußersten Ende blieben sie an einem winzigen Holzsplitter hängen. Diese Stelle des gelösten Balkens befand sich fatalerweise genau über der offenen Bodenluke, unter der die Kühe des Bauern am Abend standen. Blickte man vom Stall nach oben, konnte man die Sensen in der dunklen Dachluke nicht sehen, und so hingen diese scharfen Schneidwerkzeuge an einem winzigen Holzsplitter einige Meter über dem Stallboden.

Eine Woche später arbeitete seine Frau im Stall. Zusammen mit ihrer zwei Jahre alten Tochter Janucka mistete sie die Stallungen aus und begann mit dem Melken der Kühe. Die Mutter bemerkte nicht, dass ihre Tochter lange Zeit unter dieser Luke stand und in die

Dunkelheit des Dachstuhls starrte. Nach einer Weile nahm das Kind einen Kälberstrick und führte eine der Kühe unter die Luke. Das Kind wartete geduldig, bis seine Mutter kam, um auch diese Kuh zu melken. Die arglose Frau saß nun genau unter der Dachluke, Janucka stand ihrer Mutter regungslos gegenüber. Nach einer Weile fiel der Frau das ruhige Verhalten ihrer sonst ungestümen Tochter auf, und sie sah von ihrer Arbeit auf.

»Da!« Das Mädchen zeigte in den Bottich mit frischer Milch.

»Das ist nur ein Holzsplitter, Kind, so etwas kann schon einmal passieren im Stall.«

Die Mutter entfernte das Holzstück aus der frischen Milch.

»Mama, da!«, sagte die Tochter noch einmal eindringlich und zeigte nun in die dunkle Dachluke nach oben. Die Mutter folgte ihrem Blick und versuchte in der Dunkelheit etwas zu erkennen. Jetzt sah sie plötzlich etwas von oben herabfallen, für Sekunden spiegelte sich die Sonne in den scharfen Schneiden. Das musste das Letzte gewesen sein, was die Frau im Leben mitbekam.

Aus der Dunkelheit drangen drei Sensenköpfe in ihren Körper ein. So wie sie saß und nach oben schaute, stießen zwei der Klingen in ihre Hüfte und die dritte durch den Kehlkopf tief in die Wirbelsäule bis auf die Höhe ihrer Brust. Die Bäuerin war sofort tot und verharrte in dieser seltsamen Körperhaltung. Die Sensen in ihrer Seite verhinderten, dass der Körper umfallen konnte. Ihre Hände lagen ausgestreckt auf dem halb vollen Milchbottich zu ihren Füßen. Jetzt lief das Blut an ihren Armen herunter. Eifrig pumpte das Herz ihren Lebenssaft durch die Wunde am Hals.

Janucka stand noch einen Augenblick vor ihrer Mutter und wartete, bis der Milchbottich sich mit Blut gefüllt hatte, dann drehte sie sich um und wollte die Stallung verlassen.

In diesem Augenblick flog eine große Krähe durch den Stall über den Kopf der toten Mutter und berührte auch Janucka, während der Vogel durch das große Tor der Stallung hinausschwebte. Für einen Augenblick blieb das Mädchen stehen und sah dem Vogel hinterher, der mit einem schauerlichen Geschrei in Richtung Wald verschwand. Janucka winkte der Krähe freundlich hinterher und verließ den elterlichen Hof. Das Kind wollte zum Friedhof, um sich dort mit seinen Spielkameraden zu treffen. Auf dem Weg dorthin kam der Vater ihr entgegen. Der Bauer Kazimierz streichelte im Vorübergehen seiner Tochter über den Kopf und lief weiter in Richtung seines Hofes. Nichts am Verhalten Januckas hätte darauf schließen lassen, was sein Kind gerade erlebt hatte.

Es dauerte noch fast eine Stunde, bis Kazimierz seine Frau in den Stallungen fand. Die angebundene Kuh hatte inzwischen den Milchbottich voller Blut umgetreten und zog verstört an ihrem Strick. Als der Bauer seinen Schmerz herausbrüllte, erhob sich ein Schwarm Krähen und flog in Richtung des Friedhofs. Rikolow hörte diesen entsetzlichen Schrei und sah die Vögel über dem Kazimierzhof aufsteigen. Sofort machte er sich auf den Weg. Er ahnte, dass etwas Schreckliches geschehen sein musste. Während er den Friedhof verließ, sah er die drei Kinder am Grab der dicken Koschwitz spielen, Janucka hatte sich ihm zugewandt und winkte.

Schnell hatte sich das Unglück herumgesprochen, auch Potoski kam vom Feld und lief zu dem Bauernhof. Dort beschäftigten sich schon einige andere unter der Führung des Pfarrers mit dem Tathergang. Ein paar Frauen kümmerten sich um den Bauern, der zusammengekauert zwischen seinen Kühen im Dreck hockte. Ab und zu drang ein jämmerlicher Schrei aus seiner Brust hervor, und er stieß mit dem Kopf gegen die Wand. Nachdem die Ursache des Unfalls geklärt schien, veranlasste Rikolow, dass ein paar der Bauern den fassungslosen Kazimierz in sein Haus brachten und die anderen den Stall verlassen sollten, denn die Frau saß noch immer in ihrer schrecklichen Körperhaltung unter der Dachluke und starrte mit toten Augen in die Dunkelheit. Auch Potoski wollte den Stall verlassen, aber Rikolow hielt ihn zurück.

»Potoski, bleib bitte hier. Ich brauche jemanden, der mir hilft.« Er deutete mit einer Kopfbewegung zu der Toten. Widerwillig blieb Potoski zurück. Wortlos lief er neben Rikolow her, bis sie vor der Frau standen.

»Hat jemand nachgesehen, ob da nicht noch mehr Sensen hängen?« Dabei sah Potoski nach oben in die Schwärze der Luke. Rikolow

nickte
bestätigend und holte seine Pfeife heraus.

»Ich bin selbst dort oben gewesen.«

Langsam stopfte er den Pfeifenkopf. Potoski, reichlich nervös, zeigte
auf die Tote.

»Was wollen wir jetzt machen?«

»Du brauchst keine Angst zu haben, die tut nichts mehr.«

Beruhigend legte der Gräbermacher seine Hand auf Potoskis
Schulter, was diesen nicht gerade entspannte.

»Ich brauche dich nur, damit du mir hilfst, die Sensen aus dem Körper
zu ziehen. Das wird ein ganzes Stück Arbeit werden.«

Aber noch machte Rikolow keine Anstalten, sich zu bewegen, noch
immer betrachtete er die schauerliche Szene. Er schüttelte seinen Kopf
und zeigte auf die anderen Kühe, die sich langsam wieder beruhigten.

»Ist schon seltsam, warum sie diese Kuh nicht an ihrem Platz
gemolken hat.«

Er hielt den Kälberstrick in der Hand, den einer der anderen Bauern
durchgetrennt hatte, um die Kuh in ihre Bucht zurückzuführen.

»Hat das Tier extra an dieser Stelle angebunden. Warum?«

Auch Potoski betrachtete die Situation und schüttelte den Kopf.

»Ist schon ein seltsames Ding, als hätte der Teufel seine Hand im
Spiel gehabt.«

Der Bauer hatte nicht gerade ein gutes Gefühl bei dem, was der
Friedhofsgärtner von ihm verlangte. Auf der anderen Seite fühlte er
sich schon etwas geehrt, dass Rikolow gerade ihn ausgewählt hatte, um
zu helfen. Eine Weile standen sie noch schweigend vor der Toten, erst
als die Pfeife den letzten Rest Tabak in Rauch aufgelöst hatte, machten
sich die beiden ans Werk. Sie legten die Frau auf die Seite und zogen
gemeinsam die Sensen aus der Hüfte. Danach versuchten sie, die letzte
aus dem Hals zu ziehen, was aber nicht gelang. Zu fest steckte die
Spitze in der Wirbelsäule. Potoski fühlte sich inzwischen ziemlich
elendig bei dieser Art von Arbeit. Erschöpft ließen sie von dem Körper
ab. Rikolow schob Potoski sanft zum Tor der Stallung.

»Potoski, verschließ das Tor. Es muss keiner der anderen sehen, was
wir hier veranstalten.«

Geschäftig sprang der Bauer zum Tor und kam gerade rechtzeitig, um ein paar Bauern aufzuhalten, die gerade in die Stallungen wollten.

»Bleibt weg! Ich muss bei der Toten helfen, keiner darf herein.« Bedeutsam baute sich Potoski im Tor auf, um es dann zu verschließen. Ehrfurchtsvoll wichen die Bauern zurück, um nun ihrerseits jedem anderen den Zugang zum Stall zu verwehren. Der Gräbermacher und Potoski hätten wichtige Dinge im Stall zu erledigen, teilten sie jedem Neuankömmling mit.

Rikolow sagte nichts dazu, allerdings glaubte Potoski, dass er sich so etwas wie »Elendes Pack« in den Bart flüsterte. Potoski tat so, als hätte er nichts gehört. Mit Schaudern verfolgte er nun, was der Gräbermacher unternahm.

Dieser band die Füße der Frau mit dem abgeschnittenen Kälberstrick fest zusammen an einen Pfosten. Dabei hielt er kurz inne.

»Schon seltsam, dass die Bäuerin die Kuh so niedrig angebunden hat.«

Wenn gleich Potoski nicht sofort verstand, was Rikolow meinte, nickte er bestätigend. Er konnte sich im Augenblick nicht auf die Worte des Gräbermachers konzentrieren, zu sehr erschütterte ihn, wie mit dem noch warmen Leichnam umgegangen wurde. Sogleich erschien vor seinem inneren Auge eine schreckliche Fantasie, wie Rikolow ihn selbst für eine Aufbahrung vorbereitete, in derselben ruppigen Weise, wie er gerade verfuhr. Schnell versuchte er an etwas anderes zu denken, damit sich dieses Bild nicht als Albtraum in seinem Kopf festsetzte.

»Potoski, träume nicht in der Gegend herum. Wir müssen fertig werden, bevor weitere Neugierige den Stall aufsuchen.« Rikolow holte den Bauern in die Wirklichkeit zurück. Er hatte nun einen weiteren Strick an dem Sensenkopf befestigt und forderte Potoski auf, mit ihm gemeinsam zu ziehen. Der Körper spannte sich so, dass die Knochen der Toten krachten, aber die Sense bewegte sich kein Stück.

Rikolow fluchte, und Potoski hoffte nur, dass jetzt keiner der Bauern in den Stall kommen würde.

Jetzt zog der Gräbermacher eine der Kühe aus ihrer Bucht und spannte diese vor den Strick. Nun hob sich der Körper langsam über den Stallboden, spannte sich und hing waagerecht in der Luft, und plötzlich ruckte die Kuh nach vorn. Die Sense hatte den Körper verlassen, allerdings nicht so, wie es sich der Gräbermacher vorgestellt hatte.

Das herausspringende Schneidwerkzeug hatte in einer unglücklichen Bewegung den Kopf der Toten vom Rumpf getrennt. So flog der Schädel unter der Kuh hindurch und krachte gegen die Wand. Schnell sprang Rikolow herbei und holte den Kopf zurück, dann musste er den ohnmächtig zu Boden sinkenden Potoski auffangen. Er ließ dem Bauern keine Zeit, sich in einer Ohnmacht der Situation zu entziehen. Mit einem freundlichen Tritt in die Seite brachte er Potoski wieder in die Realität des Lebens zurück.

»Los, Potoski, wir legen den Körper auf diesen Karren. Den hole ich am Abend, wenn etwas Ruhe eingekehrt ist«

Potoski zog sich am Karren empor, die Situation hatte ihn reichlich überfordert. Sie legten noch eine Decke über den Körper, und Rikolow brachte den Kopf an seinen ursprünglichen Platz. Ohne weiter miteinander zu reden, beendeten sie ihre Arbeit und ließen die Bauern wieder in die Stallung. Für einen Moment standen alle erschüttert um das Gefährt, und der Pfarrer sprach ein leises Gebet.

Erst am Abend kam Janucka nach Haus, eine der Frauen, die Kazimierz betreuten, versuchte dem Kind schonend beizubringen, was mit seiner Mutter geschehen war. Aber das kleine Mädchen zeigte äußerlich keinerlei Regung. Die Frauen glaubten, dass Janucka unter Schock stand, und so verlor keiner der Leute ein weiteres Wort über das ungewöhnliche Verhalten des Kindes.

Sie weinte auch nicht, als ihr Vater sie später zu der aufgebahrten Mutter führte. Rikolow, der die Tote ausgerichtet hatte, beobachtete das sonderbare Verhalten des kleinen Mädchens, aber er verlor kein Wort darüber. Der Friedhofsgärtner machte sich seine eigenen Gedanken und sprach mit keiner Menschenseele darüber. Er hatte am Tag, als das Unglück geschah, die drei Kinder auf dem Friedhof beobachtet.

Später fiel ihm das ausgelassene Verhalten Januckas auf. Es schien, als würde sich das Kind über etwas Besonderes freuen, sie winkte ihm damals freundlich zu.

Ein paar Tage später fand die Beerdigung statt. Der Pfarrer hatte eine besonders rührselige Rede gehalten und die Gemeinde zur Unterstützung der betroffenen Familie aufgerufen. Alle bedauerten den Bauern, der nun, ohne seine Frau, mit einer alten Magd den Hof und seine Wirtschaft erhalten musste. Kazimierz stand jetzt allein mit der zwei Jahre alten Tochter und seinen zwei Söhnen, die er schon mit aufs Feld nehmen konnte. Eigentlich hätten die Jungen zur Schule gehen müssen, aber das ging nicht mehr. Jetzt musste die Arbeitskraft der Mutter ersetzt werden, und einer von ihnen würde sich um das kleine Mädchen kümmern müssen.

Zum Anlass dieser Beerdigung betrat auch Potoski seit Langem wieder den Friedhof. Als der Trauerzug sich am offenen Grab versammelte, stellte sich Rikolow, während der Pfarrer noch einmal eine Ansprache hielt, dicht neben Potoski. Er stieß ihn in die Seite und wies ihn auf das Verhalten der Kinder hin, ohne ein Wort zu sagen. Es hätte dieser Aufforderung nicht bedurft, Potoski hatte schon selbst bemerkt, wie sich die drei Kleinkinder verhielten.

Alle drei standen neugierig an der offenen Grube und betrachteten den Sarg. Die kleine Janucka trug eine schwarze Schleife im Haar und hielt Franciszeks Hand fest umklammert. Elisa weinte als einziges der Kinder. Potoski empfand es als unangebracht, dass sein Sohn in der ersten Reihe stand, aber den anderen Bauern fiel es nicht auf, dass zwei der Kinder keinerlei Anteilnahme bei der Beerdigung zeigten. Franciszek und Janucka schienen eher interessiert zu sein, was sich in der offenen Grabstätte abspielen könnte. Kazimierz stand wankend vor dem Grab seiner Frau und musste von anderen festgehalten werden, damit er sich nicht in die offene Grube stürzte.

Die in der Folge stattfindende Leichenfeier wurde für alle Beteiligten ein bedrückendes Ereignis. Nur die Kinder schien diese Stimmung nicht zu beeindrucken, sie tobten auf dem Hof herum. Dabei fiel niemandem auf, dass die gerade mal zwei Jahre alte Janucka heftig um Potoskis Frau herumscharwenzelte. Keiner im Dorf wäre auf die Idee gekommen, dass genau das die Absicht des Kindes gewesen war. Indem sie dafür sorgte, dass ihre eigene Mutter ums Leben kam, wurde nun die Mutter von Franciszek derartig beeinflusst, dass diese sich entschloss, die kleine Janucka öfters zu sich zu nehmen.

Potoski gefiel diese Entwicklung nicht. Er hatte Angst, dass sein Sohn auf irgendeine Weise etwas mit der Sache zu tun haben könnte. Die ganze Beerdigung belastete ihn ungemein. Nach dem albtraumhaften Erlebnis in der Stallung schätzte er es nun nicht mehr, von den Bauern bewundert zu werden. Ihm wäre es im Nachhinein lieber gewesen, Rikolow hätte einen anderen zu dieser Arbeit herangezogen. Allerdings musste er dem Friedhofsgärtner zugestehen, dass keiner der Trauergäste oder Kazimierz selbst bemerkt hatte, was mit der Toten im Stall geschehen war. Nur Potoski hatte unglaubliche Angst, die Tote könnte während der Feierlichkeiten den Kopf verlieren. Erst, nachdem der Sarg in der Grube zugeschaufelt wurde, beruhigte er sich.

In dieser Nacht konnte Potoski einfach nicht in den Schlaf finden, die Ereignisse der letzten Tage hatten ihn reichlich mitgenommen. Jetzt, wo die Frau des Kazimierz-Bauern unter der Erde lag, löste sich seine innere Anspannung.

Weit nach Mitternacht stand er auf und hoffte, sich in der abendlichen Luft zu beruhigen, um dann endlich schlafen zu können. So stand er nun auf seinem Hof und betrachtete den Mond, der in seiner ganzen Pracht die Finsternis in ein seltsames Licht tauchte. Plötzlich huschte ein Schatten durch das Licht. Potoski nahm diese Veränderung erst wahr, als eine weitere Bewegung das Licht des Mondes für Sekunden unterbrach. Neugierig beobachtete er den Himmel und auf einmal konnte er mehrere fliegende Schatten wahrnehmen. Zuerst dachte er an Fledermäuse, aber diese Tiere waren um einiges größer als diese kleinen Blutsauger der Nacht. Es mussten Krähen sein. Sie flogen in Richtung Friedhof. Einen Augenblick beobachtete er den Flug der Tiere und wollte schon ins Haus zurückgehen, als er ein dumpfes Geräusch hörte. Es kam vom Friedhof. Potoski zögerte, eigentlich hatte er keinen Mut, der Sache nachzugehen, aber seine innere Unruhe schien ihn geradezu zu zwingen, seine Füße in Richtung Friedhof in Bewegung zu setzen.

Innerlich verfluchte er sich für seine Neugier und konnte nur hoffen, dass alles eine natürliche Ursache hatte.

Als er vor einer kleinen Pforte zum Friedhofsgelände stand, zögerte er, und Angst stieg in ihm empor. Aber er zwang sich, den Gottesacker zu betreten, wenn auch alle Alarmglocken in seinem Herzen das Gegenteil rieten. Dann folgte er dem unregelmäßigen dumpfen Ton durch die Reihen der Gräber.

Jetzt hörte er auch das Schreien der Krähen. Als er um einen kleinen Busch bog, bot sich ihm ein schauerliches Bild, welches sein Blut gefrieren ließ. Wenige Meter vor ihm stand eine große Gestalt in der Nacht und schwang eine Schaufel über ihrem Kopf.

Potoski glaubte den Tod zu sehen, der seinen Acker bewirtschaftete, und verfluchte seine Neugier. Er war sich sicher, nun sterben zu müssen.

»Potoski, dich schickt der Himmel! Schnell, mach Licht, dort mit der Lampe!«, brüllte ihn die Gestalt an. Mit freudigem Erschrecken erkannte er, dass es Rikolow war, der dort am Grab stand. Er brauchte ein paar Sekunden, bis er genügend Kraft in den Beinen hatte, um sich zu bewegen, dann sprang er auf die Lampe zu und drehte den Docht höher. Sofort wurde es hell, und er sah, wie Rikolow mit Hilfe eines Spatens Krähen abwehrte, die offenbar versuchten, sich am Grab der frisch begrabenen Bäuerin zu vergehen.

»Diese Viecher haben schon fast den halben Sarg ausgegraben«, fluchte Rikolow, während sein Werkzeug mit einem dumpfen Schlag wieder eine Krähe ins Jenseits beförderte, was aber die anderen Vögel nicht davon abhielt, weiterhin zu versuchen, in die Nähe des Grabes zu kommen. Erst als das Licht auf die frische Erde fiel, beendeten die Tiere ihre Attacke. Rikolow ließ erschöpft den Spaten sinken.

»Potoski, was treibt dich zu dieser Stunde an diesen Ort?«

»Ich konnte nicht schlafen«, stammelte dieser und wünschte sich, niemals aus seinem Bett gekrochen zu sein.

»Nicht schlafen, und dann gehst gerade du auf den Friedhof?« Der Gräbermacher lachte und machte sich sichtlich entspannt daran, eine Pfeife zu stopfen.

»Ich hatte etwas gehört in der Nacht und dann...«

Rikolow winkte ab.

»Ich bin ja froh, dass du gekommen bist. Ich hatte schon den ganzen Abend die Krähen beobachtet. Nachdem der Sarg unter die Erde gebracht wurde, kamen immer mehr dieser Kreaturen aus dem Sumpf geflogen und verteilten sich auf dem Friedhof.«

Rikolow zeigte auf ein kleines Seitengebäude an den Stallungen des Pfarrers.

»Von meiner Kammer aus kann ich den ganzen Friedhof überblicken.«

Jetzt schüttelte er den Kopf und nahm ein paar kräftige Züge aus dem Rauchwerkzeug, während Potoski verängstigt in die Nacht starrte.

»Viel zu spät habe ich gesehen, was diese schwarzen Geier gemacht haben, den Sarg auszugraben, um was zu tun?«

Verständnislos blickte er auf die offene Stelle im Grabhügel. Potoski beugte sich etwas vor und leuchtete mit dem Licht in die Grube.

Er konnte sehen, dass die Krähen schon damit begonnen hatten, das Eichenholz des Sarges zu bearbeiten.

»Was haben die da gemacht?«

»Vielleicht wollten sie die Seele stehlen«, meinte Rikolow bissig und trat mit seinem Stiefel nach einer Krähe, die sich aus der Dunkelheit zu weit in Nähe des Grabes gewagt hatte. Obwohl er diese Äußerung eher zynisch meinte, mussten nun beide über diese unbedachte Äußerung nachdenken. Wortlos nahm Rikolow die Schaufel und begann, das Grab wieder zuzuschaufeln. Als die Vögel sahen, was er tat, erhob sich ein böses Kreischen. Sie hörten, wie sie sich in die Luft erhoben und laut zeternd zum Moor davonflogen. Beide waren überrascht, wie viele Tiere sich auf dem Friedhof angesammelt hatten.

»Ich glaube, das wird's wohl gewesen sein für heute.«

Rikolow klopfte mit der Schaufel die Erde fest.

»Du meinst, die kommen wieder?« Potoskis Stimme zitterte.

»Wer kann das schon sagen? Aber irgendetwas stimmt hier nicht.«

Der Gräbermacher schickte sich an, zu seiner Unterkunft zurückzugehen.

»Es ist besser, wir behalten die ganze Angelegenheit für uns.«

Rikolow erhob sich ohne ein Wort zum Abschied und ließ Potoski mitten auf dem Friedhof zurück. Dieser hastete ängstlich zur kleinen Pforte und musste dabei unweigerlich am Grab der dicken Koschwitz vorbei. Im Laufen sah er die kleine Engelsfigur im Mondlicht auf dem Grabstein sitzen und seine aufgeschreckte Fantasie gaukelte ihm vor, dass die steinerne Figur ihm zulächelte. Potoski fluchte, allerdings erst, nachdem er die Pforte hinter sich gelassen hatte. Nun würde er endgültig keinen Schlaf mehr finden. Erleichtert zu Hause angekommen, schloss er die Tür hinter sich und verriegelte sie. Zuvor hatte er sich noch einmal versichert, dass ihm keine menschliche Seele gefolgt war.

Am nächsten Morgen wunderte sich seine Frau über die verschlossene Haustür, aber Potoski berief sich darauf, dass es besser wäre, die Tür zu verschließen, damit Franciszek nicht unbeobachtet zur Nacht das Haus verlassen konnte. Seine Frau fand solche Bedenken unnötig, da der Knabe noch nicht über genügend Kraft verfügte, den schweren Riegel zu bewegen. Aber Potoski ging an diesem Morgen nicht mehr weiter auf das Thema ein. Ihn interessierte vielmehr, ob sich irgendetwas auf dem Friedhof tat.

Aber es geschah nichts mehr.

Seitdem nun die Frau des Kazimierz-Bauern unter die Erde gebracht ward, wurde die kleine Janucka ein ständiger Besucher im Hause Potoski. Liebevoll von Franciszeks Mutter aufgenommen, verbrachte sie viele ungestörte Stunden mit dem Knaben, sehr zum Ärgernis von Elisa. Obwohl die Kinder gerade mal zwei Jahre alt waren, entstand ein

gewaltiger Konkurrenzkampf unter den beiden Mädchen. Aber keinem der Erwachsenen fiel dieser Kleinkrieg auf.

Die Jahre gingen ins Land, und die drei Kinder wuchsen gemeinsam auf, wobei Janucka, bedingt durch das Fehlen ihrer Mutter, viel Zeit auf dem Potoskihof verbrachte, sehr zum Verdruss der stillen Elisa. Allerdings glich diese diesen Umstand immer wieder aus, indem sie Janucka versuchte, ins schlechte Licht zu rücken. Heimlich zerstörte sie Sachen im Hause Potoskis, wobei sie sehr genau abzuschätzen wusste, dass man Janucka dafür verantwortlich machen würde. Aber diesen Dingen schenkten die Erwachsenen keine große Aufmerksamkeit, lebten Kinder im Haus, ging auch einmal etwas entzwei.

Nur Potoski beobachtete misstrauisch das Treiben der Kinder und musste in diesen Jahren einige Male erleben, dass Rikolow seinen Sohn vom Friedhof nach Hause brachte. Allerdings verliefen diese Begegnungen an einigen Tagen recht wortlos. Obwohl Rikolow recht gern mit dem Bauern gesprochen hätte, hielt dieser sich mit seiner bäuerlichen Sturheit manchmal zurück und bedauerte später selbst, kein Gespräch mit dem Friedhofsgärtner gefunden zu haben.

Er konnte sich einfach nicht eingestehen, gerade mit dem Gräbermacher eine derartig feste Männerbeziehung eingegangen zu sein. Dabei lag ihm sehr viel an dieser Freundschaft. Aber es schien so, dass Rikolow sehr genau wusste, wie er den Bauern zu nehmen hatte, und er verstand seinen Freund.

Rikolow kam auf den Hof und stellte Franciszek vor die Stubentür, klopfte und ging. Potoski wusste nicht, was er dagegen machen sollte, wenn er auf dem Feld arbeitete, verschwand sein Sohn mit Janucka auf den Friedhof. Seitdem die Tochter des Kazimierz-Bauern in seinem Haus ein und aus ging, verschlechterte sich das Verhältnis zu seinem Sohn. Franciszek zog sich unmerklich aus dem Leben seines Vaters zurück. Potoski spürte diese Entfremdung und kämpfte dagegen an. Aber sein Sohn ließ diese innere Verbundenheit nicht mehr zu. Jedes Mal, wenn Potoski das Gefühl hatte einen Punkt zu erreichen, der ihm die alte Bindung zu seinem Kind wieder ermöglichen würde, drängte sich Janucka dazwischen und störte die aufkommende Zweisamkeit empfindlich. Potoski versuchte mit seiner Frau darüber zu reden, aber diese glaubte, das arme mutterlose Kind vor der ganzen Welt beschützen zu müssen und gerade vor den Anwandlungen ihres Mannes. Sie warf ihm Eifersucht und männliches Unvermögen vor, sich in die Seele eines kleinen Kindes zu versetzen. Die einzige Unterstützung, die er fand, kam erstaunlicherweise von Elisa, die sehr wohl die Spannung zwischen Franciszek und seinem Vater mitbekam.

Sie wusste genau, dass Janucka der eigentliche Auslöser dieser Beziehungsstörung war. Das kleine Mädchen klammerte sich an Potoski, um so dessen Sohn etwas näherzukommen. Der Bauer haderte mit seinem Schicksal und er verstand nicht, wie es geschehen konnte, dass er die Bindung zu seinem eigenen Fleisch und Blut verlor. In seinem Kummer ging er nun des Öfteren in die Gastwirtschaft, um sich von seinem Seelenschmerz als Vater abzulenken, zumal er jedes Mal hoffte, seinen Freund dort anzutreffen.

Als er an einem dieser Abende die alte Poststation betrat, sah er zuerst den Vater von Janucka. Kazimierz saß wie fast jeden Abend über seinem Bier und jammerte leise vor sich hin. Inzwischen hatten sich die anderen daran gewöhnt, und keiner störte sich an dessen trunkenem Verhalten. Potoski wollte sich schon zu dem Bauern setzen, als er den Tabakduft einer ihm wohlbekannten Pfeife roch. Rikolow saß in einer dunklen Ecke der Gaststube und trank sein Bier.

Potoski zögerte einen Augenblick, ging dann aber zu dem Friedhofsgärtner und setzte sich an dessen Tisch, nachdem dieser ihn mit einer Kopfbewegung dazu aufgefordert hatte. Die anderen Bauern in der Wirtschaft bemerkten sehr wohl, dass es nur Potoski war, der das besondere Privileg besaß, sich zu dem Gräbermacher an den Tisch zu setzen. Sowas hatte es zuvor noch nicht gegeben, Rikolow ließ eigentlich keinen anderen Menschen in seine Nähe.

Eine Weile saßen die beiden Männer schweigend am Tisch, Potoski starrte in sein Bier und Rikolow widmete sich seiner Pfeife. Es schien beiden die Anwesenheit des anderen nicht unangenehm zu sein, sie verstanden sich auf eine besondere Weise, zu der nur Männer untereinander fähig waren. Der Friedhofsgärtner brach als Erster das Schweigen: »Na, Potoski, einen besonders glücklichen Eindruck machst du heute nicht gerade.«

»Ich mach mir Sorgen um den Jungen, er wird mir fremd und außerdem...« Für einen Augenblick zögerte Potoski. Er wollte Rikolow nicht beleidigen. »...es gefällt mir nicht, was der Junge auf dem Friedhof treibt.«

Rikolow bestellte noch zwei Humpen Bier.

»Es ist nicht nur dein Junge, Potoski, auch die Mädchen spielen dort.«

Potoski blickte dem Gräbermacher fest in die Augen.

»Spielen sie wirklich nur? Ich meine die seltsamen Zeichen auf dem Koschwitzgrab...« Rikolow unterbrach ihn. »Du solltest dir keine so großen Sorgen machen...« Nach einem Zögern fügte er hinzu: »...mein Freund.«

Potoski überging diese vertrauliche Äußerung und schüttelte abwiegend den Kopf.

»Ich glaube, der Umgang mit den Mädchen ist nicht gut für Franciszek, gar nicht gut.« Prüfend sah Rikolow ihm in die Augen.

»Du meinst doch nur eines der Mädchen.«

Potoski schien nicht überrascht zu sein, dass Rikolow genauso empfand wie er.

»Das Kind ist mir unheimlich, und ich kann nicht einmal sagen, warum.«

Dabei blickte er zu Kazimierz, ob dieser auch nichts von ihrer Unterhaltung mitbekam, schließlich ging es um dessen Tochter. »Ja, ein sonderbares Kind, und sie hat so gar nichts von ihrer Mutter und wer weiß, vielleicht ist das auch die Ursache, dass der da...« Rikolow zeigte mit seiner Pfeife zu Kazimierz, der trunken in einer Bierlache hockte. » ... ständig hier gastiert.«

Potoski nickte und Rikolow fuhr fort: »Und über die ganze Zeit belauern die Krähen meinen Friedhof, als ob sie auf irgendetwas warten.«

»Vielleicht hat es ja etwas mit dem Grab der Mutter zu tun?«, versuchte Potoski zu erklären.

»Nein, Potoski, es muss etwas mit den Kindern zu schaffen haben.«

»Hauptsache, sie lassen meinen Jungen in Ruhe«, fluchte Potoski leise und wollte fortfahren »...soll doch der Teufel das Kind...« Rikolow packte Potoski fest am Arm und unterbrach seinen Wutausbruch.

»Lass das, Potoski, mit sowas sollte man nicht spaßen!«

Noch bevor sich der Bauer für seine unbedachte Äußerung entschuldigen konnte, wurde krachend die Tür der Wirtschaft aufgestoßen und der Chrzanowski-Bauer stürmte herein. Potoski ließ vor Schreck fast seinen Bierkrug fallen. Dass er gerade den Teufel angerufen hatte, kam nun sehr ungelegen. Außer Atem blieb Chrzanowski am Tisch von Kazimierz stehen, griff dessen halb volles Bierglas und leerte es in einem Zug. Noch bevor dieser aufbegehren konnte, sprudelte es aus dem Bauern hervor.

»Ihr werdet es nicht glauben, aber im Nachbardorf, flussaufwärts, treibt der Teufel sein Unwesen.«

Alle hingen dem Bauern an den Lippen, und der Wirt stellte unaufgefordert zwei Bier auf den Tisch. Potoski stieg eine leichte Röte ins Gesicht, aber keiner der anderen bemerkte dessen Erregung.

»Gestern Nacht haben Krähen das Gehöft von Kazimierz' Schwager überfallen.«

Nun stütze er sich auf den Tisch und sah dem reichlich benommenen Kazimierz in die Augen. Dabei fiel ihm ein, dass er gerade dessen Bier getrunken hatte, und sein Magen verkrampfte sich, das Bier eines Mannes, dessen Familie wahrscheinlich mit dem Teufel zu schaffen hatte! Er sprang zurück.

»Ihr seid verflucht!«, brüllte er und Kazimierz sah ihn mit verstörten trunkenen Augen an. Er hatte sehr wohl verstanden, was Chrzanowski da erzählte, aber verfluchen ließ er sich nicht. Für alle unerwartet sprang er auf und schlug den Bauern mit einem Schlag zu Boden.

»Keiner beleidigt meine Familie und wenn es auch meinen dümmlichen Schwager aus Chiowicz betrifft.«

Der plötzliche Angriff hatte seine gesamte Kraft gekostet, und der Betrunkene sank auf seinen Stuhl zurück. Chrzanowski rappelte sich wieder auf und wollte sich nun seinerseits auf seinen Widersacher stürzen. Aber bevor er richtig über den Tisch kam, wurde er von einer gewaltigen Kraft nach oben gehoben und mit kräftigem Schwung auf einen Stuhl gestoßen, wo er wie angewurzelt sitzenblieb. Rikolow hatte sich in die entstehende Keilerei eingemischt. Der Gräbermacher stand nun hinter Chrzanowski und drückte ihn unsanft in den Sitz.

»Nun bleibt mal alle schön ruhig «, fluchte er, und alle anderen wichen zurück.

Mit Rikolow wollte keiner zusammenstoßen.

»So, jetzt erzähl mal, was mit Kazimierz' Schwager geschehen ist.«

Aufmunternd stieß Rikolow den Bauern nach vorn. Dieser sah sich erst einmal erschrocken um und begann dann zögerlich zu erzählen, wobei er beständig einen Schluck aus dem Bierhumpen nahm. Er berichtete, dass am Abend im Nachbardorf eine Unmenge Krähen aufgetaucht wären.

Sie schienen den Ort regelrecht zu belagern. Aber dann, zu Mitternacht, versammelten sie sich auf dem Hof von Kazimierz' Schwager. Bis dahin hatte keiner der Sache große Beachtung geschenkt, aber nun wurde das Verhalten der Tiere auffällig. Wie die Magd berichtete, wären die Krähen über den Schornstein in das Haus eingedrungen, obwohl noch ein Feuer brannte. Die Tiere hätten allesamt gebrannt wie Zunder, aber trotzdem flogen sie durchs ganze Haus. Die Magd floh aus der Tür, und die brennenden Vögel folgten ihr, um das Haus und das gesamte Gehöft in Brand zu setzen. Alles verbrannte in dieser Nacht, die Gebäude, der Speicher, die Scheune, einfach alles, selbst die Tiere im Stall und der Bauer mit seiner Familie und den Knechten. Die Magd blieb die Einzige, welche das Unheil überlebt hatte, weil sie in der Nacht trinkend in der Küche saß. Am nächsten Morgen gab es im ganzen Dorf keine Krähen mehr. Damit endete Chrzanowski mit seinem Bericht. Rikolow stieß ihn an.

»Chrzanowski, was hat das Ganze mit dem Teufel zu schaffen, du Idiot?«

Obwohl der Gräbermacher mit seinem gewaltigen Oberkörper über dem Bauern stand, wagte dieser weiterzusprechen.

»Bei dem da...« Er zeigte auf Kazimierz, der ihn böse anschaute. »... waren auch die Krähen auf dem Hof als...«

Ein kräftiger Stoß in die Seite durch Rikolow brachte ihn zum Schweigen.

»Halt dein Maul, du Idiot, sonst geschieht dir heute auch noch ein gewaltiges Unheil, Chrzanowski, ganz ohne Krähen. Darauf kannst du dich verlassen.«

Er schleuderte den Bauern vom Tisch in eine Ecke. Obwohl der Mann hart auf dem Boden aufschlug und große Angst vor dem Gräbermacher hatte, sprach er weiter.

»Aber wenn es doch wahr ist.«

Chrzanowski gab nicht auf, zu sehr hatte ihn die Geschichte verängstigt. Rikolow wollte sich erneut auf den Bauern stürzen, um ihn zum Schweigen zu bringen. Aber Potoski hielt den Gräbermacher zurück. Er brauchte Rikolow nur an der Schulter zu berühren, und dieser beruhigte sich und setzte sich an den Tisch. Er hatte das totenbleiche Gesicht Potoskis gesehen und verstand dessen Erregung.

»Dass ihr dümmlichen Menschen gleich den Teufel ins Gespräch bringt, wenn ihr etwas nicht versteht.«

»Aber...«, kam es kleinlaut aus Chrzanowskis Richtung. Der Gräbermacher unterbrach ihn mit einer herrischen Handbewegung.

»Ein Schwarm Krähen hat sich in der Nacht verflogen. Sie sahen das Licht des Feuers im Schornstein und das Unheil nahm seinen Lauf.« Rikolow wurde wieder ruhiger. Jetzt mischte sich ein anderer Bauer ein.

»Und die Krähen auf dem Stall von Kazimierz? Ich hab sie auch gesehen.«

Der Gräbermacher winkte ab. »Ein Zufall, weiter nichts!« Aber Chrzanowski gab nicht auf, obwohl er noch immer am Boden hockte.

»Aber es ist sein Schwager gewesen...« Und beleidigt fügte er hinzu:

»...und wieder waren Krähen am Unglücksort.« Rikolow fuhr ihn an. »Es hätte auch genauso seine Tochter sein können, nichts als dumme Zufälle.«

Nachdem Rikolow diesen Satz ausgesprochen hatte, fiel ihm schlagartig etwas ein. Die Krähen, die auf dem Stalldach von Kazimierz gesessen hatten an diesem unglückseligen Tag, waren weggeflogen, als die Frau umkam. Sie flogen zum Friedhof und Rikolow konnte noch sehen, bevor er den Stall betrat, dass die Tiere irgendwo auf dem Friedhof niedergingen. Rikolow fuhr erschrocken zurück und stand wortlos auf. Jetzt glaubte er zu wissen, wohin die Krähen geflogen waren: zu den Kindern, zu den drei spielenden Kindern. Ohne ein weiteres Wort zu sprechen, verließ er die Wirtschaft.

Nachdem der Gräbermacher gegangen war, beruhigten sich auch wieder die Bauern und einigten sich darauf, dass Rikolow wohl recht hatte, es konnte nur ein unglücklicher Zufall gewesen sein. Einzig

Potoski verstand, warum sein Freund plötzlich die Gastwirtschaft verlassen hatte. Die Erwähnung der kleinen Janucka hatte auch bei ihm ein ungutes Gefühl verursacht, vielleicht hatte Chrzanowski nicht ganz unrecht. Seit diesem Tag beobachtete Potoski Janucka mit noch wacheren Augen, aber er konnte nichts daran ändern, dass die Tochter Kazimierz jeder Zeit in seinem Haus ein- und ausgehen durfte. Seine Frau ließ keinen Widerspruch in dieser Sache zu und Potoski hatte nicht die Kraft, sich ihrem Willen entgegenzustellen.

Aber Janucka spürte sehr wohl, welche Haltung der Bauer zu ihr bezog, und ließ keine Gelegenheit aus, es Potoski spüren zu lassen, dass auch sie keinerlei Sympathie für den Bauern empfand.

Noch einige Wochen beschäftigten sich die Bauern mit dem Vorfall der brennenden Krähen, aber nach einiger Zeit kümmerte sich keiner mehr um die Angelegenheit. Schließlich hatte sich die Geschichte im Nachbardorf abgespielt und somit blieb es auch deren Angelegenheit. Nur Potoski und Rikolow vergaßen die Geschichte nicht, sie spürten beide, dass in dieser Sache noch lange nicht das letzte Wort gesprochen war.

Der Pfarrer hatte es sich zur Pflicht gemacht, die Kinder seiner kleinen Gemeinde gegen einen geringen Lohn zu unterrichten. Dafür hatte er einen Platz im hinteren Teil des Pfarrhauses zurechtgemacht. Von dort konnte man direkt in die Kirche gehen. Der so entstandene Unterrichtsraum wurde kurzerhand Schule genannt. Aber es gab nicht viele Kinder in dem kleinen Dorf. So kam es, dass auch einige Bauern aus dem Nachbardorf ihre Sprösslinge zum Unterricht brachten.

Anfangs entstanden einige Schwierigkeiten mit den Bauern der eigenen Gemeinde, da es zwischen den beiden Dörfern immer wieder zu kleinen Reibereien kam. Den häufigsten Anlass für Auseinandersetzungen gaben die Liebeleien der Jungbauern. Die Alten im Dorf versuchten darauf zu achten, dass nur innerhalb des Dorfes geheiratet wurde. Aber die ungestüme Lust und Liebe spielte bei derlei Ansinnen nicht mit. So konnte es geschehen, dass die begehrte Mitgift einer Tochter ins Nachbardorf abwanderte. Schon um diese bäuerlichen

Scharmützel abzuwenden, hatte der Pfarrer die Schule für beide Dörfer eröffnet, denn im Grunde gehörten die Gemeinden schon seit vielen Jahren zusammen und waren miteinander verwachsen, wobei die Bauern so etwas nicht hören wollten.

Die Kinder lernten einfaches Rechnen und Schreiben. Des Pfarrers Hauptaugenmerk lag in ihrer religiösen Betreuung. Darauf verwendete er viel Zeit. Dieser Umstand brachte eine einschneidende Veränderung in dem Zusammensein der drei Kinder.

Janucka konnte nicht zur Schule gehen, da ihr Vater nach dem Tod der Mutter nicht über das benötigte Schulgeld verfügte. Das Wenige, was übrig blieb, brachte er in die Gastwirtschaft, um seinen Kummer zu ersaufen. So geschah es, dass ab dem fünften Lebensjahr Franciszek einträchtig mit Elisa die Schulbank drückte. Erst am Nachmittag trafen die beiden dann auf Janucka, die meist vor Eifersucht tobend auf die Schulkinder wartete. Aber letztendlich blieben die Kinder zusammen.

Noch immer gingen sie auf den Friedhof und besuchten das Grab der dicken Koschwitz. Inzwischen hatten sich die Leute im Dorf daran gewöhnt, dass sich die drei Kinder dort oft aufhielten. Potoski missfiel es trotz der Zusprachen seiner Frau, die nichts Schlimmes an der Sache fand, zumal der Pfarrer sich nicht ablehnend dazu äußerte. Denn Potoski hatte den Pfarrer auf die Besuche der Kinder angesprochen, aber dieser schien nichts Besonderes daran zu finden, wo die Kinder spielten, und in der Schulpause spielten die Kinder meist unter der alten Eiche. Alle Versuche, seinen Sohn davon abzuhalten, schlugen fehl.

Eines Tages beackerte Potoski mit einer Kuh einen seiner Äcker, als ihm etwas Seltsames am Rand des Feldes auffiel. Dort gab es eine versandete Stelle, wo sich bei Regen eine kleine Wasserlache bildete. An diesem Tag saß dort eine Unmenge von großen Krähen, irgendetwas schien diese aufmerksamen Tiere zu beschäftigen. Es war nicht nur seine Neugier, die ihn bewog, dorthin zu gehen. Auch eine innere Unruhe trieb ihn zu der Sandfläche, denn am Vortag hatten die drei Kinder dort gespielt. Krähen konnte er in der Nähe seines Sohnes einfach nicht ertragen. Die Stelle lag etwas tiefer als der Acker und so konnte er von oben herab den Platz überblicken und, was er da sah, erschreckte ihn fürchterlich.

Er hatte es schon fast vergessen, aber nun sah er die Zeichen wieder, welche die Kinder schon vor Jahren auf dem Grab der dicken Koschwitz hinterlassen hatten. Die ganze Fläche wurde mit den Zeichen ausgefüllt. Es waren hauptsächlich Kreise, die sich in kleinen Wirbeln miteinander verbanden. Diese kleinen Verzweigungen hatten die Kinder fein säuberlich ausgearbeitet, ein zentrales Symbol verband alle Abzweigungen miteinander, es sah aus wie die Zweige eines riesigen Baumes und in seinen kleinen Ästen versponnen sich die Kreise zu einer Art von Strudeln. In einigen Zentren dieser Kreise saßen die Krähen.

Jetzt wusste Potoski auch, woran ihn diese Zeichnungen erinnerten. Er hatte sich damals auf dem Friedhof schon den Kopf zermartert, wo er so etwas schon einmal gesehen hatte.

Jetzt erinnerte er sich. Während seiner Hochzeitsreise besuchte er mit seiner Frau eine der größten Kirchen in der Stadt und hier hatte er die Illustration eines menschlichen Stammbaumes in einem aufgeschlagenen Buch gesehen. Auch dort bildete das Zentrum der Zeichnung ein Baumstamm, von dem ausgehend viele Äste die verschiedenen Volksgruppen zeigten. So verhielt es sich auch mit der Zeichnung der Kinder im Sand, nur dass diese unheimlichen Symbole eine gewaltige Fläche bedeckten. Einige der Wirbel hatten die Kinder wie große Hügel ausgebildet und für Potoski sahen diese Stellen wie kleine Grabhügel aus. An diesen Erhebungen machten sich nun die großen Krähen eifrig zu schaffen. Potoski konnte nicht erkennen, was die Tiere dort so ausgiebig bearbeiteten, erst als er hinunterging, um die Vögel zu verjagen, sah er es!

An diesen symbolischen Gräbern hatten die Kinder kleine Singvögel mit Stricken an schweren Steinen festgebunden und die Krähen hatten begonnen, die wehrlosen Vögel bei lebendigem Leibe zu fressen. Ein grausiges Werk. Wütend über die Tat der Kinder und erschrocken über diese, für ihn teuflischen Symbole, begann Potoski die Sandmalerei zu zerstören. Er fluchte herum und schwor, sich am Abend seinen Sohn zu greifen, um diesem eine Tracht Prügel zu verpassen. Dabei behielt er die Krähen ständig im Auge, er hatte den Angriff der Tiere in der Nacht auf dem Friedhof nicht vergessen.

Da geschah etwas Unfassbares! Potoski hatte ungefähr die Hälfte der Fläche zerstört und die toten Vögel unter den Sand gestampft, als er mit Grausen feststellen musste, dass sich die bereits zerstörten Teile wieder zusammensetzten. Wie von Geisterhand schob sich der Sand an seine ursprüngliche Stelle.

Die Fläche sah aus wie zuvor, nur die toten Tiere waren verschwunden.

Langsam wich er zurück, er hatte fast den Rand der Sandfläche erreicht, als der Boden unter ihm nachgab. Seine Stiefel versanken plötzlich im losen Sand. Er hatte das Gefühl, als würden sich die Äste der seltsamen Zeichnung dabei bewegen. Es sah fast so aus, als würden sich die verschlungenen Linien strecken, um die Stelle zu erreichen, in der Potoski versank.

Jetzt versuchte er, fluchtartig den Platz zu verlassen, aber es war zu spät! Potoski kam nicht mehr vom Fleck, immer schneller versank er im Boden. Schon nach Sekunden reichte ihm der Sand bis zur Brust. Nun begann er zu schreien und schlug um sich. Er spürte, wie der Tod nach ihm griff. Er würde hier sterben! Dabei saßen die Krähen am Rand der Sandfläche und beobachteten ihn derartig eindringlich, dass Potoski glaubte, sein Blut würde zu Eis erstarren.

Und als ob sein Elend nicht schon groß genug wäre, hörte er nun wieder diese Stimme, die er schon vor Jahren vernommen hatte.

»Hast du die Zeichen gesehen?« Verzweifelt versuchte Potoski im Sand Halt zu finden, aber dann antwortete er der Stimme doch.

»Ja, ich habe die Zeichen gesehen. Was willst du von mir?«, brüllte er in seiner Panik und blickte hilflos um sich, als könnte er die Quelle der Stimme finden. Aber er bekam keine Antwort und versank weiter im Sand.

Potoski glaubte wahnsinnig zu werden, an seinen Beinen hatte er plötzlich das Gefühl, als würden ihn dort Hände greifen und tiefer in den Sand ziehen. Jetzt begann er zu wimmern und flehte die Stimme an, ihn gehen zu lassen. Nun stand ihm der Sand schon bis zum Hals. Die Stimme schien direkt vor ihm aus dem Boden zu sprechen.

»Diese Zeichen sind nicht für deine Augen bestimmt. Vergiss, was du gesehen hast, sonst wird dieser Sand aus deinen Augäpfeln rinnen!«

»Aber ich will hier nicht verrecken!«, wimmerte Potoski und spürte, wie ihn etwas nach unten zog.

»Du wirst nicht hier sterben! Es wird die Erde deines Ackers sein, wenn die Zeit gekommen ist!«

Potoski schrie, bis der Sand begann ihm in den Mund einzudringen. Krampfhaft streckte er die Arme nach oben. Gerade als ihm die Sinne schwanden, spürte er, wie jemand seine Hand ergriff und nach oben zog.

Es war der Gräbermacher Rikolow, der ihn aus dem Sand befreite. Mit seinen gewaltigen Kräften hob er den Bauern aus dem losen Untergrund und warf ihn auf das hochgelegene Feld.

Erschöpft lag Potoski nun auf seinem Acker und sah Rikolow an, als wäre dieser selbst aus dem Sand gestiegen. Er zitterte und brachte keinen einzigen Ton hervor. Dass ihn gerade in der Sekunde seines Todes der Gräbermacher ins Leben zurückholte, beruhigte ihn nicht gerade.

»Es waren die Krähen. Sie kamen zum Friedhof. Ich bin ihnen nur gefolgt. Was treibst du hier, Potoski?«

Dieser rappelte sich auf und sah sich um, nirgendwo konnte er eine Krähe erblicken, nun zeigte er mit zitternder Hand nach unten.

»Da im Sand, die Zeichen, die Kinder haben..«

Er stockte, auf der versandeten Fläche war nichts mehr zu sehen, nur seine eigenen Fußspuren und eine kleine Vertiefung am Rand, aus der ihn Rikolow herausgezogen hatte.

»Was ist mit den Kindern?«, fragte nun Rikolow und es schien Potoski so, als würde der Alte genau wissen, was er meinte.

»Ach nichts, ich bin nur etwas verwirrt!«

Rikolow ging einige Schritte auf den Sand.

»Potoski, du bist sicherlich in eine unterspülte Stelle im Boden getreten.«

Zur Bekräftigung seiner Worte stampfte er auf. Allein am Klang der Stimme hörte Potoski, dass Rikolow das selbst nicht glaubte. Potoski bedankte sich für seine Rettung und ging auf seinem Acker in Richtung des Dorfes.

Rikolow folgte ihm, nicht ohne vorher für einen Moment die

Sandfläche zu mustern, aber er konnte nichts entdecken. Eine Weile gingen die beiden Männer schweigend nebeneinanderher.

»Eine unterspülte Stelle?« Fragend sah Potoski seinen Begleiter an. Er hatte nicht verstanden, dass ihn Rikolow herausgefordert hatte.

»Es hat seit Tagen nicht so stark geregnet!«, entgegnete Potoski abwesend.

»Kann schon sein, Potoski. Oder habt ihr eine andere Erklärung?« Rikolow stieß ihm freundschaftlich beim Laufen gegen die Schulter. Potoski blieb stehen.

»Damals auf dem Friedhof hast du doch auch die Zeichnungen der Kinder auf dem Grab gesehen?«

»Das sind außergewöhnliche Kinder, Potoski!«, lenkte Rikolow ein.

»Du hast meine Frage nicht beantwortet, schließlich waren sie damals gerade erst ein Jahr alt!«

Inzwischen waren sie am Dorfrand angekommen.

»Weißt du, Potoski, vielleicht habe ich etwas gesehen, vielleicht aber auch nicht.«

»Das ist keine Antwort, Rikolow. Es hätte mich fast getötet...« Potoski senkte den Kopf. »...vorhin im Sand.«

»Wen meinst du mit ›Es‹?«

Rikolow blieb stehen. Vor ihnen lag ein kleiner Weg zum Kirchgarten und dem dahinterliegenden Friedhof.

»Ich weiß nicht, vielleicht hat mir der Schreck einen Streich gespielt oder der Teufel hatte seine Hand im Spiel.«

Erschrocken über seine eigenen Worte bekreuzigte sich Potoski schnell.

Rikolow lachte kurz.

»Wenn ihr euch etwas nicht erklären könnt, habt ihr schnell den Teufel bei der Hand.«

»Aber wenn es so gewesen ist?« Rikolow wischte das Gesagte mit einer Handbewegung weg.

»Hast du damals mit jemandem über die Sache auf dem Friedhof geredet?«

»Nein, habe ich nicht und wem sollte ich das erzählen, dass mein

Sohn mit zwei kleinen Mädchen auf dem Friedhof spielt und auf einem frischen Grab herumkritzelt?«

Rikolow nickte ihm zu und zeigte auf das Gotteshaus.

»Du solltest es auch dabei belassen.«

Potoski wusste, was er mit der Geste meinte, dass es sicherlich recht unklug wäre, dem Pfarrer von seinen Beobachtungen zu berichten. Der Gottesmann stand zwar zu seinen Bauern, aber wenn es um derartige Dinge ging, konnte man nicht genau absehen, wo das am Ende hinführen würde. Im Nachbardorf hatte vor Jahren einer der Bauern seinen Nachbarn in Verruf gebracht, nachdem er behauptete ihn des Nachts in der Kirche gesehen zu haben, wie er Dreck gegen das Kreuz geworfen hätte. Daraufhin kam es im Dorf zu ungeklärten Todesfällen

bei dem Vieh der Bauern. Als die Gerüchte immer schlimmer wurden und weiteres Vieh verstarb, wurde der Beschuldigte von einer aufgebrachten Menge auf seinem Acker totgeschlagen. Der damalige Gottesdiener im Nachbardorf hatte sich sogar an dieser Tat beteiligt. Weil man inzwischen derartig aufgestachelt war, dass alle den Teufel in dem Beschuldigten zu erkennen glaubten. Die Sache wurde nie wirklich aufgeklärt, aber es gab danach kein totes Vieh mehr in den Stallungen.

Jetzt sahen beide auf den hohen Kirchturm und schwiegen, bis die Glocke im Turm schlug.

Der Gräbermacher drehte sich um, nachdem der letzte Schlag verklungen war, und ging, ohne ein weiteres Wort, in Richtung Friedhof.

Er wollte nicht weiter mit seinem Freund über die Geschichte sprechen.

Sicherlich hätte er Potoski sagen können, dass er, als er die Vögel anfliegen sah, sofort wusste, dass etwas mit Potoski geschehen war. Aber was hätte es genutzt? Noch immer konnte er sich nicht erklären, was die Vögel von ihnen wollten.

Rikolow setzte sich auf die kleine Bank am Grab der Koschwitz und beobachtete durch die Bäume die kleine Insel im Sumpf. Über den

Bäumen der Insel kreisten die Krähen und der Gräbermacher hatte das Gefühl, dass ihn die Vögel selbst aus dieser Entfernung beobachteten.

Potoski stand noch eine Weile auf der Straße und wusste nicht, ob er sich seiner Frau anvertrauen oder ob er seinen Sohn darauf ansprechen sollte. Aber er wusste, dass keiner, außer Rikolow, ihn verstehen würde, aber dieser schien im Augenblick nicht ansprechbar zu sein. Er hatte damit keine Probleme mehr, inzwischen hatte er sich an das unnahbare Verhalten des Friedhofsgärtners gewöhnt.

Letztlich entschloss er sich, Rikolows Rat zu folgen, und verlor kein Wort über sein Erlebnis, so wie sie es immer hielten. Was er in dem Sand gesehen und erlebt hatte, kam ihm nach ein paar Tagen wie ein schlechter Traum vor, und vielleicht hatte er sich in seiner Angst mehr eingebildet, als wirklich geschehen war und Rikolow hatte recht.

Nach einer Woche hatte er es geschafft, sich auf diese Weise zu beruhigen, und glaubte nun selbst, dass er sich die Geschichte nur eingebildet hatte. Unter dem Sand musste tatsächlich ein Hohlraum gewesen sein. Je länger er sich dies einredete, umso mehr erschien es ihm die Wahrheit zu sein.

Zwei Monate später stapelte er Brennholz für den Winter hinter einem kleinen Verschlag an seinem Haus. Nachdem er einige lose Holzstücke aufgeschichtet hatte, fand er unter dem Holz ein merkwürdiges Gestell. Als er es ganz hervorgezogen hatte, erkannte er mit Entsetzen, was er da in den Händen hielt. Es war eine Vogelfalle, mit der man kleine Singvögel in den Feldern fangen konnte. Nur sein Sohn konnte diese Falle dorthin gelegt haben, und er hatte diese auch benutzt. Somit wurde ihm klar, dass er sich den Vorfall nicht eingebildet hatte. Seine Versuche, die Sache zu verdrängen, waren gescheitert, alles, was er gehofft hatte sich einzubilden, hatte sich tatsächlich ereignet!

Am Abend stellte er die Falle in den Flur des Hauses. Er wartete auf seinen Sohn, der sich wie üblich nach der Schule mit den beiden Mädchen herumtrieb. Potoski hatte es aufgegeben, seinen Sohn zur Arbeit auf dem Hof anzuhalten. Franciszek fand immer neue Ausreden, um sich aus dem Haus zu stehlen. Auch das innige Verhältnis, welches er zu dem Jungen entwickelt hatte, als er noch ein Kleinkind war, hatte beachtlich nachgelassen.

Er fand keinen Zugang mehr zu seinem Sohn, und dieser schien daran auch kein Interesse zu haben. Das Verhältnis kühlte immer mehr ab. Seine Frau bemerkte diese Veränderung nicht, für sie blieb Franciszek ein kleines, liebenswertes Baby.

Es kam vor, dass Potoski sich an manchen Abenden wohler fühlte, wenn sein Sohn nicht im Haus war. Gab es zwischen ihnen Auseinandersetzungen spürte er eine Überlegenheit des Knaben, die ihn meist veranlasste nachzugeben, aber in dieser Sache mit den Fallen drängte er auf eine Erklärung.

Potoski beobachtete aus einem kleinen Fenster, wie Franciszek langsam vom Friedhof herüberkam. Allein der Umstand, dass sich der Knabe schon wieder auf dem Gottesacker herumgetrieben hatte, erregte ihn.

»Was sind das für Fallen?«, fragte er den Knaben, ohne ihn erst zu begrüßen. Franciszek sollte sofort spüren, dass sein Vater nicht die beste Laune hatte. Aber dieser schien davon nicht sonderlich beeindruckt. Er kannte seinen Vater gut genug, um zu wissen, dass dieser ihm nichts tun würde.

»Janucka hat die Fallen mitgebracht. Wir haben Vögel damit gefangen. Wo hast du sie gefunden?«

Schon der Tonfall, mit dem Franciszek über die Sache hinwegging, verunsicherte ihn. Potoski hätte am liebsten gesagt, dass er sie am Feldrand in dem Sandstück gefunden hatte, aber das wäre gelogen. Er sagte ihm, wo er die Fallen entdeckt hatte.

»Da hat sie Janucka hingeworfen.«

»Habt ihr denn Vögel gefangen?«

»Ja, ein paar, aber warum fragst du Vater?«

Potoski kam nicht dazu weiterzureden, da seine Frau in diesem Augenblick in den Flur trat und zum Essen rief. Er nahm sich vor, seinen Sohn ein andermal weiter zu befragen. Ihm kam das unerwartete Erscheinen seiner Frau sehr gelegen. Er wusste nicht, ob es gut gewesen wäre, seinem Sohn von dem Erlebnis am Feldrand zu erzählen.

Am nächsten Morgen waren die Fallen verschwunden und Franciszek behauptete gegenüber seinem Vater, dass er die Fallen nicht weggetan hatte. Alle Nachforschungen blieben ohne Erfolg, die Beweise waren verschwunden. Potoski stand der Sache hilflos gegenüber. Auch als er seinen Sohn befragte, was sie mit den Vögeln gemacht hätten, wusste dieser es nicht, Janucka hätte die Tiere mitgenommen. Potoski unterließ es, der Sache weiter nachzugehen und kümmerte sich wieder um seine Arbeit auf dem Hof. Er war derartigen Auseinandersetzungen nicht gewachsen, und so blieb ihm nichts anders übrig, als die Dinge nur zu beobachten.

Franciszek Josef wusste genau, wo die Fallen geblieben waren, er hatte sie noch in derselben Nacht aus dem Haus geschafft und auf dem Friedhof versteckt. Er war wütend darüber, dass sein Vater die Fallen entdeckt hatte, und er vermutete, dass dieser auch die Zeichen im Sand gefunden hatte.

Nachdem sie die Vögel gefangen hatten, sprach er sich dagegen aus, diese direkt neben dem Feld seines Vaters von den Krähen fressen zu lassen. Aber Janucka hatte auf diesem Ort bestanden, und er konnte sich, wie immer, nicht gegen sie durchsetzen, und wenn Elisa zu allem Überfluss noch einen zaghaften Versuch unternahm sich einzumischen, brach wahrlich die Hölle los. Janucka duldete keinen Widerspruch.

Franciszek hoffte nur, dass sein Vater dem Friedhofsgärtner nicht von den Fallen und den Tieren erzählen würde. Würde Rikolow erfahren, was sie mit den Vögeln gemacht hatten, durfte Franciszek sicher sein Ärger zu bekommen. Rikolow würde sie, ohne Gnade zu kennen, vom Friedhof jagen. Schon einmal durften die drei Kinder für ein paar Wochen nicht mehr auf den Gottesacker, auch damals hatten sie sich, unter Januckas Führung, an einem Tier vergangen.

Der Vorfall lag schon fast ein Jahr zurück. Sie spielten seinerzeit zwischen den Gräbern Verstecken, als Janucka plötzlich losbrüllte und wie eine Wahnsinnige in Richtung Moor lief. Franciszek und Elisa verstanden zuerst nicht, was mit ihrer Spielkameradin geschehen war, und folgten ihr zu einer Stelle des Friedhofes, welche an das nahe Moor angrenzte. Hier lagen die ältesten Gräber der Gemeinde, ein Teil der Ruhestätten hatte das aufsteigende Moor überflutet. In diesen Bereich des Friedhofs kam nur selten ein Mensch, hier gab es keine Gräber, zu denen die Lebenden noch eine Beziehung hatten. Nur Rikolow legte ab und zu die zugewachsenen Begräbnisstätten frei. So lange, wie das Moor die Totensteine nicht unwiederbringlich vereinnahmte, kümmerte er sich darum. Franciszek begleitete ihn oft dabei und bewunderte die uralten Grabsteine. Sie waren viel größer als die restlichen Steine des Friedhofes.

In diesen abgelegenen Teil folgten die beiden Kinder Janucka, die jetzt wild brüllend am Rand des Moores stand und ihre kleinen Fäuste drohend gegen den Himmel reckte. Jetzt sahen sie die Ursache ihrer Aufregung. Ein gewaltiger Raubvogel hatte eine der Krähen auf dem Friedhof geschlagen und flog nun gemächlich über das Moor in Richtung einer kleinen Insel, um dort seine Beute zu verschlingen. An diesem geschützten Ort schien der Vogel sein Nest zu haben. Nun sahen die Kinder auch einen zweiten Adler, der sich gleichfalls in weiten Bahnen auf die Insel herabließ. Es musste ein Pärchen sein, welches dort im Moor seine Jungen ausbrütete. Janucka konnte sich nicht beruhigen, sie versuchte sogar durch den Morast auf die Insel zu kommen, aber der Boden gab unter ihr nach und das braune Moorwasser griff nach ihren Beinen. Als sie merkte, dass es unmöglich sein würde, den Vögeln zu folgen, hockte sie sich heulend auf einen halb im Morast versunkenen Grabstein und weinte. Franciszek und Elisa bemühten sich um ihre Freundin, aber es dauerte eine ganze Weile, bis Janucka sich beruhigt hatte. Wütend stand sie auf und schrie ihre Wut über das Wasser, sie würde sich rächen, das versprach sie dem toten Vogel.

Keines der Kinder bemerkte zu diesem Zeitpunkt, dass sich einige große Krähen hinter ihnen auf dem Friedhof versammelt hatten und genau beobachteten, was geschah. Erst als die drei zurückliefen, erhoben sich laut krächzend die Tiere und flogen in alle Richtungen davon. Aber es gab noch einen Beobachter. Rikolow stand etwas abseits im Schilf und hatte alles mitbekommen.

Janucka verlor keine Zeit, noch am selben Abend baute sie eine Falle, um den Adler für sein Verbrechen zu bestrafen. Sie packte eines der Hühner ihres Vaters und benutzte das unschuldige Tier als Köder. Als Franciszek am nächsten Tag die Apparatur am Rand des Moores stehen sah, wollte er eigentlich wieder nach Hause verschwinden, ihm gefiel das Ganze nicht, aber Janucka ließ ihm keine Möglichkeit, er musste neben ihr im Schilf warten, bis die Falle zuschnappen würde. Franciszek versuchte erst gar nicht, das Mädchen umzustimmen, in ihren Augen stand so viel Hass, dass er es nicht wagte, sie anzusprechen.

Er konnte nur hoffen, dass die Raubvögel die trügerische Beute nicht finden würden.

Nach einiger Zeit schien auch Janucka an ihrem Vorhaben zu zweifeln. Enttäuscht kam sie aus ihrem Versteck und ging zur Falle, Franciszek glaubte nun, dass sie die Sache abbrechen würde, aber

Janucka hatte anderes im Sinn.

Einen Augenblick stand das Mädchen grübelnd vor ihrem Hinterhalt, in der ruhig das Huhn saß und auf dem Boden herumscharrte. Jetzt bückte sich Janucka und streichelte dem Gockel über den Kopf. Aber dann packte sie das Tier, und mit einer schnellen Bewegung brach sie dem Vogel einen Flügel. Die gequälte Kreatur krümmte sich vor Schmerz und es brach ein jämmerliches Geschrei aus.

Zufrieden mit ihrem Werk zog sie sich mit Franciszek in ihr Versteck zurück. Mit einem teuflischen Gesichtsausdruck verfolgte sie, was nun geschah. Wie erhofft, lockte das Geschrei einen der Raubvögel herbei. Die Kinder sahen, wie der Vogel eine Weile in der Luft über ihnen seine Kreise zog, und plötzlich stürzte sich der Adler auf die vermeintliche Beute. Die Falle schnappte zu. Janucka sprang Freude kreischend aus dem Versteck.

Wie eine Wildkatze stürzte sie auf den beachtlichen Vogel und begann langsam, den wehrlosen Adler mit bloßen Händen zu erwürgen.

Dabei sah sie dem Tier grinsend in die Augen. Franciszek wandte sich erschüttert ab, er konnte nicht verstehen, mit was für einer Freude Janucka das Tier umbrachte. Es schien ihr regelrecht ein Genuss zu sein. Allerdings konnte sie nicht lange ihren Triumph genießen. Jetzt

tauchte Rikolow am Ort des Verbrechens auf. Er hatte vom Friedhof aus den Sturzflug des Raubvogels gesehen und wunderte sich, dass sich der Vogel nicht wieder in die Lüfte erhob. Er kannte das Adlerpaar schon lange und bewunderte die gewandten Jäger.

Im späten Sommer beobachtete er tagelang, wie die Eltern ihren Nachwuchs über dem Moor das Fliegen und Jagen beibrachten. Da er sich Sorgen machte, lief er zu der Stelle, wo der Adler gelandet sein musste.

Was er dort allerdings vorfand, konnte er im ersten Augenblick gar nicht realisieren, und wie versteinert blieb er stehen. Erst als er das entstellte Gesicht von Janucka sah, wie sie mit einer unendlichen

Befriedigung den großen Vogel erwürgte und nicht einmal dann von ihrem Opfer abließ, als dessen Augen ihren Glanz verloren hatten, erwachte Rikolow aus seiner Starre.

Er sprang laut brüllend von hinten zu Janucka, packte das Mädchen und schleuderte es zur Seite. Aber er kam zu spät. Obwohl sich Janucka erschreckt hatte, zeigte sie keinerlei Reue oder Schuldgefühl, sie rappelte sich auf und wollte sich noch einmal auf den Vogel stürzen.

Rikolow hob sie empor und sah dem Kind ins Gesicht, er sah Mordlust und Hass in seinen Augen.

Erst jetzt bemerkte er Franciszek, der etwas seitlich stand. Erschüttert darüber, dass auch der Junge an dieser Untat beteiligt zu sein schien, packte er beide Kinder und lief mit ihnen über den Friedhof zum Tor. Dort warf er beide Kinder in den Staub und verbat ihnen, jemals wieder seinen Friedhof zu betreten.

»Ich will euch beide nie wieder hier erwischen, ihr kommt nur noch in einer Kiste auf diesen Boden«, fluchte er und sein körperlicher Ausdruck ließ keinen Zweifel an seinen Worten. Aber Janucka beeindruckte sein Auftreten nicht sonderlich.

»Das wirst du nicht mehr erleben, Rikolow!«, fauchte sie und lief die Straße entlang. Franciszek blieb vor dem Tor stehen und sagte kein Wort, die Verbannung vom Friedhof hatte ihn schwer getroffen. Er versuchte einzulenken

»Ich habe doch nichts gemacht, Rikolow.«

»Du bist dabei gewesen und hast nichts dagegen unternommen, somit bist du genauso schuldig wie dein Kumpan.« Rikolow ließ keinen

Zweifel aufkommen. Er war enttäuscht, dass gerade der Sohn von Potoski so etwas zuließ.

»Aber Janucka hat sich nur für die Krähen gerächt.«
Seine Stimme ließ erkennen, dass es nur ein hilfloser Versuch wurde, sich zu rechtfertigen. »Der Adler hat gejagt, um seine Jungen zu ernähren, um zu leben, ihr hattet kein Recht dazu, ein solches Tier zu töten...« Für einen Augenblick zögerte Rikolow und sah Janucka hinterher. »... für diese Viecher.«

Verächtlich spuckte er auf die Straße. Franciszek wollte nicht aufgeben und versuchte noch einmal seine Unschuld zu beteuern. Aber der Friedhofsgärtner ließ sich nicht erweichen.

»Ich will dich hier nicht mehr sehen.«

Dann drehte er sich um und ging zurück zum Sumpf, um den Vogel zu begraben. Als er dort ankam, musste er schon die ersten Krähen verjagen, die sich anschickten, den toten Körper zu zerstückeln. Es schien bald so, als hätten die Vögel nur darauf gewartet und konnten sich nun an ihrem schlimmsten Feinde vergehen. Rikolow nahm den gebrochenen Körper des Adlers und begrub ihn am Rand des Friedhofs.

Als er bemerkte, wie ihn die Krähen beobachteten, legte er einen großen Feldstein auf das Grab, somit hatten die Vögel keine Möglichkeit mehr, an den Kadaver heranzukommen.

Es dauerte einige Wochen, bevor Rikolow die bäuerlichen Sprösslinge wieder auf den Friedhof ließ, und er unterließ nicht, die Kinder eindringlich davor zu warnen, jemals wieder einem Tier Leid zuzufügen.

Nun saß Franciszek aufgeregt im Unterricht und hoffte, dass der Friedhofsgärtner nichts von seiner erneuten Missetat in der Sandmulde erfahren würde. Er hatte fürchterliche Angst davor, dass sein Vater die Geschichte weitererzählen würde.

Aus dem Fenster des Klassenraumes konnte er sehen, wie sich sein Vater und Rikolow am Zaun des Friedhofes trafen und ein paar Minuten miteinander sprachen, dann ging sein Vater zum Feld. Franciszek konnte zwar fast jeden Morgen beobachten, wie sich die beiden Männer begegneten, aber an diesem hatte er verständlicherweise ein ungutes Gefühl.

Franciszek wartete den ganzen Tag, bis er am späten Nachmittag Rikolow auf dem Friedhof entdeckte. Nun ging er mit schwerem Herzen zu ihm. Ihm graute davor Rikolow zu enttäuschen, inzwischen hatte er eine innigere Beziehung zu ihm aufgebaut, mehr als zu seinem eigenen Vater.

Aber der Friedhofsgärtner begrüßte den Jungen freundlich, und Franciszek beruhigte sich, sein Vater hatte nichts erzählt.

Nachdem er noch einmal davongekommen war, stand Franciszek etwas unentschlossen auf dem Friedhof und überlegte, wie er diesen unsäglichen Tag beenden sollte. Deutlich sah er den Grabstein der dicken Koschwitz und darauf die kleine Engelsfigur.

Er wusste genau, dass ihn der Engel beobachtete und auf ihn warten würde.

Gut konnte er sich noch an den ersten Tag erinnern, als ihn dieser angesprochen hatte. Oft hatte er mit den beiden Mädchen auf dem Grab gespielt, aber niemals regte sich der Engel, obwohl Franciszek schon des Öfteren das Gefühl hatte, dass dieser sie beobachten würde. Da sich dieses Gefühl in ihm verstärkte, hatte er angefangen, wenn er allein am Grabstein spielte, auf den Engel einzureden. Er erzählte der Steinfigur alles, was ihm in den Sinn kam.

An seinem ersten Schultag ging er über den Friedhof am Grab der dicken Koschwitz vorbei. Gerade hatte er den Grabstein hinter sich gelassen, als er angesprochen wurde.

»Josef, du gehst in die Schule?«

Nicht einmal überrascht blieb er stehen. Franciszek wusste ja, dass ihn der Engel, der eigentlich wie ein kleiner Teufel aussah, beobachtete.

»Warum fragst du? Das habe ich dir schon vor Wochen erzählt, aber bislang hast du nie geantwortet.«

»Vielleicht hatte ich bis jetzt keinen Grund mit dir zu sprechen!«

Der kleine Engel sprang auf und stellte sich breitbeinig auf seinen Grabstein.

»Wie hast du das gemacht?«, fragte Franciszek erstaunt. Bislang hatte die kleine Figur nur ihren Kopf bewegt. Dass der Engel sich von seinem Grabstein lösen konnte, überraschte ihn.

»Ich bin einfach aufgestanden, schließlich gehöre ich nicht zu diesem toten Material!« Franciszek streckte zögerlich seine Hand nach der Figur aus und berührte sie behutsam. Immer noch schien es kalter Stein zu sein.

»Was machst du hier?«

»Ich beobachte die Schatten, genau wie du Josef.«

»Du kannst sie sehen?«

»Du siehst sie doch auch!«

Der Engel zeigte auf einen kleinen Schatten, der hinter einem sehr alten Grabstein verschwand.

»Ich dachte, dass ich der Einzige bin, selbst die Mädchen sehen sie nicht.«

Der Engel lachte. »Du hast es ihnen erzählt? Wie töricht! Inzwischen weißt du doch, dass nur du diese Gabe hast, Josef.«

»Aber Janucka kann die Zeichen im Sand spüren. Und sie weiß immer, wann die Krähen kommen, das kann ich nicht!«

Der kleine Engel lief auf der Grabsteinkante auf und ab.

»Ich weiß, ich weiß, Josef, aber...« Er hob bedeutungsvoll seine kleinen Arme. »... Janucka hat eine besondere Beziehung zu den schwarzen Vögeln, es sollte dich nicht berühren. Die Krähen gehören zu Janucka.«

»Was bedeuten diese Zeichen?«

»Oh, das wirst du früh genug erfahren und glaube mir, für dich sind sie ohne Bedeutung, ganz im Gegensatz zu Janucka!«

»Erzähl mir, was du weißt!«, sagte Franciszek und trat ganz dicht an den Grabstein. Aber der Engel antwortete nicht, er setzte sich plötzlich wieder auf seinen Platz und erstarrte. Franciszek sah sich um, ob jemand aus dem Dorf den Friedhof betreten hatte und sich der Engel deswegen

in seine ursprüngliche Position begab, aber Franciszek stand ganz allein zwischen den Gräbern. Nun berührte er den Engel, erst sehr vorsichtig, dann immer heftiger. Schließlich wütend, als dieser nicht reagierte.

Er blieb eine ganze Weile an dem Grab und wartete, aber die kleine Figur saß auf ihrem Platz und nichts deutete darauf hin, dass es jemals anders sein könnte.

Am nächsten Tag traf er sich mit den beiden Mädchen auf dem Friedhof, und er berichtete ihnen von seiner Unterredung mit dem Engel. Aber er sagte ihnen nichts von dem, was ihm die Figur über die beiden Mädchen gesagt hatte. Janucka lachte ihn aus, aber dann untersuchten sie alle drei die kleine Marmorfigur auf dem Grabstein. Sie konnten nichts feststellen, was die Erzählung Franciszecks bestätigt hätte. Der Engel saß fest auf seinem Platz. Janucka versuchte mit aller Kraft die Figur vom Stein zu reißen. Als sie zu einem Stein griff, um damit auf die Figur einzuschlagen, wurde sie von Elisa aufgehalten. Sie griff nach der erhobenen Hand und Janucka wurde ganz ruhig und gefügig.

»Lass das, vielleicht redet er nur mit Franciszek.«

Zögernd ließ sie ab von ihrem Vorhaben und spürte eine seltsame Kraft, welche von Elisa ausging. Aber dieses eigentlich warme Gefühl gefiel ihr nicht und sie versuchte, Abstand zu Elisa zu halten. Als ihr Arm aus ihrer Hand glitt, kehrte das wütende Gefühl in ihre Brust zurück, aber nun wagte sie es nicht mehr sich an der Figur zu vergreifen. Elisa schien sie auf eine gewisse Weise von ihrem Vorhaben abzubringen. Franciszek war erleichtert, dass Elisa eingeschritten war. Es war ihm inzwischen unangenehm, etwas erzählt zu haben, und als Janucka mit dem Stein auf seinen Engel losgehen wollte, war er selbst im Begriff einzuschreiten, aber eine Bewegung von Elisa hielt ihn zurück und er spürte sofort, dass keine Gefahr mehr für seinen steinernen Freund bestand.

Noch Tage später beobachteten die beiden Mädchen die Figur, wenn sie am Grab waren, aber im Laufe der Zeit verloren sie das Interesse daran, zumal Franciszek kein Wort mehr in der Sache verlauten ließ. Über mehrere Jahre sprach die Figur nicht mehr mit Franciszek, dieser hatte es aufgegeben darauf zu warten. Allerdings versäumte er es nie, dem stummen und bewegungslosen Engel alles zu erzählen, was ihn beschäftigte. Es wurde zu einer festen Gewohnheit, sich der Figur mitzuteilen.

Inzwischen hatte sich sein Verhältnis zu dem Gräbermacher Rikolow weiter vertieft. Wenn er auf den Friedhof kam, ging er zu dem Grab der dicken Koschwitz und setzte sich auf eine Bank, die Rikolow extra für ihn und die Mädchen dort aufgestellt hatte. Jetzt spielte er nicht mehr auf dem Grabhügel, er verbrachte die meiste Zeit damit zu lesen. Die beiden Mädchen kamen inzwischen seltener zu dem alten Spielplatz. Sie brauchten eine Weile, bis ihnen klar wurde, dass Franciszek nicht gestört werden wollte. Zudem hatte der Junge das untrügliche Gefühl, dass Rikolow es durchaus begrüßte, wenn die Mädchen, insbesondere

Janucka, nicht mehr so häufig am Grab auftauchten. Franciszek sprach niemals mit Rikolow darüber, er wollte das Verhältnis nicht trüben. Ohne dass Rikolow es jemals hätte aussprechen müssen, wusste der Junge, dass dieser die Anwesenheit der Mädchen nur seiner Person zuliebe duldete. Erst wenn er den Friedhof verließ, tauchten die beiden in seiner Nähe auf.

Der Gräbermacher setzte sich oft zu Franciszek auf die Bank.

»Franciszek, du liest so viel, gern würde ich wissen, was in den Büchern steht.«

Es fiel dem Friedhofsgärtner schwer, den Jungen zu bitten, ihm etwas vorzulesen. Franciszek aber verstand sofort, was Rikolow von ihm wollte, und begann aus seinen Büchern zu lesen. Aufmerksam hörte Rikolow zu, er rauchte seine Pfeife und sprach kein Wort. Es entstand eine stumme Vereinbarung zwischen ihnen. Setzte sich Rikolow zu dem Jungen, begann dieser aus dem betreffenden Buch vorzulesen. Jedes neue Buch, welches er zur Bank mitbrachte, durchblätterte Rikolow, bevor Franciszek darin lesen konnte. Fand er Bilder oder andere Darstellungen, ließ er sich diese zuerst genau erklären. Der Junge hatte den Eindruck, als würde der Gräbermacher auf etwas warten.

Aber Rikolow verlor kein unnötiges Wort. Der Friedhofsgärtner brachte als Gegenleistung etwas zu essen mit.

Der Pfarrer bemerkte Franciszeks unstillbaren Wissensdurst und versorgte den Jungen mit Büchern aus seiner kleinen Bibliothek. Im Unterricht las Franciszek aus der Bibel vor, und andächtig lauschte der Pfarrer seinen Worten. Die anderen Kinder verfolgten das Vorlesen eher mit Desinteresse. Aber das störte ihn nicht, jedes Buch, welches er bekommen konnte, verschlang er förmlich.

Inzwischen hatte der Pfarrer mit Potoski über die Zukunft seines Sohnes gesprochen, denn auch dieser bemerkte, dass sein Kind nicht in die väterlichen Fußstapfen treten würde, so wie die alte Kräuterfrau vorhergesagt hatte.

Allerdings erzählte Potoski keiner Menschenseele etwas von dieser Prophezeiung. Er begann sich damit abzufinden, sein Sohn würde kein Bauer werden. Der Pfarrer schlug vor, Franciszek die Laufbahn eines Gottesdieners einschlagen zu lassen, vielleicht würde er später die Gemeinde als geistiger Hirte übernehmen können. Potoski schien anfänglich nicht davon angetan, ganz im Gegensatz zu seiner Frau. Diese war beglückt und ergeben überzeugt, dass ihr Sohn der künftige Pfarrer des Dorfes werden könnte. Sie nahm diese Entscheidung des Pfarrers als ein Beweis für ihre heftige Abbitte, welche sie in all den Jahren heimlich geleistet hatte. Gott musste ihr verziehen haben und endlich, nach so vielen Jahren der Buße, schien er ihr ein Zeichen zu geben. Ihr Sohn würde ein Diener der Kirche werden!

Franciszek selbst stand diesen Plänen seiner Eltern und des Geistlichen nicht begeistert gegenüber, aber er fügte sich diesen Wunschvorstellungen. Seine größte Angst bestand darin, dass der Pfarrer ihm den Zugang zu den Büchern verweigern würde.
Nach einiger Zeit ging ihm langsam der Lesestoff aus.
Da brachte Rikolow eines Tages ein Buch mit auf den Friedhof, das Franciszek noch nicht in den Regalen der Kirche gesehen hatte.
»Wo hast du dieses Buch her?«
Schwer wog das Band in seinen Händen.
»Lies mir daraus vor!« Rikolow schlug das Buch auf und legte es ihm auf die Knie. Franciszek überflog kurz den zu erwartenden Inhalt und sah Rikolow an.
»Wo hast du das her, da du doch selbst nicht lesen kannst?«
»Von unserem Herrn Pfarrer!«
»Das kann nicht sein. Ich kenne jedes Buch in den Regalen, und so etwas hätte ich mit Sicherheit schon entdeckt!«
»Lies vor, was da steht!«
Rikolow wurde ungeduldig. Aber Franciszek ließ nicht locker.
»Wenn du mir nicht sagst, wo das Buch herkommt, lese ich kein einziges Wort vor!«
Er schlug das Buch zu und schob es demonstrativ zu Rikolow.
Einen Moment schwiegen beide, dann begann Rikolow zu erzählen.
Als er vor Jahren aus Russland zurückkam und beim Pfarrer Unterschlupf fand, brachte er viele Dinge in der alten Kirche wieder in Ordnung. Dabei entdeckte er hinter dem Altar ein kleines Loch in der Wand der Kirche. Er steckte seine Hand hinein und konnte einen

Hebel greifen. Diesen bewegte er in die einzig mögliche Richtung, und zu seinen Füßen verschob sich mit einem knirschenden Geräusch eine der uralten Bodenplatten. Darunter lag eine winzige Steintreppe, die nach unten führte.

Der Pfarrer war an diesem Tag in der Nachbargemeinde, und Rikolow entschloss sich, allein hinunterzusteigen. Die kleine steinerne Wendeltreppe führte nur wenige Meter nach unten, dann stand er in einem größeren Raum. Die Wände waren mit alten, fast zerfallenen Regalen zugestellt und überall lagen Bücher, es mussten Hunderte sein. Der Raum wurde vollständig ausgefüllt damit. In einer kleinen Nische stand ein Tisch mit einem alten, fast zerfallenen Stuhl, dort fand er einen Lederbeutel mit Goldmünzen.

Dieser Fund bewog ihn dazu, dem Pfarrer nichts von seiner Entdeckung zu berichten. Allerdings unternahm er einen Versuch, etwas über die Bücher herauszufinden. Eines der Bücher, welches mit großen, unheimlichen Symbolen und vielen fremdartigen Zeichnungen bedeckt war, nahm er mit nach oben. Er brachte es dem Pfarrer und sagte ihm, dass er das Buch in einer Nische des Glockenturms gefunden hätte.

Nachdem dieser das Buch betrachtet hatte, ließ er sich von Rikolow die Stelle im Turm zeigen. Danach untersuchte er selbst alle möglichen Winkel des Gebälks, fand aber keine weiteren Werke. Als ihn Rikolow nach ein paar Tagen nach dem Fund fragte, sagte ihm der Pfarrer, dass dieses Buch heidnisches Machwerk sein und der Teufel es geschrieben und er das Buch verbrannt hätte. Daraufhin unterließ es Rikolow, dem Pfaffen etwas von seiner Entdeckung hinter dem Altar zu berichten.

Nun hielt Franziszek eines dieser Bücher in den Händen. Rikolow hatte ein reichlich illustriertes Werk heraufgeholt, eine wunderbare Lektüre, in Latein geschrieben. Es musste sehr alt sein. Es hatte den menschlichen Körper zum Inhalt, deshalb die vielen Zeichnungen und Stiche. Er begann zu lesen und erklärte dem Gräbermacher die Zeichnungen und andere Darstellungen auf den Seiten. Aufmerksam verfolgte dieser jedes Wort. Als es dunkel wurde und Franziszek nach Hause gehen wollte, nahm ihm Rikolow das Buch weg, er versprach, es am nächsten Abend wieder mitzubringen. Franziszek hätte es gern mitgenommen, um die ganze Nacht darin zu lesen, aber Rikolow hatte Angst, dass man das Buch bei ihm finden würde.

Inzwischen hatte Franciszek Josef das 16. Lebensjahr erreicht. Längst hatten die anderen Kinder die Schule verlassen, aber Franciszek besuchte noch immer den Pfarrer. Dieser unterrichtete ihn nun in kirchlichen Dingen und bereitete den Knaben auf ein Studium in Theologie vor. Er nahm Kontakt zu den Oberen seiner Kirche auf und versuchte auf die Begabung des Jungen hinzuweisen, aber noch wurde er von den Entscheidungsträgern hingehalten. Es gefiel ihm nicht, dass der Junge sich langsam seinem Einfluss entzog. Er beobachtete mit großem Missfallen das Verhalten der beiden Mädchen, die seinem Zögling wie Schatten folgten. Die drei waren nun in einem Alter, dass sich bei ihnen fleischliche Begierde regte, und das beunruhigte ihn. Er wollte nicht, dass der Knabe diesen Gelüsten erlag und sich so den Weg zu einem Leben im Namen der Kirche verbaute. Aber er wusste nicht, wie er dieser Entwicklung Einhalt gebieten konnte. Er sprach mit

Potoski über seinen Sohn, aber dieser hatte schon vor geraumer Zeit den Einfluss auf sein Kind verloren. Der Junge hörte schon lange nicht mehr auf das, was der Vater sagte. Potoski war im Grunde stolz auf seinen Sohn, dieser konnte lesen und das nicht nur in einer Sprache, wie ihm der Junge berichtete. Inzwischen glaubte er fest daran, dass aus seinem Kind etwas Besonderes werden würde, und so nahm niemand mehr Einfluss auf die Entwicklung Franciszek Josefs.

Potoski traf sich seit geraumer Zeit regelmäßig mit dem Gräbermacher in der kleinen Wirtschaft. Er blieb weiterhin der Einzige im Dorf, der einen festen Kontakt zu Rikolow unterhielt. Den anderen Bauern blieb der Friedhofsgärtner eine unheimliche Person, eine Meinung, die Rikolow sehr gelegen kam. Ab und zu sprachen sie auch über die Krähen, deren Verhalten sich über die Jahre verändert hatte. Schon seit einiger Zeit kamen die Vögel meist nachts aus dem Sumpf und überflogen für einige Zeit den Friedhof. Obwohl Potoski inzwischen die Ansicht verfocht, dass die Vögel sich nur zufällig so verhielten, vertrat Rikolow eine andere Meinung. Auf irgendetwas schienen die Vögel zu warten, inzwischen glaubte er sogar, dass es immer noch dieselben Vögel waren wie schon vor Jahren, aber so alt wurde normalerweise keine Krähe.

Auf diese Weise verbrachten die beiden, recht eigenbrötlerischen Männer viel Zeit miteinander. Es wurde eine gefestigte Männerfreundschaft, derer es nicht vieler Worte bedurfte. Sie verstanden sich auch ohne viele Worte. Als Potoski eines Tages in die Wirtschaft kam, wurde er schon aufgeregt von Rikolow erwartet.

»Die Krähen sind verschwunden!«, empfing ihn dieser. Irritiert setzte sich Potoski und musste mit Erstaunen feststellen, dass es Rikolow entgegen jeglicher Gewohnheit

unterließ, umständlich seine Pfeife zu stopfen. Ganz im Gegenteil! Mit ungewohnter Eile drückte er eine viel zu große Menge in den Pfeifenkopf und entzündete nun auch noch dieses Bauwerk. Wie zu erwarten, versagte das Rauchwerkzeug seinen Dienst. Aber Rikolow schien diesen misslichen Umstand nicht zu beachten. Er packte Potoski am Arm und zog ihn dicht an sich heran.

»Du weißt, ich beobachte diese Viecher schon eine ganze Weile, sie kommen jede Nacht, jede Nacht!«

Potoski nickte stumm, das schien nicht gerade eine Neuigkeit zu sein, der Gräbermacher beobachtete die Krähen jeden Tag. Rikolow stieß sich nun mit wichtiger Miene bedeutungsvoll in seinen Sitz zurück, da sich der Wirt näherte und unaufgefordert einen Humpen Bier vor Potoski stellte.

Da keiner der beiden Männer ein Wort sagte, wischte er mit einem abgewetzten Tuch nachlässig über den Tisch und trollte sich wieder hinter seinen Tresen.

»Ich habe fast die ganze Nacht unter der Eiche gehockt, aber kein einziger Vogel ließ sich blicken.«

Potoski zuckte verständnislos mit den Schultern.

»Was soll's? Vielleicht hatten diese Kreaturen etwas anders vor«, versuchte Potoski die Situation etwas zu entspannen. Rikolow überging diese Äußerung mit einer Handbewegung, wobei ihm nun seine schlecht gestopfte Pfeife ins Blickfeld geriet. Aber ohne etwas daran zu ändern, fuhr er fort:

»Als ich dann heute Morgen, nach dem Gottesdienst, den Kirchgang kehrte, flog plötzlich eine große Krähe über den Altar durch die gesamte Kirche zur Tür hinaus.«
Rikolow kratze sich am Kinn.

»Für einen Augenblick überlegte ich, wie das Tier wohl hereingekommen sein könnte, denn alle Fenster waren geschlossen, dann ging ich hinaus auf den Friedhof.«
Jetzt tippte er mit der Pfeife gegen Potoskis Arm.

»Du wirst es nicht glauben, erst sehe ich überhaupt keine dieser Kreaturen und plötzlich, auf dem Friedhof, hockten diese Viecher alle an einer Stelle!«
Jetzt kam ihm wieder seine missglückte Pfeife unter die Augen und reumütig begann er mit einem Kieferspan darin herumzustochern.

»Erst verstand ich nicht, was das Ganze zu bedeuten hatte, aber dann...« Endlich begann seine Pfeife ein Lebenszeichen von sich zu geben und eine kleine Wolke wohlriechenden Tabaks stieg in die Luft.

»...aber dann erkannte ich den Platz, an dem sie sich versammelt hatten. Sie hockten alle auf dem Grab von Januckas Mutter!«
Potoski hob seinen Humpen.

»Gestern war der Tag ihres unseligen Abgangs«, bemerkte der Bauer eher zu sich selbst.

»Genauso ist es, aber als ich mich der Stelle näherte, geschah etwas Sonderbares. Die Vögel erhoben sich einer nach dem anderen in die Luft und stiegen über dem Friedhof in den Himmel.«
Dabei blickte Rikolow zur verrauchten Decke der Wirtschaft und Potoski folgte seinem Blick, als könnte er die Krähen sehen. Für Sekunden starrten beide nach oben.

»Und dann...« Zögerlich beschrieb Rikolow mit seiner Pfeife Kreise in der Luft. »...sah es so aus, als würden sich die Tiere zusammenschließen zu einem einzigen großen, schwarzen Vogel. Ich hätte schwören können, dass es zum Schluss tatsächlich nur noch eins dieser Viecher gewesen ist.«

Inzwischen hatte der Wirt das sonderbare Verhalten der Männer mitbekommen. Langsam kam er in ihre Ecke und stellte einen neuen Bierkrug vor Rikolow, nicht ohne dabei die Zimmerdecke über den beiden zu mustern.

»Was ist?«, fauchte Rikolow und, noch bevor der Wirt etwas erwidern konnte, schickte ihn der Friedhofsgärtner mit einer Handbewegung hinter seinen Tresen zurück.

Für eine Weile schwiegen die Männer, bis sich die Aufmerksamkeit des Wirtes auf andere Gäste konzentrierte.

Potoski beschlich ein ungutes Gefühl.

»Was hat das zu bedeuten, mit den Krähen auf dem Grab?«

Rikolow schüttelte den Kopf.

»Ich hab auch keine Erklärung dafür, aber irgendetwas geschieht im Dorf und ich glaube, dass es nichts Gutes ist.«

In einer der folgenden Nächte geschah etwas Ungeheuerliches in Januckas Schlafstube. Eine große Krähe flog gegen die Fensterklappe ihrer Stube, der Vogel wollte herein. Das war für Janucka nichts Ungewöhnliches, sie hatte seit ihrer Kindheit an ein ganz besonderes Verhältnis zu diesen Tieren. Schon immer hatten die Krähen ihre Nähe gesucht. Sie liebte diese intelligenten Tiere.

Gerade zu dieser einen Krähe hatte sie eine intensive Beziehung aufgebaut, sie erkannte das Tier sofort. Die Vögel erschienen immer, wenn sie die Zeichen in eine Sandfläche zu einem Muster zusammenfügte.

Diese Krähe tauchte nun fast täglich in ihrer unmittelbaren Umgebung auf, bis das Tier eines Tages an ihrem Fenster saß. Janucka öffnete das Fenster, und die Krähe erkundete neugierig ihr Zimmer.

Nach einiger Zeit konnte sie auch sein prachtvolles Gefieder streicheln, und der Vogel ließ sie gewähren. Inzwischen dauerte diese seltsame Freundschaft schon fast zwei Jahre. In der ganzen Zeit verschwieg sie den anderen das besondere Verhältnis zu den Tieren. Aber in dieser Nacht war es anders. Sie dachte erst, der Vogel hätte sich verletzt und behutsam nahm sie das große Tier in den Arm. Aber der Vogel wehrte sich gegen diese Berührung und hüpfte auf den Tisch. Dort blieb er sitzen und neigte den Kopf zur Seite. Janucka setzte sich der Krähe gegenüber und legte ihren Kopf in die Arme. Wie so oft sprach sie mit dem Vogel, ihm vertraute sie ihre geheimsten Gedanken an. Aber diese Nacht war eine ungewöhnliche Nacht und sollte alles für sie verändern.

Der Vogel sprach mit ihr!

»Janucka, du musst anfangen, deine Fähigkeiten zu nutzen, sonst wird es ein anderer für dich tun, und er wird versuchen, dich zu töten!« Janucka war wie vom Donner gerührt und sprang auf.

»Du kannst ja sprechen!«

»Selbstverständlich kann ich das!«

Der Vogel hob stolz den Kopf. Dabei spreizte er die Flügel ab und tippelte auf das Mädchen zu.

»Ich bin ein Fürst im Reich der Seelen, ich kann tief in euch schauen und eure Gedankenwelt ist für mich ein offenes Buch!«

Dabei beugte er sich nach vorn, und es schien so, als würde der Vogel hämisch grinsen, dann hob er einen Flügel und zeigte auf Janucka.

»Allerdings...« Er drehte den Kopf wieder auf die Schulter und sah sie nun von der Seite an. »...deine Gedanken kann ich nicht lesen!« Der Vogel sprang noch etwas vor, zog seinen Schnabel langsam über den Tisch und sah sie dabei eindringlich an.

»Und die deiner beiden Gefährten kann ich auch nicht erkennen!«

»Warum nicht?«, fragte sie, ohne nachzudenken. Es war eher ein Reflex als eine klare Frage, zu sehr war sie davon überrascht, dass die Krähe mit ihr sprach.

»Solltest du nicht eher erschrocken sein, dass ich mit dir spreche, als solche Fragen zu stellen?« Aus der Stimme des Vogels war ein gewisser Vorwurf zu hören.

»Aber eigentlich sollte es mich nicht wundern, ihr drei Menschenkinder seid euch so ähnlich, aber doch auch so verschieden.« Jetzt lachte die Krähe hämisch.

Janucka blickte sie erstaunt an.

»Wir drei?« Sie wusste, wen die Krähe meinte.

»Was ist mit uns?«

Der Vogel drehte ihr den Rücken zu und lief über den Tisch zu einem Teller, darauf lag etwas Wurst und Käse.

Das Tier schnappte sich ein großes Stück und drehte sich wieder um.

»Der Umstand eurer Geburt machte euch zu besonderen Menschen. Einer von euch hat sich schon entschieden. Jetzt ist es an dir, dich zu entscheiden!«

»Wozu soll ich mich entscheiden?«

Janucka hatte Angst vor dem, was der Vogel ihr sagte. Die ganze Situation erschreckte sie zutiefst, bis jetzt hatte sie ihre Fähigkeit, seltsame Dinge zu spüren, nicht sonderlich ernst genommen, zumal keiner der beiden anderen es für so etwas Absonderliches gehalten hatte. Sie konnte von Kindheit an diese sonderbaren Zeichen spüren. Aber nun erschien ihr diese Fähigkeit in einem anderen Licht. Der Vogel blieb stehen und wiederholte seine Worte. Diesmal blickte er allerdings auf Janucka herab, als würde er durch das Mädchen hindurchsehen.

»Drei Gleiche und doch so verschieden und keiner kann ohne den anderen sein.«

Jetzt sprang das Tier auf ihre ausgestreckte Hand und sagte: »Liebe, Hass und Tod.«

Jetzt stellte er fragend den Kopf auf die Seite und betrachtete Janucka eindringlich. Es schien gerade so, als würde er wissen, was Janucka antworten würde.

Das Mädchen zögerte und sah der Krähe geradewegs in ihre schwarzen Augen. Trotz der unwirklichen Situation versuchte sie, sich so weit zu beherrschen, dass ihre wirklichen Gefühle nicht zu erkennen wären. Aber der Tonfall ihrer Stimme zeigte der Krähe deutlich, was Janucka verbergen wollte.

»Was ist mit Elisa?«

Über Franciszek wollte sie nicht sprechen.

»Hast du sie gemeint? Würde sie versuchen, mich zu töten?«

In Anbetracht ihres Verhältnisses zu Franciszek würde sie das nicht verwundern. Sie selbst wäre dazu ohne Weiteres in der Lage gewesen. Sie wollte den jungen Mann auf jeden Fall nur für sich allein haben.

Aber der Vogel ging nicht darauf ein, mit einem Schlag seiner Flügel stoppte er ihre Spekulationen.

Der Vogel war schlau genug, Janucka nicht spüren zu lassen, was er schon längst vermutet hatte, da er sich sicher war, dass gerade dieses Mädchen genau das richtige für seine Pläne sein würde. Januckas Seele bestand aus blankem Hass.

»Janucka, du kannst die seltsamen Verschlingungen der menschlichen Seele sehen, den Baum der Toten, dort wo alles beginnt und wieder endet. Du hast diese Zeichen schon oft erblicken können!«

»Was für Zeichen? Ich weiß überhaupt nicht, wovon du sprichst!« Der Versuch, die Krähe anzulügen, schlug fehl und sie spürte es ganz genau, sie konnte es in dem abfälligen Blick des Vogels erkennen. Allzu oft saßen die Krähen mit am Grab, wenn sie dort spielten und in den Sand malten.

Verzweifelt hob sie ihre Hände. Sie glaubte wahnsinnig zu werden, sie unterhielt sich mit einer Krähe in ihrem Zimmer.

»Ich meine die Zeichen, die du in den Sand zeichnest.« Janucka musste sich setzen und blickte auf ihre zitternden Hände, um sofort wieder zum Tisch zu schauen, ob der Vogel wirklich dort hockte. Dieser machte einen ausgesprochen ruhigen Eindruck und ließ ihr Zeit, sich an diesen Umstand zu gewöhnen.

»Janucka, ich habe dir deine besondere Fähigkeit gegeben und ich kann sie dir auch wieder nehmen. Du kannst damit die Zukunft erkennen und verändern, zudem verlängert sich deine Lebenszeit auf Erden.«

Langsam gewöhnte sie sich daran, dass der Vogel mit ihr sprach, und das Gesagte drang in ihr Bewusstsein ein.

Jetzt erwachte auch wieder der Hass gegen Elisa in ihr und sofort hoffte sie auf eine Möglichkeit, ihre Rivalin auszuschalten. Nun war sich die Krähe sicher, dass Janucka ihr wirklich zuhörte.

»Ich habe die Fähigkeiten, den Schicksalsweg eines Menschen zu beeinflussen? Liebe, Hass und Tod?«

Für einen Augenblick schwieg der Vogel, als würde er darüber nachdenken, was er dem Mädchen erzählen sollte. Dann winkte er ab.

»Nein, nicht du allein. Das wäre zu viel, nur ein Teil von dir, aber welcher?«

Es schien so, als würde das Tier lachen.

»Janucka, es geht um die Ewigkeit des Lebens. Jeder möchte so lange leben, wie er kann, und gerade schlechte Menschen mit bösen Seelen würden alles dafür tun, um ihr Leben auf Erden zu verlängern. Die guten Menschen leben und sterben als Bauer oder Edelmann, sie werden nie versuchen, ihr Schicksal wirklich zu beeinflussen.«

Der Vogel stolzierte nun wieder auf dem Tisch auf und ab.

»Der Tod bestimmt, wie lange ein jeder Mensch zu leben hat. Erlischt sein Lebenslicht auf natürliche Weise wandert seine Seele zum Tod zurück, dieser gibt sie weiter an ein Neugeborenes, die Guten und die Bösen. Er behält es sich vor, wie lange sie bei ihm verweilen. Der Tod selbst schert sich recht wenig um die Belange der Seelen. Ihr Menschen bezeichnet diesen Ort als die Hölle, dort werden die Seelen neu verteilt.«

Janucka unterbrach die Krähe.

»Warst du schon einmal an diesem Ort?«

Der Vogel blieb vor ihr stehen.

»Ja, ein einziges Mal, und es ging unglaublich schnell. Ich wurde wiedergeboren!«

Das Tier wischte eine weitere Frage mit einem Flügelschlag von ihren Lippen.

»Hier auf der Erde hat der Tod viele Helfer, welche den Seelen bestimmen, wie lange sie in den Körpern der Menschen bleiben dürfen. Sterben diese ohne einen Zwischenfall genau in dieser vorherbestimmten Zeit haben wir Krähen keinen Zugriff auf die Seele. Aber wenn die Bestimmungen der Helfer des Todes nicht eintreffen, zum Beispiel durch einen Mord oder Unfall oder eine unerwartete Krankheit, steigt die Seele vorzeitig aus dem Körper und dann können wir uns dieser bemächtigen! Sie verlässt sozusagen ihren vorherbestimmten Weg.«

Jetzt konnte Janucka sehen, dass der Vogel sichtlich aufgeregt war.

»Du, Janucka, verfügst über die Fähigkeit, den Lebensbaum eines Menschen zu verändern, du kannst ihn reich oder arm machen und seinen Todeskampf bestimmen. Mit meiner Hilfe kannst du auch ihren Willen brechen und sie dazu bringen, den ihnen vorbestimmten Weg ihres Schicksals zu verlassen. Du kannst die Helfer des Todes überlisten und dich der Seelen bemächtigen.«

»Kann ich auch Elisas Schicksal verändern?«

Deutlich war der aufsteigende Hass zu spüren. Der Vogel blickte sie an und schüttelte den Kopf.

»Das kannst du nicht, und Franciszeks Schicksal kannst du auch nicht beeinflussen, ihr drei steht außerhalb dieses Kreislaufes.«

Die Enttäuschung stand ihr ins Gesicht geschrieben.

»Janucka, jede Seele, die ihren vom Tod vorherbestimmten Weg verlässt, kannst du mit meiner Hilfe in deinen Besitz bringen. Du erlangst damit Lebenskraft und wirst eine mächtige Frau im Reich der Schatten. Unglaublicher Reichtum und Macht stehen dir zur Verfügung.«

Janucka lehnte sich zurück. Ihr gefiel dieser Gedanke, eine reiche Frau zu sein, und das Spiel mit diesen unheimlichen Kräften faszinierte sie über die Maßen.

Nun stand die Krähe direkt vor ihr.

»Heute, Janucka, ist eine besondere Nacht. Heute entscheidest du über dein weiteres Schicksal. Du kannst meinem Angebot, das Schicksal der Menschen zu sein und ihre Seelen zu erlangen, annehmen oder abschlagen, es liegt ganz bei dir!«

Der Vogel drängte auf eine Entscheidung, denn die Nacht ging langsam zu Ende, und die Sonne schickte ihre ersten Strahlen über das Dorf. Er brauchte eine Entscheidung, solange der Mond den Himmel bestimmte. Aber Janucka konnte nicht erahnen, dass der Vogel ihr nicht die ganze Wahrheit gesagt hatte. Sie brauchte die Zustimmung nicht auszusprechen.

Die Krähe spürte genau, dass der Zeitpunkt erreicht ward, Januckas böse Seele in ihr hatte sich entschieden. In diesem Augenblick schwang sich der Vogel empor, flog über den Tisch und wurde größer. Erschrocken wich Janucka zurück. In diesem Moment spürte sie, einen Fehler gemacht zu haben. Die Krähe stieß einen grässlichen Schrei aus, und mit unglaublicher Geschwindigkeit flog sie auf die Brust des Mädchens zu. Statt an ihr abzuprallen, stieß der Vogel mit dem Schnabel voran in ihren Körper. Er drang in sie ein, um sich dort aufzulösen, er wurde ein Teil von ihr. Der Schmerz war unglaublich, sie spürte, wie das Tier ihr Fleisch zerschnitt, wie es in jeden Winkel ihres Körpers eindrang und sich dort ausbreitete. Aber kein Ton kam über ihre Lippen und genauso schnell, wie es geschah, war es auch wieder vorbei.

Sie sah an sich herunter, ein paar schwarze Federn fielen langsam zu Boden. Sie empfand keine Angst oder keinen Schmerz mehr, der Vogel schien verschwunden, er befand sich in ihr. Plötzlich spürte sie, dass sich ihre Sinne schärften, es entstand ein ganz anderes Körpergefühl und dieses Gefühl berauschte das Mädchen.

Janucka spürte Macht, hemmungslose Macht, ein Gefühl der Überlegenheit und körperlicher Stärke und sie gab sich diesen Empfindungen widerstandslos hin.

Janucka war zufrieden in diesem Zustand und ihr wurde klar, dass sie mit der Hilfe der Krähe alles erreichen konnte, was sie wollte.

Die böse Kreatur in der Krähe übernahm schnell die Kontrolle über das Mädchen und Januckas Körper wurde zu einer willigen Dienerin. Lange Zeit musste das grässliche Wesen in der Krähe auf diesen Tag warten, es brauchte eine menschliche Hülle, um seine Ziele erreichen zu können. In den Jahren zuvor gab es kein geeignetes Opfer für seine Zwecke, erst mit dem Blitzschlag in den Grabstein der dicken Koschwitz änderte sich die Situation, denn die Bäuerin hatte ihn abgelehnt.

Nach ihrem Tod wurden die drei Kinder von dieser Grabstätte angezogen, ein jedes aus einem anderen Grund. Dem Wesen in der Krähe entging es nicht, dass diese Kinder etwas Besonderes waren. Eines der Mädchen trug so viel Liebe in sich, dass dieses Kind für sein Vorhaben nicht nur ungeeignet war, sondern sogar eine nicht zu verachtende Gefahr für es darstellte. Der Junge wurde von einer Kraft geschützt, welche es ihm unmöglich machte, sich dem Kind zu nähern oder irgendeinen Einfluss darauf zu nehmen.

Aber das dritte Kind hatte von Anbeginn eine derart böse Aura, dass es sich geradezu anbot, ihm zu willen zu sein. Das Es saugte das Böse der menschlichen Seele in Janucka in sich auf und gewann dadurch Einfluss auf ihr Handeln. Aber dennoch blieb es abhängig von der körperlichen Umhüllung des Mädchens und hatte dadurch nicht immer die Möglichkeit, das Kind zu seinen Zwecken zu beeinflussen. Aber nun hatte es sein Ziel erreicht und schloss mit Janucka einen Pakt zu seinem Nutzen.

Nach dem Auftauchen des ersten Buches traf Franciszek eine Abmachung mit Rikolow, denn er konnte ihn nicht davon überzeugen, ihm die Bücher aus den Katakomben der Kirche zu überlassen.

Er würde dem Gräbermacher das Lesen beibringen und im Ausgleich dafür sollte ihm Rikolow den Zugang zu den geheimen Räumen gewähren.

Rikolow stimmte dem Handel zu und Franciszek erhielt jetzt nachts Zugang zu den Büchern unter der Kirche.

Hatte der Pfarrer die Kirche verlassen und sich in seine Behausung zurückgezogen, stellte Rikolow eine Kerze in eines der Fenster der Sakristei und Franciszek betrat durch eine Seitentür hinter dem Altar die Kirche. Rikolow zeigte ihm, wie er den versteckten Zugang öffnen konnte, und zog sich dann in seine Kammer zurück. Von dort würde er jederzeit mitbekommen, wenn der Pfarrer doch noch einmal in die Kirche zurückkehren würde und dann blieb genug Zeit, den Jungen zu warnen.

Franciszek war überwältigt von dem großen Schatz, den er dort fand. Es mussten Bücher sein, die in vergangener Zeit verboten waren und von der Kirche verfolgt wurden. Sicherlich traf das immer noch für den größten Teil dieser Werke zu. Er fand Bücher, die sich mit unheimlichen Dingen des menschlichen Geistes beschäftigten, mit Zauberei und teuflischen Kulten. Niemals hätte ihm der Pfarrer diese Werke zum Lesen und Studieren überlassen.

Einige dieser Bände beschäftigten sich auch mit der menschlichen Sexualität und waren ausschweifend illustriert, er war überrascht und fasziniert zugleich. In anderen Ländern des Südens schien man derartige Dinge anders zu behandeln. In diesem Zusammenhang fand er nun auch eine schlüssige Erklärung für die Veränderung im Verhalten seiner beiden weiblichen Spielgefährtinnen, die er in letzter Zeit seltener zu Gesicht bekam.

Trotz der wenigen Zeit, welche ihm die Bücher gewährten, ging Franciszek noch beharrlich zum Grab der alten Koschwitz, um sich dem Engel mitzuteilen. Er hatte die Hoffnung nicht aufgegeben, dass dieser wieder mit ihm sprechen würde.

Eines Tages stellte er fest, dass er die Schatten nicht mehr sehen konnte. Zuerst wurden die Erscheinungen immer verschwommener, dann schienen sie sich in Luft aufzulösen und verschwanden letztlich ganz.

Franciszek war überzeugt, dass diese noch immer da waren, nur dass er sie nicht mehr sehen konnte. Auch diese Beobachtung teilte er dem Engel mit.

Sein Leben veränderte sich, aber für die anderen in seiner Umgebung lief das Dasein im selben Rhythmus weiter. Er hatte auch in einem der Bücher die seltsamen Zeichen gefunden, welche Janucka überall in den Sand gezeichnet hatte. Es waren eindeutig Symbole, die man dem Hexenkult zuordnen konnte, aber Franciszek behielt diese Entdeckung für sich, zumal er glaubte, dass sich die Mädchen immer weniger mit diesen Dingen beschäftigten. Janucka und Elisa schienen zunehmend mit den Arbeiten auf den Höfen ihrer Väter beschäftigt, es blieb ihnen nicht viel Zeit, um sich abends mit ihren Jugendfreunden zu treffen. Nachts wurde es schier unmöglich, Franciszek aufzufinden.

Niemand, außer Rikolow, wusste, dass der Junge in den Räumen unter der Kirche las, bis ihn der Schlaf übermannte. Oft stieg Rikolow nachts in die Katakomben und weckte ihn. Aber Franciszek war nicht der Einzige, der sich um Mitternacht nicht in seinem Bett aufhielt. Eines Nachts kurz nach Mitternacht, nachdem Ruhe im Dorf eingekehrt war, schlich sich noch eine Gestalt durch die Nacht. Rikolow, der wieder einmal Franciszek geweckt und sich für einen Augenblick unter die Friedhofseiche gesetzt hatte, bemerkte eine Bewegung zwischen den Gräbern. Dicht in einen Umhang eingehüllt huschte eine sichtlich flinke Person über den Friedhof in das dahinterliegende Moor.

Der Gräbermacher folgte der Gestalt, er hatte keine Angst, sich durch die Nacht zu bewegen. Mit Verwunderung stellte er aber fest, dass diese vermummte Gestalt einen Weg durch den Morast kannte, der auf die vom Moor umschlossene Insel führte. Rikolow hatte schon oft versucht, dorthin zu gelangen, aber immer wieder versank er im Morast und musste sein Unterfangen aufgeben.

Dorthin konnte man nur mit einem Boot gelangen, glaubte er. Und nun wurde ihm ein Weg von einer Stelle aus gezeigt, von der er niemals gedacht hätte, die Insel zu erreichen. Jetzt hockte die Gestalt auf einer kleinen Lichtung im Zentrum einer großen Sandfläche. Erst jetzt nahm sie die Kapuze ab, und das frauliche Gesicht von Janucka kam zum Vorschein.

Rikolow folgte ihr in gebührendem Abstand und war eigentlich nicht überrascht, Janucka dort sitzen zu sehen. Lange Zeit hockte sie auf diesem Platz, ohne sich zu bewegen. Nebel stieg aus dem Moor und begann den Fleck auszufüllen. Ohne dass Janucka auch nur einen Finger bewegte, begann im Sand um sie herum eine unmerkliche Bewegung stattzufinden. Die Oberfläche schien sich in Wasser zu verwandeln. Es entstanden Kreise und Ringe, und nach einiger Zeit erstarrte das ganze Gebilde und ein riesiges Bild ward in den Sand gezeichnet. Jetzt tauchten aus dem Nebel erst vereinzelt und dann immer zahlreicher Krähen auf, welche sich lautlos um die Fläche postierten. Rikolow verhielt sich so leise, dass ihn die Vögel nicht bemerkten. Da einige in den Zweigen über ihm saßen, wagte er es kaum noch zu atmen und starrte gebannt auf die Lichtung. Janucka stand nun auf und begann über die Fläche zu laufen. An einigen Stellen blieb sie stehen und verschob mit den Händen einen Teil der Sandzeichnung.

Nachdem sie verschiedene Veränderungen vorgenommen hatte, setzte sie sich wieder in das Zentrum der Zeichnung und der Sand glitt wieder in seine ursprüngliche Form zurück. Janucka erhob sich und wollte den Platz verlassen.

In diesem Augenblick flog eine der Krähen auf sie zu, in seinen Krallen hielt der Vogel einen seltsamen, sich windenden Schleier. Rikolow sah mit Entsetzen, wie der Vogel, ohne zu zögern, durch Janucka hindurchflog. Das Tier drang in ihren Brustkorb ein. Für Sekunden schien die Krähe mit ihrer seltsamen Fracht im Körper des Mädchens zu verharren, um dann ohne den Schleier aus ihrem Rücken hervorzustoßen. Janucka bäumte sich auf, und aus ihrem weit aufgerissen Mund kam ein grässliches Geräusch, wie das Röcheln des erbärmlichen Todeskampfes, an den sich Rikolow erinnern konnte. Alle Geräusche der Nacht verstummten für einen Augenblick. Dann erhob sich Janucka und sie erschien vollkommen ruhig zu sein. Nichts an ihr ließ erkennen, was sich gerade abgespielt hatte, als hätte sie selbst nichts davon mitbekommen.

Jetzt flogen die Vögel davon. Das Mädchen ging über den geheimen Pfad, durch den Morast, zum Dorf zurück. Rikolow lag noch eine ganze Weile in seinem Versteck, bis er aufstand und auf die freie Fläche trat.

Er hatte die Zeichnung erkannt, welche Janucka im Sand erzeugt hatte.

Es waren dieselben, die sie als Kleinkinder auf dem Grab der dicken Koschwitz gezeichnet hatten. Als der erste Morgennebel aus dem Moor stieg, verließ auch der Gräbermacher die kleine Insel, und wie immer behielt er seine Beobachtungen für sich.

Ein paar Tage nach dieser unheimlichen Beobachtung regnete es ohne Unterlass. Der kleine Fluss trat wie schon so oft über die Ufer. Es war nichts Ungewöhnliches zu dieser Jahreszeit, die Menschen in der Gegend hatten sich darauf eingestellt. Schon vor Generationen legten sie ihre Felder und Häuser so an, dass die Dörfer in dieser Gegend vom Wasser nicht erreicht wurden. Dafür gab es die großen Sumpfgebiete, die nun das Wasser aufnahmen. Rikolow beobachtete das stetige Ansteigen des Wassers.

Der Friedhof grenzte im unteren Teil an den Morast und war gleichzeitig auch die tiefste Stelle im Dorf. Alle Höfe und Häuser lagen etwas höher. Ein Dreiviertelmeter reichte schon in dieser Gegend, um vom Wasser nicht erreicht zu werden. Die Kirche überragte vom höchsten Punkt aus alles. Aber in diesem Jahr stieg das Wasser sehr schnell, und Rikolow hatte ein ungutes Gefühl.
In der folgenden Nacht wurde er von einem unbestimmbaren Geräusch geweckt. Rikolow schreckte auf und horchte in die Dunkelheit, irgendetwas geschah draußen auf dem Friedhof. Missmutig zog er sich an und ging hinaus. Irritiert stand er plötzlich im dichten Nebelschleier, der vom Moor heraufzog.

Mit einer kleinen Tranfunzel lief er runter zum Moor, das Geräusch kam von dort. Das Wasser hatte inzwischen seinen höchsten Stand erreicht, wenn das auch in diesem Jahr sehr schnell gegangen war. Rikolow stand am Wasser und lauschte, dann hörte er wieder dieses dumpfe Geräusch. Inzwischen wurde selbst ihm die Sache unheimlich, obwohl gerade er durch nichts erschüttert werden konnte.

Plötzlich hörte er, wie sich etwas durch das Schilf schob. Er hob das kleine Licht weit über den Kopf, aber er konnte mit der kleinen Lampe in dem Nebel nicht viel erkennen. Jetzt stand er schon bis zu den Knien im Brackwasser. Wenige Meter vor ihm begann der Schilfgürtel, und plötzlich sah er Bewegung. Die Stängel der Pflanzen schoben sich zur Seite und aus dem Dunkeln schob sich etwas Großes durchs Wasser an ihm vorbei.

In seinem ersten Schreck dachte der Gräbermacher an ein altes Boot, aber dann sah er, dass es ein Sarg sein musste. Er hatte sich von seinem Schock noch nicht erholt, als direkt neben ihm das dumpfe Geräusch aus dem Wasser kam.

Rikolow starrte auf die Wasseroberfläche, aus der nun Luftblasen emporstiegen, dann wurde sein Fuß von unten nach oben gedrückt. Er verlor das Gleichgewicht und stürzte nach hinten. Ein riesiger schwarzer Schatten stieß von unten durch die Wasseroberfläche und schlug auf das Wasser.

Rikolow blieb fast das Herz stehen, als er da im Wasser lag und zu seinen Füßen ein alter Sarg aus dem Boden getrieben wurde. Da der Sarg nun ruhig auf dem Wasser lag und begann davonzutreiben, erwachten auch die Lebensgeister in Rikolow. Schnell sprang er auf und zog die Totenkiste ein Stück an Land. Jetzt verstand er, was geschehen war.

Das Wasser musste so schnell angestiegen sein, dass sich die alten Särge unter der Erde nicht langsam mit Wasser füllen konnten. So wurde der Luftdruck zu stark, und die Kisten wurden durch das aufgeweichte Erdreich gedrückt. Daher kam das unheimliche Geräusch. Rikolow stiefelte noch etwas durch das Schilf, er konnte aber nichts weiter ausrichten. Der Nebel nahm ihm die Sicht.

Am nächsten Morgen ging er frühzeitig zum Sumpf. Er sah fünf Särge, die im Schilf steckten. Ihm wurde klar, dass er Hilfe brauchen würde. Potoski war überrascht, als sein Freund so früh vor seiner Tür stand, und nicht gerade erfreut über das, was Rikolow erzählte und von ihm verlangte. Missmutig stampfte er neben dem Friedhofsgärtner über den Gottesacker zum Sumpf. Wieder einmal brauchte ihn Rikolow für eine unheimliche Aufgabe. Gemeinsam zogen sie die Särge ans Ufer.

Potoski klopfte mit der Faust auf eine der Kisten.

»Dafür, dass die Dinger schon so viele Jahre unter der Erde sind…« Er

zögerte. »… ein passabler Zustand.«

»Das liegt am Boden, alles Sumpf, was hier im Morast verschwindet, wird konserviert. Eichenholz verrottet unter diesen Bedingungen nicht so schnell.«

Potoski ging um die Kisten herum.

»Und die Leiche?«

Etwas unheimlich erschien ihm das Ganze schon. Rikolow winkte ab.

»Das Holz hat Spalten und Löcher, da sind vielleicht noch ein paar Knochen erhalten, sonst nichts. Wir können ja mal nachsehen.«

Potoski sprang zurück.

»Nein, so habe ich das nicht gemeint. Die...« Er fand nicht das richtige Wort, denn Särge wollte er nicht sagen. »...die Kisten waren ziemlich schwer, finde ich.«

»Da ist sicherlich eine Menge Wasser im Sarg.«

Rikolow trat gegen eine der Totenkisten.

Es hörte sich dumpf an.

Potoski zeigte auf den Boden.

»Aber Wasser läuft da nicht raus, ich meine, wenn welches in dem Sarg ist, und du hast gesagt, die Kisten haben Spalten und Löcher.«

Rikolow betrachtete die Särge, Potoski hatte recht. Eigentlich hätte zumindest etwas Wasser herausfließen müssen. Ohne Potoski vorzubereiten, begann er mit einem Spaten den Sarg zu bearbeiten, er wollte ihn öffnen. Potoski sprang entsetzt zurück. Aber der Gräbermacher ließ sich nicht abhalten. Nur als er die Angst geweiteten Augen seines Freundes sah, hielt er für einen Augenblick inne.

»Potoski, die Särge sind schon so alt, als die unter die Erde kamen, war noch nicht einmal der Vater deines Vaters geboren, also hab dich nicht so.«

Mit einem heftigen Schlag sprang der Deckel zurück. Beide beugten sich nun neugierig über den offenen Sarg. Sie brauchten eine Weile, bis ihnen bewusst wurde, was sie da verwirrt anstarrten.

Erstaunlicherweise fand Potoski zuerst die Sprache wieder.

»Was ist das?«

Rikolow stocherte mit dem Spaten darin herum.

»Das sind lauter Tierknochen, schön erhalten«, brummte er noch und hob mit der Spatenkante eines der Skelette empor.

Beide Männer betrachteten ungläubig, was da am Spaten hing.

»Das ist ein Vogelskelett...« Rikolow ließ seine Schaufeln erschrocken sinken. »...Krähen, das sind lauter Krähen!«

»Das müssen ja Hunderte gewesen sein«, flüsterte Potoski und verfluchte sich innerlich, dem Gräbermacher schon wieder zu helfen. Wieder bescherte ihm diese Hilfe einen unvergesslichen Albtraum. Er hatte schon genug damit zu tun, die schauerlichen Einzelheiten mit den Sensen zu vergessen. Ohne etwas zu sagen, öffnete Rikolow zwei weitere Särge, und in allen lagen die Skelette von Krähen.

»Schon wieder diese Vögel!«

»Wieso schon wieder?«

Potoski bekam es langsam mit der Angst. Rikolow setzte sich auf einen der Sargdeckel und erzählte von Janucka und den Vögeln. Potoski wurde von einem ins andere Entsetzen gestürzt. Nachdem Rikolow seinen Bericht beendet hatte, saß der Bauer mit zitternden Händen neben dem Gräbermacher, der nun seine Pfeife herausholte.

»Was wollen wir jetzt machen?«

»Nichts, Potoski, wir machen die Kisten wieder zu und begraben alles ein Stück weiter oben, das war's.« Rikolow stand auf und begann, die Särge wieder zu verschließen.

»Aber wir müssen doch jemandem davon etwas erzählen!« Potoski konnte es einfach nicht fassen, mit welcher Ruhe Rikolow mit der Sache umging.

»Aber wenn du unbedingt das Bedürfnis hast dich mitzuteilen...« Rikolow zeigte zur Kirche. Über den Friedhof lief der Pfarrer in ihre Richtung. Erschrocken sah Potoski, wie der Geistliche immer näher kam. Schnell half er dem Gräbermacher die letzte Kiste zu verschließen.

Rikolow musste grinsen, als er sah, mit welcher Eile sein Freund ans Werk ging. Rikolow schilderte dem Pfarrer, was in der letzten Nacht geschehen war. Potoski stand schweigend an seiner Seite und verzog keine Miene. Der Pfarrer blieb bei ihnen, bis sie die Särge unter der Erde hatten und sprach noch ein kurzes Gebet, als sie die Grube zuschaufelten.

Als die Männer zur Kirche zurückliefen, ermahnte der Geistliche die beiden, nichts von dem Vorfall verlauten zu lassen. Potoski stiefelte fluchend auf seinen Acker, in Zukunft würde er dem Mädchen aus dem Weg gehen, aber den Kontakt zu seinem Sohn würde er nicht unterbinden können. Der Gräbermacher setzte sich unter die Friedhofseiche und beobachtete das Moor, er musste nicht lange warten.

Nach einer Stunde hatten sich eine Handvoll Krähen auf den neuen Gräbern eingefunden. Die Tiere flogen aus allen Richtungen zusammen, lautlos, ohne das übliche Geschrei und Gezänk saßen die Tiere bis zum Abend auf den Grabstätten. Erst der aufsteigende Nebel veranlasste die Vögel, den Friedhof zu verlassen.

Eine der Krähen flog direkt auf Rikolow unter der Eiche zu, erst im letzten Augenblick drehte das Tier ab, sonst wäre der Vogel mit dem Gräbermacher zusammengestoßen. Rikolow erschrak, und für einen Moment hatte er das verrückte Gefühl, dass gerade dieser Vogel ihn in der Nacht auf der kleinen Insel beobachtet hatte.

Die beiden Mädchen standen noch immer im Konkurrenzkampf um den inzwischen jungen Mann. Ihre Auseinandersetzungen verschärften sich langsam. Franciszek Josef bemerkte sehr wohl die Veränderung seiner Gefährtinnen. Er sah, wie deren Körper weiblichere Formen annahmen. Er hatte ein Buch gefunden, das sich sehr ausgiebig mit diesen Dingen beschäftigte. Seine Begierde wuchs ins Unermessliche. Janucka verhielt sich ihm gegenüber sehr offen und Franciszek nutzte eines Tages die Gelegenheit, das Gelesene in die Tat umzusetzen. Sie trafen sich in der Scheune ihres Vaters, wie schon so oft, aber diesmal wurde es anders. Elisa konnte an diesem Abend nicht kommen, und so begann Janucka sich aufzuführen wie eine liebestolle Katze. Franciszek genoss dieses Verhalten und begann unmerklich, die Führung in der Sache an sich zu reißen. Er hatte genügend in den

Büchern gelesen und sich innerlich darauf vorbereitet. Langsam begann er nun seinerseits Janucka zu verführen.

Das Mädchen schien anfänglich erstaunt, dass Franciszek plötzlich ihrem Werben nachgab. Noch größer wurde ihre Überraschung, als sie feststellen durfte, dass dieser nicht unbewandert in dieser Sache schien. Genussvoll gab sie sich seinen Verführungskünsten hin. Als Franciszek sie nun berührte und gezielt an bestimmten Stellen ihres erregten Körpers Druck ausübte, deren Existenz ihr bislang verschlossen waren, durchströmte sie ein völlig unbekanntes Gefühl. Eine unkontrollierbare Situation entwickelte sich aus diesem Spiel. Franciszecks anfängliche, ruhige Beobachtung ihres sich vor Lust windenden Körpers löste nun auch bei ihm eine körperliche Begierde aus, welcher er nun widerstandslos ausgeliefert war.

Der eigentliche Liebesakt war nur ein kleiner Teil ihrer ungestümen Leidenschaft. Nachdem sie voneinander lassen konnten, lag Janucka glücklich und erschöpft neben ihm. Ihr Körper wurde noch immer von kleinen Wellen der Wollust durchströmt, denen sie sich wieder hingeben konnte. Franciszek hingegen lag entspannt im Bett und begann das Geschehen analytisch auszuwerten und mit dem in den Büchern Gelesenen zu vergleichen. Er selbst war von dem Ergebnis überrascht, alles das entsprach in keiner

Weise dem, was ihm der Pfarrer versuchte, vom Leben mit einer Frau zu vermitteln. Das, was in den Büchern stand, kam der Wahrheit sehr nah, allerdings konnte keines der Worte das soeben Erlebte beschreiben.

Hatte sich allerdings sein Liebesrausch gelegt, verlor er jegliches Interesse an ihrer Gesellschaft und Janucka machte nicht den Eindruck, dass sie diese ablehnende Haltung stören würde.

Für einige Nächte unterbrach er das Studieren der Bücher in den Katakomben der Kirche. Er ergab sich der lustvollen Erforschung des willigen Körpers Januckas. Elisa bemerkte die Veränderung der beiden, sagte aber nichts. Sie konnte nicht ahnen, was die beiden inzwischen miteinander trieben.

Franciszek ging nach Tagen wieder zum Friedhof, er tat dies nicht vorsätzlich, erst als er vor dem Grab der dicken Koschwitz stand, wurde er sich der Tatsache bewusst, dass er diesen Platz aufgesucht hatte.

Er setzte sich auf die Bank und begann, dem Engel das Erlebte in den letzten Tagen zu schildern, ohne eine Antwort zu erwarten.

»Liebst du das Mädchen, Josef?«, fragte ihn plötzlich der Engel und erhob sich. Zum ersten Mal erschrak Franciszek, das kam für ihn absolut unerwartet, dass gerade jetzt der Engel mit ihm sprach.

»Du sprichst wieder. Warum so plötzlich?«

Der Engel winkte ab.

»Beantworte erst meine Frage. Liebst du Janucka?« Widerwillig ging er auf die Frage ein. »Ich weiß es nicht, manchmal schon!«

»Nur dann, wenn ihr zusammen seid?«

Der Engel ließ nicht locker.

»Ja, ich glaube nur dann.«

»Das ist gut so!«, antwortete der Engel und sprang ein kleines Stück in die Höhe. Franciszek war es unangenehm, dass ihn die Figur gerade in dieser Sache ansprach.

»Warum hast du so lange nicht auf meine Fragen geantwortet, oder überhaupt irgendetwas gesagt? Und jetzt kommst du mit dieser Sache. Und warum ist das gut so?« Franciszek stand von der Bank auf und stellte sich vor den Grabstein.

Der kleine Engel reichte ihm nun bis zur Brust.

»Das ist deshalb gut so, weil es gut so ist. Setz dich wieder hin, Josef.«

»Warum sagst du Josef zu mir? Keiner benutzt diesen Namen im Dorf!«

»Weil es mir so gefällt!«

Franciszek schwieg für einen Moment, er schien verärgert über das Verhalten der kleinen Figur. Aber er würde sich damit arrangieren müssen, darum musste er seine Frage auf das Wesentliche beschränken.

»Ich sehe keine Schatten mehr. Sind sie verschwunden?«

»Nein, sind noch alle da!«

Die Figur zeigte auf einen kleinen Grabstein eines Bauern, der schon vor vielen Jahren bestattet worden war. Franciszek konnte in diesem Augenblick für wenige Sekunden einen Schatten dort sehen.

»Er ist wieder verschwunden«, sagte Franciszek.

»Ich weiß, Josef.«

»Warum hast du so lange nicht mit mir gesprochen?«, fragte nun Franciszek noch einmal.

»Es ist gar nicht so lange her, wie du glaubst, Josef.« Bevor dieser etwas entgegnen konnte, fuhr der Engel fort: »Dir kommen ein paar Jahre sicherlich sehr lang vor, aber nicht für mich, einem lebenden Stein?«

Er grinste. »Du hast in der Zeit eine Menge gelernt, in den Büchern, nicht wahr?« Er lachte leise und fuhr fort: »Wo ist Elisa? Sie ist schon lange nicht mehr hier gewesen.«

»Ich weiß nicht, wo sie gerade steckt, aber normalerweise arbeitet sie auf dem Hof ihrer Familie.«

»Sie hat sich in der letzten Zeit verändert, meinst du nicht auch, Josef?«

»Du scheinst ja alles mitzukriegen.«

»Oh, so einiges, Gutes und Schlechtes.«

Franciszek wurde etwas ungehalten, die vorlaute Art dieser kleinen Engelsfigur regte ihn auf, zumal es so etwas überhaupt nicht geben konnte. Eine sprechende Figur aus Stein auf einem Grabstein!

»Du erscheinst, wann es dir passt, und keine meiner Fragen beantwortest du!«

Die kleine Figur stand jetzt ganz still an der äußersten Kante des Steins, es sah für einen Augenblick so aus, als würde sie überlegen vom Grabstein zu springen, aber dann drehte sie sich zu Franciszek um.

»Vielleicht stellst du nicht die richtigen Fragen.«

Die Figur hob die Hand und stoppte so Franciszeks nächsten Satz, dabei blickte sie in Richtung des Dorfes. »Josef, du solltest nach Hause gehen!«

Aber Franciszek hatte noch eine Frage.

»Wer bist du?«

Nun verbeugte sich die Figur und setzte sich auf seinen ursprünglichen Platz. »Das, Franciszek Josef, ist eine wirklich gute Frage!«

Erstaunt betrachtete er die Figur, aber diese war nun wieder mit dem Grabstein verschmolzen und gab keinen Laut von sich. Franciszek beugte sich ganz dicht über deren Kopf und flüsterte der zu Stein erstarrten Figur ins Ohr.

»Wer bist du?«

Dann erhob er sich und sah in die Richtung seines Elternhauses. Erst jetzt fiel ihm auf, dass sich vom angrenzenden Moor eine Nebelwand auf den Friedhof schob. Einen Augenblick beobachtete er das Herankriechen der dichten Nebelschwaden, bis diese seine Beine umschlossen, erst jetzt machte sich Franciszek auf den Weg. Er spürte, dass etwas geschehen sein musste. Schon von Weitem sah er einige Bauern, die auf dem Hof seines Vaters standen. Als er sich ihnen näherte, traten sie einige Schritte zurück und nahmen ihre Kopfbedeckungen ab, bis er das Haus betrat. Ihn durchfuhr ein kalter Stich, er wusste es, noch bevor er den aufgebahrten Leichnam seines Vaters sah.

Potoski hatte am Morgen damit begonnen, eines seiner Felder umzupflügen. Dafür hatte er sich ein Pferd vom Koschwitzhof geliehen. Was er nicht wusste, war, dass ihm der Knecht einen heißblütigen Rappen gab. Den ganzen Morgen hatte er damit zu tun, das Pferd gerade in der Spur zu halten, immer wieder versuchte das Tier auszubrechen. Da er das Pferd nur mit einer straffen Leine führen konnte, hatte er das Seil fest um sein Handgelenk und die Hüfte geschnürt und konnte so mit seiner Körperkraft gegen das Tier ansteuern. Am Nachmittag hatte er fast das gesamte Feld bearbeitet, da sah er die Tochter des Kazimierz-Bauern, Janucka, am Ende seines Feldes stehen. Es war die Stelle, wo sich die versandete Fläche befand.

Das Pferd bewegte sich auf das Mädchen zu. Potoski hatte bislang immer gewusst, diesen Ort am Rand seines Feldes zu umgehen. Jetzt stand dort das Mädchen. Erst als er sich der Stelle näherte, erkannte er, dass zu ihren Füßen unzählige Krähen hockten. Potoski wollte das Pferd zum Stillstand bringen, aber das Tier ließ sich nicht aufhalten. Zielstrebig lief der Rappe auf das Mädchen zu. Als er mit seinem Gespann den Rand des Ackers erreichte, hob Janucka beide Arme zum Himmel, und alle Krähen schreckten hoch und flogen in Potoskis

Richtung. Das Pferd scheute und versuchte zur Seite wegzulaufen. Potoski hatte keine Chance, das durchgehende Tier zu bändigen. Das an seinem Handgelenk befestigte Seil riss ihn mit. Er hatte keine Zeit mehr gehabt, sich aus dieser tödlichen Falle zu lösen. Das Pferd schleifte ihn über seinen eigenen Pflug. Tief drang dieser in seinen Körper ein, aber Potoski starb nicht sofort. Das Pferd lief weiter und zog ihn mit dem Pflug im Körper über seinen Acker, den er nun mit seinem Blut tränkte.

Nach einigen Metern blieb das Tier erschöpft stehen, der Pflug hatte sich durch Potoski hindurch tief in den Boden gearbeitet. Das Pferd kam nun nicht mehr weiter, der Pflug hatte den Bauern fest mit seinem eigenen Grund und Boden verankert. Das Tier drehte sich um, beobachtete mit schreckgeweiteten Augen den Bauern, der fürchterlich brüllend im Acker feststeckte.

Am Abend kam der Knecht vom Koschwitzhof, um das Pferd zu holen, er fand es sonderbar, dass Potoski das Tier nicht zurückbrachte. Auf dem Acker fand er ihn dann, an den Spuren im Acker konnte später festgestellt werden, dass der Verunglückte noch einige Stunden gelebt und verzweifelt versucht hatte, sich zu befreien. Tief hatte Potoski in seinem unendlichen Todeskampf den Boden zerwühlt, er musste versucht haben, aus dem Pflug zu kriechen, aber der Stahl saß fest in ihm.

Potoski hatte auf seinem eigenen Acker den Tod gefunden. Während seines Todeskampfes musste er an die Worte in der Sandgrube denken, und mit aller Kraft kämpfte er dagegen an. Wenige Sekunden, bevor seine Seele den Körper verließ, blickte er noch einmal zum Himmel empor und sah zu seinem Schrecken plötzlich Janucka. Sie hatte ihn die ganze Zeit beobachtet, jetzt schien ihr der rechte Zeitpunkt gekommen, dass sie sich dem Bauern nähern konnte. Das Gesicht der jungen Frau nahm einen entstellten Ausdruck an, ein böses, höllisches Grinsen breitete sich aus. Er versuchte mit einer letzten Kraftanstrengung zu schreien, aber kein Laut kam mehr über seine Lippen, sein offener Mund erstarrte.

Das Letzte, was er sah, war eine große, schwarze Krähe, die sich von der Schulter Januckas erhob und zu ihm flog, dann durchschlug ein schrecklicher Schmerz sein Herz.

Einer der Ersten, die am Unglücksort eintrafen, war Rikolow.

Der Friedhofsgärtner sprang zu dem toten Bauern in die Grube und durchtrennte mit einer einzigen Bewegung seiner Hand das angespannte Seil, welches das Pferd festhielt. Er hob Potoski mitsamt dem mörderischen Pflug auf den Acker und beugte sich über den toten Bauern. Ein dumpfes Stöhnen entsprang seiner Brust, als er den Toten in den Armen hielt. Einer der ersten Bauern, die am Unglücksort eintrafen, behauptete später hinter vorgehaltener Hand, Rikolow hätte in diesem Augenblick geweint.

Nun lag Franciszeks Vater aufgebahrt in der Küche, und Rikolow war dabei, dem Toten die Kleider zu ordnen und ihm ein ansehnliches Äußeres zu beschaffen.

Somit erfüllte sich Potoskis ehemals schlimmster Albtraum: Der Gräbermacher gab ihm als letzter Mensch auf Erden zum Abschied die Hand. Aber die Zeiten hatten sich geändert, dieser Händedruck stellte eine Geste von tiefempfundener Männerfreundschaft dar.

Seltsamerweise empfand Franciszek nichts dabei, als er vor seinem toten Vater stand. Auf eine Weise schien es für ihn der natürliche Lauf der Welt zu sein. Sicherlich betrübte es ihn, aber dem anfänglichen Entsetzen, als er die Stube betrat, wich eine kalte, wissenschaftliche Logik. Seine Mutter hingegen konnte von den anderen Frauen im Raum kaum beruhigt werden. Janucka und Elisa erschienen in der Küche und kümmerten sich ebenfalls um die Mutter. Keiner wagte sich an Franciszek heran, dieser stand wie ein Baum im Raum und bewegte keine Miene. Jetzt trat Rikolow an seine Seite und schob ihn sanft hinaus.

»Junge, was ist mit dir? Das ist dein Vater!«

Aber Franciszek sagte kein Wort.

»Seine Zeit schien nun einmal abgelaufen, wir müssen alle einmal sterben.«

Rikolow sah ihn an.

»Das ist aber dein Vater. Empfindest du gar nichts dabei?«

Franciszek verstand es selbst nicht, aber es regte sich in ihm keinerlei Gefühle mehr für den Toten.

Als kleiner Junge hatte er seinen Vater unendlich geliebt, aber nun im Laufe der Jahre wurde diese Empfindung in ihm ausgelöscht, er wusste nicht, warum. Ohne dass jemand versucht hätte ihn aufzuhalten, verließ er den elterlichen Hof. Janucka, die ihn begleiten wollte, stoppte er mit einer einzigen Handbewegung. Franciszek wollte allein sein. Er versuchte, etwas wie Trauer zu empfinden, aber es gelang ihm nicht. Er hatte diese gefühlsmäßige Veränderung schon länger an sich beobachtet.

Etwas in ihm schaffte immer mehr Abstand zu den Dingen, welche die Menschen betrafen. Das einzige Gefühl, welches ihn noch erreichte, kam in den wenigen Augenblicken, in denen er mit Janucka zusammenlag. Aber auch dann erlosch sein Interesse schlagartig. Menschliches Empfinden schien ihm abhandengekommen zu sein. So konnte ihn auch der schreckliche Tod seines Vaters nicht mehr im Herzen erreichen.

Langsam ging er zum Friedhof zurück. Hier bot sich ihm ein seltsamer Anblick. Der Moornebel hatte das ganze Gelände bedeckt und kroch seltsamerweise an der Kirche empor. Nur der Gipfel der Friedhofseiche sah aus dem Nebel hervor. Franciszek setzte sich auf die Bank, nur schemenhaft konnte er die kleine Figur auf dem Grabstein sitzen sehen, diese rührte sich nicht.

Bis weit nach Mitternacht saß er dort und dachte über sein weiteres Schicksal nach. Was sollte er nun tun? Jetzt musste er wohl den väterlichen Hof übernehmen. Blieb ihm keine andere Wahl, als Bauer zu werden? Niemals würde er sich damit abfinden können. Wenn er jetzt die Möglichkeit nutzte und sich mehr auf die Absichten des Pfaffen einlassen würde, ob dieser dann einen Weg finden konnte, den Hof zu erhalten und seine Mutter zu unterstützen? Franciszek Josef wusste nur eines: Er würde nicht den Lebensweg seines Vaters einschlagen können.

Aber wer konnte ihn vor diesem Schicksal bewahren? Da hörte er Schritte auf dem Friedhof. Jemand bewegte sich aus dem Nebel der Kirche auf ihn zu. Gespannt sah er in die Richtung, jetzt trat eine große Gestalt aus dem Nebel. Diese blieb einige Meter vor ihm stehen und rührte sich nicht mehr. Franciszek dachte anfangs, dass es der

Gräbermacher Rikolow wäre, denn wer sonst würde sich bei diesem Nebel um diese Zeit auf den Friedhof wagen?

Aber nun sah er, dass die Gestalt einen weiten Umhang trug. So ein Kleidungsstück hatte er bei Rikolow noch nicht gesehen.

»Wer ist da?«

»Kann ich mich zu dir setzen, Josef?«, erhielt er zur Antwort. Etwas überrascht über die Nennung seines zweiten Vornamens machte er eine eindeutige Geste. Die Gestalt kam näher und setzte sich zu ihm auf die Bank. Franciszek musterte nun den nächtlichen Besucher. Er kannte ihn nicht. Ein älterer Mann von geradezu beeindruckender Statur saß nun neben ihm. Aber er musste sehr alt sein, sein zerfurchtes Gesicht gab Zeugnis über die vielen Jahre, welche dieser schon in die Welt geblickt hatte.

»Ihr kennt mich?«

»Ja, ich kenne dich Franciszek Josef, schon seit deiner Geburt!« Freundlich sah er ihn an.

»Seid nicht verwundert, Josef, ich konnte dich durch die Augen eines kleinen gemeinsamen Freundes sehen.«

Er zeigte auf das Grab der dicken Koschwitz.

Für einen Augenblick verschwand der Nebel und sie sahen den versteinerten Engel. Dieser rührte sich nicht.

»Wer seid ihr?«

Franciszek war erstaunt und überrascht, dass dieser Fremde etwas von der Figur wusste. Hatte der Mann wirklich den Engel gemeint?

»Hast du keine Angst, ich meine hier, in der Nacht, auf einem Friedhof mit einem Fremden zu sitzen?«

Der Alte nahm aus seinem Umhang eine Pfeife, die er sich umständlich stopfte.

»Nein, habe ich nicht, und ehrlich gesagt wüsste ich nicht einmal, wann ich ein solches Gefühl wie Angst jemals gehabt hätte.«

Franciszek empfand es nicht als sonderlich aufregend, sich um diese Zeit hier aufzuhalten, schließlich war er schon von Kindheit an nachts auf dem Friedhof gewesen. Verständnisvoll nickte der Alte mit dem Kopf und entzündete die Pfeife. Erst als das Licht des Feuerzeuges die Pfeife umschloss, sah Franciszek, dass es die gleiche Pfeife war, wie Rikolow sie benutzte, das erstaunte ihn sehr.

»Die Pfeife kenne ich, ein seltsamer Zufall, die gleiche hat ein guter Freund von mir!«

»Auch ein guter Freund von mir, Josef. Er hat lange Zeit mit mir zusammen in der Armee des Zaren gedient, damals haben wir uns diese Pfeifen gemeinsam angeschafft.«

»Ihr kennt Rikolow?«

Franciszek war überrascht und gleichzeitig etwas beruhigt, diese gemeinsame Bekanntschaft wirkte vertrauenerweckend. Der Fremde erschien nun nicht mehr so fremd.

»Dann wird er sich sicherlich freuen, euch heute noch begrüßen zu können!«

Franciszek wollte aufstehen und den Fremden auffordern, mit ihm zusammen zum Gräbermacher zu gehen. Aber dieser hielt ihn zurück.

»Nein, Josef, es wäre nicht gut, wenn er mich so sehen würde, es ist über zwanzig Jahre her, und in dieser Zeit verändern sich die Menschen.«

Fragend sah Franciszek den Alten an, er verstand nicht, was dieser damit sagen wollte. Dieser nickte.

»Ich sah damals genauso aus wie heute, für unseren gemeinsamen Freund bin ich ein alter Mann.«

»Seid ihr das nicht, ein alter Mann?«

Er lachte nun und schlug sich leicht auf die Oberschenkel.

»Der alte Rikolow würde sich zu Tode erschrecken, wenn er feststellen müsste, dass ich nicht um einen einzigen Tag gealtert bin, seit über zwanzig Jahren. Ich glaube, das möchte ich ihm nicht antun!«

»Ihr seid nicht gealtert? Wie könnte das sein?«

Franciszek zweifelte nun an dem Gesagten.

Unerwartet rückte der Alte ganz dicht an seine Seite und griff Franciszek leicht auf die Schulter.

»Josef, ich kann nicht so schnell altern. Denn ich bin der Tod!«

Franciszek musste leise lachen.

»Ihr wollt der Tod sein? Der biblische Knochenmann mit der Sense, der die Seelen holt?«

»Das ist nur eine Vorstellung der Menschen, Josef. Die Wirklichkeit sieht etwas anders aus!« Nun lachte der Alte wieder und in seiner Stimme lag ein Ton, der Franciszek ein leichtes Frösteln verursachte, ein Gefühl, das er bislang nicht kannte.

»Ich bin nicht für den Verbleib der Seelen zuständig, ich bestimme den Tag, an dem der Lebensfaden durchtrennt wird und die Seele den Körper verlassen kann.«

»Wart ihr heute bei meinem Vater?«
In seiner Stimme lag keinerlei Vorwurf.

»Du willst wissen, ob ich heute deinen Vater geholt habe? Nein, Josef. Ich wusste nicht, dass er heute sterben würde, das entzieht sich meiner Kenntnis. Allerdings habe ich ihm ungefähr vor achtzehn Jahren einen Schatten gegeben.«

Es schien für einen Augenblick so, als müsste er darüber nachdenken, aber an den genauen Tag erinnerte er sich nicht. Es war ein Zufall, dass gerade jetzt der Vater verstorben war.

»Das war vor meiner Geburt, alter Mann!«
Franciszek hatte inzwischen das Gefühl, dass der Fremde die Wahrheit sprechen könnte.

»Es war genau der Tag deiner Zeugung, als diese Grube gefüllt wurde.«
Er zeigte auf das Grab der dicken Koschwitz.

»Was für einen Schatten habt ihr meinem Vater gegeben? Sind es dieselben, die ich gesehen habe?«

»Die Schatten, die du in deiner Kindheit wahrgenommen hast, waren von verfluchten Seelen, aber das erfährst du noch zu einem späteren Zeitpunkt, nicht heute. Nein, Josef, ich bin der Tod und wandere über das Land und durch die Zeit. Sehe ich einen Menschen, der nur einen Schatten besitzt, so bekommt er von mir noch einen zweiten dazu. Denn du musst wissen, wenn ein Wesen geboren wird, erhält es einen Schatten, den jeder erkennen kann. Das ist der Schatten, den das Tageslicht wirft. Aber der Tod gibt jedem Lebewesen einen zweiten Schatten, den der Dunkelheit, welchen die Menschen nicht sehen können!«

Für einen Moment schwieg der Alte und gab Franciszek die Gelegenheit, das Gehörte zu verstehen, dabei zog er genussvoll an seiner Pfeife.

»Und nur ich bestimme, wie groß der zweite Schatten sein wird, je länger, umso mehr Lebensjahre hat der Betroffene. Bekommt er einen kurzen Schatten, sind seine Stunden gezählt. Als ich unseren gemeinsamen Freund Rikolow traf, stellte dieser sich als ein wahrer Freund heraus und bekam einen sehr langen Schatten von mir.«

»Was für einen Schatten gabt ihr meinem Vater?«

»Einen kürzeren als den deiner Mutter!«
Franciszek überlegte einen Augenblick.

»Habe ich auch einen Schatten?«, fragte er und stand auf, um auf dem Boden nach seinem Abbild zu sehen, aber er sah nur die Umrisse, welche der Mond im Nebel hinterließ.

»Nein, Josef, du hast noch keinen zweiten Schatten.«

»Seid ihr deshalb gekommen, um ihn mir heute zu geben?«

Der alte Mann schüttelte den Kopf.

»Nein, das war heute nicht meine Absicht, ich bin aus einem anderen Grund heute bei dir. Josef, hast du eigentlich eine Vorstellung, wie alt ich sein könnte?« Ohne eine Antwort zu erwarten, fuhr er fort und stand dabei auf. »Ich bin an einem bedeutungsvollen Tag für dieses Land gezeugt worden, vor 450 Jahren haben die Polen zusammen mit den Litauern den Deutschen Ritterorden in Tannenberg besiegt. Es war der 15. Juli 1410.«

»Ihr wollt 450 Jahre alt sein?«

Franciszek betrachtete nun etwas irritiert den kräftigen Alten.

»Ja, ein durchaus beachtenswertes Alter, aber glaube mir, diese Ewigkeit an Zeit ist unerträglich. In der Nacht, als ich das achtzehnte Lebensjahr erreichte, erhielt ich Besuch von einem Mann, und dieser machte mir ein ungeheuerliches Angebot. Er bot mir an, dass ich seine Aufgabe übernehmen könnte und zwar die Aufgabe des Todes, den Menschen den zweiten Schatten zu geben.«

Nun setzte sich der Alte wieder neben Franciszek auf die Bank und zog genüsslich an seiner Pfeife.

»Mit diesem Anliegen bin ich nun auch zu dir gekommen, Josef, und frage dich: Willst du meine Aufgabe übernehmen? Du musst es nicht tun, es wäre deine freie Entscheidung, aber überlege sehr gut, was du antwortest. Denn wenn du zustimmst, wird sich dein Leben verändern, und du wirst alle, die du vielleicht liebst, überleben, solange, bis du diese Aufgabe an einen Nachfolger weitergibst!«

Eine Weile saßen sie schweigend nebeneinander.

Der Tod rauchte seine Pfeife und Franciszek sah zu der kleinen Figur auf dem Grabstein der dicken Koschwitz. Immer dichter zog der Nebel über den Friedhof, und er hatte nun schon Mühe den Stein überhaupt noch zu erkennen, obwohl die Bank nur wenige Meter neben dem Grab stand. Er konnte nicht richtig glauben, was ihm der Alte gerade erzählte.

Aber etwas tief in ihm sagte, dass diese Geschichte wahr sein könnte. Diese innere Überzeugung warf sofort eine fundamentale Frage auf.

»Wäre ich dann unsterblich? Und was müsste ich tun?«

»Unsterblichkeit, Josef, gibt es nicht, auch nicht für den, der den Tod vertritt. Nur der Alterungsprozess ließe sich sicherlich über viele Jahre hinauszögern. Je mehr Seelen du einem Schatten gibst, umso länger wirst du selbst am Leben bleiben. Ich habe in meinen jungen Jahren diese Aufgabe sehr vernachlässigt und schnell wurde ich ein reifer, erfahrener Mann. Erst in diesem Alter wurde mir die Tragweite meiner jugendlichen Entscheidung bewusst, und so verlängerte ich meinen Seelenfaden bis heute.«

Für einen Augenblick schwieg der Tod und fuhr dann fort, als er das erwartungsvolle Gesicht Franciszecks sah.

»Aber nun bin ich müde. Ich verstehe auch das Treiben der Menschen in den Städten nicht mehr. Es ist mir zu viel geworden. Ich habe alles gesehen und erlebt, es gibt nichts, was mich noch überraschen könnte oder beeindruckt. Ich würde gerne einschlafen und nie wieder aufwachen. Ich habe keine Kraft mehr, um weiterzuleben.

Wenn du die Aufgabe übernimmst, musst du mir einen Schatten geben, damit ich endlich sterben kann. Wenn du eines Tages ein hohes Alter erreicht hast, wirst auch du, Franciszek Josef, feststellen, welche Gnade es bedeuten kann, sterben zu dürfen. Hast du diesen Punkt erreicht, wird ein treuer Begleiter dir einen Nachfolger bestimmen, es sind immer besondere Kinder wie du, Josef.«

Franciszek lief nun eine Weile vor der Bank auf und ab, er musste über dieses unheimliche Angebot nachdenken. Er war innerlich noch nicht überzeugt davon, dass der Alte wirklich der Tod sein könnte. Anderseits, wenn er die Wahrheit sagte?

»Wenn ich dieses Angebot ablehne, was werdet ihr dann tun?«

»Ich gehe zum nächsten Kind in dieser Gegend und mache ihm das selbe Angebot wie dir, Josef, bis jemand zustimmt.«

Franciszek sah an sich herunter.

»Wenn ich das Angebot ausschlage? Dann gebt ihr mir meinen Schatten, nicht wahr?«

»Ja, das werde ich tun.«

Franciszek blieb nun stehen.

»Ich glaube zu wissen, wer die anderen Kinder sind, Janucka und Elisa, nicht wahr?« Und doch etwas zögerlich beendete er den Satz:

»...nicht wahr, Tod?«

»Das herauszufinden ist für dich nicht sonderlich schwer, Josef. Die beiden sind genau wie du unter einem besonderen Stern, oder sollte ich lieber sagen Blitzschlag geboren worden. Du weißt schon lange, dass deine Spielgefährtin und Geliebte über besondere Fähigkeiten verfügen!«

»Du bist gut über mich informiert!«, stellte Franciszek anerkennend fest.

Dabei beobachtete er den Alten sehr genau, und in seinem Gesichtsausdruck konnte er deutlich lesen, dass es dem Tod egal zu sein schien, wem er die Aufgabe übergab. Es bestand keine Bindung zu seiner Person, der Tod hatte ihn nur wegen der seltsamen Umstände seiner Geburt ausgewählt, das war alles!

Franciszek begann, wenn auch nur ansatzweise, zu erkennen, welche Chance ihm hier geboten wurde. Er würde seine Lebenszeit verlängern können, wenn der Alte die Wahrheit spricht!

»Ich möchte diese Aufgabe übernehmen, Tod!« Der Tod nickte und erhob sich.

»Eine akzeptable Entscheidung und mit Sicherheit recht unüberlegt!« Nun lachte er in einer Art und Weise, dass Franciszek bis in sein Innerstes zusammenfuhr.

Zum ersten Mal in seinem Leben empfand er so etwas wie Angst. Das war kein normales Lachen. Er hörte ein Geräusch, das einen normalen Menschen sicherlich bis in den Tod verfolgen konnte, so lachte kein Lebender. Es hörte sich an wie ein Schrei aus der Hölle.

»Was wird nun geschehen?«, stammelte er.

»Oh, das ist sehr einfach, ein gemeinsamer Freund wird dich in allen Dingen unterweisen.«

Als er diese Worte sprach, zeigte er auf den Grabstein der dicken Koschwitz. Dort stand die kleine Steinfigur und grinste ihn an.

»Er? Wer oder was ist das?«

»Das ist ein Seelenfresser und mit Sicherheit kein Engel. Er wird dich begleiten. Du findest ihn auf jedem Friedhof. Allerdings wird er

noch so lange bei mir bleiben, bis ich von dieser Welt gehe.«
Nun drehte sich der Tod unerwartet um und griff mit einer Hand
Franciszecks Hals, mit der anderen Hand verschloss er ihm die Augen.
»Ganz ruhig, Josef, es wird dir nichts geschehen. Wenn ich meine
Hand von deinen Augen nehme, wirst du die Welt aus einem anderen
Blickwinkel betrachten.«

Es dauerte nur Sekunden und der Tod zog seine Hand zurück,
dabei stieß er Franciszek zurück auf die Bank. Erschrocken von dem
plötzlichen Angriff schnappte er zuerst nach Luft, aber dann bemerkte
er die Veränderung um sich herum. Die Dunkelheit des Friedhofs hatte
irgendwie Farbe bekommen, und er konnte alles sehr deutlich sehen.
Noch bevor er diesen seltsamen Zustand vollends realisieren konnte,
sprach der Tod weiter.

»Du hast nun die Augen einer Katze und diese Tiere sehen nicht
nur in der Dunkelheit, sondern auch Dinge, die den anderen Menschen
verschlossen bleiben.«
Franciszek starrte in die Dunkelheit, die nun nicht mehr dunkel
schien.

»Jetzt gib mir einen Schatten!«
Franciszek sah in verständnislos an, zu sehr stand er noch unter dem
Einfluss des soeben Erlebten.

»Wie soll ich das machen?«

»Der Seelenfresser wird es dir noch genau erklären, mich brauchst
du nur anzusehen und dann schau auf meinen Schatten, Josef!«
Franciszek sah dem Tod in die Augen und für einen kurzen Augenblick
hatte er das Gefühl, in einer wahnsinnigen Geschwindigkeit das Leben
dieses Mannes vorbeifliegen zu sehen. Es waren nur Bruchstücke, aber
Franciszek hatte das Gefühl, direkt dort zu sein. Große Schlachten,
Landschaften, die er noch nie gesehen hatte, und unzählige Gesichter.
Für einen Augenblick glaubte er sogar Rikolow gesehen zu haben,
dann waren die Bilder verschwunden. Jetzt blickte er zu den Füßen des
Todes.

Dort hatte er bis jetzt nur den Schatten gesehen, den der Mond auf
dem Weg des Friedhofs hinterließ. Aber plötzlich sah er am Fuße des
Mannes, wie ein neuer Schatten entstand, diesmal entgegengesetzt zum

natürlichen Licht des Mondes. Dieses sich windende Etwas schien aus der Erde zu steigen. Es sah für einen kurzen Augenblick aus wie Hände und Arme, die sich aus dem Erdboden emporstemmten, sich erhoben, um dann schnell nur noch als ein grauer Schatten liegenzubleiben. Es war ein sehr kleiner Schatten, vielleicht hatte er eine Länge von einer Elle.

»Danke, ich habe die Länge selbst bestimmt, du wirst es sehr schnell lernen, wie man das macht, schließlich bist du nun der Tod, Franciszek Josef Potoski!« Der Alte lachte.

»Ich werde nun gehen, der Seelenfresser kommt für den Rest meiner Tage mit mir. Wenn ich gestorben bin, und das wird nicht lange dauern, wird er wieder zu dir zurückkommen.«

»Nein, bleib noch, du musst mir noch einige Sachen erklären und überhaupt, ich...« Franciszek zögerte. War er nun wirklich der Tod? Für
eine Sekunde sah er zum Grabstein.

Als er sich umdrehte, war der alte Mann verschwunden.

Er lief ein paar Schritte in den Nebel und lauschte, aber nichts war zu hören, als hätte sich der Alte über den Gräbern aufgelöst.

Franciszek saß bis zum Morgen auf der Bank und dachte über das Gehörte nach. Er versuchte, sich an den Gedanken zu gewöhnen, der Tod zu sein, obwohl diese unheimliche Tatsache ihm immer noch unglaubwürdig erschien. Er brauchte irgendwie ein Beweis, aber die kleine Steinfigur auf dem Grabstein schwieg.

Erst jetzt dachte er wieder an seinen Vater, der gestorben war, und man ihn sicherlich zu Hause erwarten würde. Schwerfällig erhob er sich.

Erst als er nach Hause ging, fiel ihm auf, dass er sich in einer guten körperlichen Verfassung befand. Franciszek spürte keinerlei Müdigkeit, er hatte das Gefühl, unendlich ausgeschlafen zu sein. Er beobachtete noch etwas Erstaunliches. Die auf den Grabsteinen eingemeißelten Symbole gewannen an Farbe und plastischer Tiefe. Teilweise hatte er das Gefühl, als könnte er durch die Steine hindurchsehen und in die Gesichter der Verstorbenen blicken, die unter der Erde lagen. Es war nicht der Anblick von Toten, sondern es machte

117

den Eindruck, als würden sie alle in der Blüte ihrer Jahre stehen, und sie schienen ihn auch zu sehen. Er empfand dabei keine Angst oder wäre überrascht gewesen.

Als er den Friedhof verließ, ging gerade die Sonne auf, und nun bekam er noch einen Beweis, das sich etwas verändert hatte. Auf der Straße saßen zwei große Krähen, als sie ihn bemerkten, schreckten sie auf. Die beiden Tiere musterten ihn genau, geradezu eindringlich, so hatten ihn diese Vögel noch nie angesehen. Hinter ihren Augen schien ein sehr wacher Verstand zu stecken. Die Tiere mussten wohl die Veränderung seiner Person spüren.

Die Krähen brachten diese Erkenntnis mit einem fürchterlichen Geschrei zum Ausdruck. Solche Töne hatte Franciszek von den Vögeln noch nie gehört. Die beiden Tiere flogen über ihn hinweg in Richtung seines Elternhauses. Dort wurden sie an der Rückseite des Gebäudes schon von Janucka erwartet. Sie hatte dort auf einer Bank die ganze Nacht den Friedhof beobachtet und gewartet, dass Franciszek zurückkommen würde.

Jetzt flogen die beiden Tiere über ihre ausgebreiteten Arme und berührten sie dabei nur flüchtig. Jetzt wusste sie, dass etwas mit Franciszek geschehen sein musste. Sie hatte Angst. Würde er jetzt etwas wissen, das ihr schaden könnte? Kannte er vielleicht ihr Geheimnis? Nicht, dass sie ein schlechtes Gewissen gehabt hätte, dass sein Vater durch ihr Zutun gestorben war. Allerdings wäre es ihren Plänen für die Zukunft recht hinderlich, wenn Franciszek etwas von ihren Machenschaften erfahren würde. Potoski kam ihr nur zufällig in den Weg. Als sie bemerkte, dass er sie im Sand sehen konnte, wenn er sein Feld bis zu ihrem Standort bearbeitet hatte, zeichnete sie den Lebensbaum von Potoski in den Untergrund und veränderte den Lauf der Dinge.

Eigentlich wollte sie ihn nur vom Feld verjagen, seinen Tod hatte sie so nicht bezweckt, nahm ihn aber billigend in Kauf. Sie hatte nicht damit gerechnet, dass sich Potoski derart fest an das Pferd gebunden hatte, dass ihm die Zeit fehlen würde, sich davon zu befreien. Janucka wollte eigentlich nur dafür sorgen, dass das Pferd durchging und der Bauer dem Tier hinterherrannte.

Als Franciszek zum Haus zurückkam, nahm er keinerlei Notiz von Janucka. Er wusste nicht, was zum Tode seines Vaters geführt hatte, wie Janucka erleichtert feststellen konnte.

Elisa hatte in der letzten Nacht das Haus ebenfalls nicht verlassen. Sie kümmerte sich um seine Mutter, die einfach nicht verstehen konnte, ihren geliebten Mann auf so tragische Weise verloren zu haben. Elisa hatte schon einige Stunden vor dem Unfall gespürt, wie sich ein Unheil über dem Dorf zusammenzog. Aber sie konnte die Quelle nicht genau bestimmen. Obwohl sie sich auf ihre innere Stimme bis jetzt verlassen konnte, waren in dieser Sache starke, unbeschreibliche Kräfte am Werk, sie fühlte regelrecht, wie sich etwas Böses durch das Dorf bewegte.

Sie spürte normalerweise, wenn in ihrer Umgebung ein Mensch von einem Unheil betroffen wurde. Ob es eine Krankheit oder der Tod war, sie wusste einige Zeit vor dem Ereignis, wen es betreffen würde. Elisa konnte in einem Traum sehen, was sich am nächsten Tag ereignen würde.

Da sich die Menschen in der kleinen Gemeinde untereinander gut kannten, fiel es niemandem auf, wenn Elisa zu den Ersten gehörte, welche am Unglücksort auftauchten, oder als Erste zur Stelle war, um Hilfe zu leisten. Nur allein durch ihre Anwesenheit half sie den Menschen den schmerzlichen Verlust besser zu überwinden, wenn es sie auch viel Kraft kostete, ihre innere Liebe weiterzugeben, sie half, wo sie nur konnte. Allein verhindern konnte sie ein Leid nicht.

Allerdings hatte sie in dieser Nacht vor dem Tod von Franciszeks Vaters keine eindeutigen Hinweise erhalten. Ein immer wiederkehrender Albtraum quälte sie. Schon seit Jahren begleitete sie dieser Traum. Er glich sich immer wieder in seinem Ablauf. Kleinere Details wurden im Laufe der Zeit deutlicher. Er wurde mit jedem Mal etwas länger als zuvor. Alles fing damit an, dass sie eine Gestalt auf dem Friedhof sehen konnte. Diese bewegte sich durch die Reihen der Gräber auf die Stelle zu, wo sie als Kinder gespielt hatten. Das Grab der dicken Koschwitz.

Elisa konnte in ihren Träumen beobachten, wie sie dort mit Franciszek und Janucka herumtollte. Die Gestalt blieb während dieses

Traums immer an ihrer Seite und stand bedrohlich über den Kindern. Manchmal konnte sie das Gesicht der unheimlichen Person sehen. Bleich, ohne erkennbare Augen in den dunklen Höhlen. Hinter den dünnen, farblosen Lippen sah sie das Zahnfleisch mit verhältnismäßig langen, dunklen Zähnen, blasse Haut und seltsam verkrustete Stellen in den Wangen, wie Pestgeschwüre, in denen sich kleine weiße Würmer emsig bewegten. Dann erwachte sie schweißgebadet. Das Gesicht wurde immer deutlicher.

In der letzten Zeit hatte sie das Gefühl, in die Augen eines Vogels zu blicken, der sie aus einem leeren Menschenschädel anblickte. Aber in ihrem letzten Traum hatte sich die Person ihr zugewandt und zum ersten Mal etwas zugeflüstert, was sie nicht verstehen konnte, um anschließend schrecklich entstellt zu lachen.

Das Vogelgesicht verschwand, stattdessen sah sie nun einen Schädel ohne Augen und Mund, trotzdem hatte das Wesen gesprochen.

Davon erwachte sie und spürte, dass etwas Ungewöhnliches geschehen würde. Aber den Tod von Franciszeks Vater sah sie nicht voraus. Er musste wahrlich unerwartet aufgetreten sein. Ihr blieb nur, sich um Franciszeks Mutter zu kümmern, da ihr Sohn eine seltsam abwesende Haltung einnahm. Berührte sie das Gesicht der geplagten Frau, konnte Elisa förmlich spüren, wie ihr inneres Feuer die Seele der Frau beruhigte. Ihr Zustand verbesserte sich.

Die Beerdigung Potoskis vollzog sich in aller Stille. Nur zwei Bauern erschienen auf dem Gottesacker. Noch nie hatte der Pfarrer etwas an Rikolows Wirken auf dem Friedhofsgelände auszusetzen gehabt.

Erst als er feststellte, wo der Gräbermacher die Grube für Potoski ausgehoben hatte, stellte er Rikolow zur Rede.

»Warum dort? Ich meine, wir haben noch genug Platz im oberen Bereich, nah der Kirche.«

»Es war Potoskis Wille, er hatte schon vor Jahren diesen Platz für sich ausgewählt«, antwortete ihm Rikolow am Vorabend der Bestattung.

So kam es, dass der kleine Trauerzug sich über den ganzen Friedhof bewegte, um ganz am Ende, nah des Sumpfes zwischen dem alten Grabstein, Rikolow zur letzten Ruhe zu begleiten. Selbst Franciszek konnte nicht verstehen, warum sein Vater gerade diesen Platz gewählt hatte, aber letztendlich schenkte er der Sache keinerlei Bedeutung.

Nur seine Mutter beklagte sich über die Entscheidung ihres Mannes. Die kleine Versammlung bot ein seltsames Bild, nachdem der Pfarrer seine letzten Worte gesprochen hatte und der Sarg in die Grube hinab gelassen worden war, sprach keiner ein Wort. Elisa sah in die Herzen der Anwesenden und spürte die Trauer der Mutter und des Friedhofsgärtners, Franciszek konnte sie nicht ergründen. Dann führte sie die weinende Mutter weg.

Der Lukower Bauer, Katzmarek und Franciszek bemühten sich unter der Anweisung Rikolows, den Sarg vorsichtig hinabzulassen, nur Janucka stand abwesend hinter dem Pfarrer und blickte hinüber zur kleinen Insel im Moor. Als sich die beiden Bauern anschickten, dem Gräbermacher beim Zuwerfen der Grube zu helfen, schickte Rikolow sie weg, er wollte mit seinem Freund allein gelassen werden.

Ohne Widerspruch verließen alle den Platz und Rikolow blieb allein zurück. Nachdem alle gegangen waren, legte Rikolow die Schaufel beiseite und begann seine Pfeife zu stopfen. Er ließ sich Zeit dabei. Für einige Stunden saß er am offenen Grab und trauerte um seinen Freund. Erst als der Nebel begann aus dem Moor zu steigen und sich erster Dunst in der Grube sammelte, beendete er seine Totenwache. Rikolow versicherte sich noch einmal, dass kein ungebetener Gast in der Nähe war. Er schleppte unter Aufbietung all seiner Kräfte zwei alte Grabplatten heran und legte diese auf den Eichensarg. Erst jetzt begann er, die Grube zuzuschaufeln. Er wollte sicher sein, dass kein Wesen dieser Welt seinen Freund bei seiner letzten Ruhe stören konnte.

Weit nach Mitternacht verließ er den Friedhof. Ein leichter Zweifel beschlich ihn. Er wusste sehr wohl, dass Potoski niemals den Wunsch geäußert hatte, an dieser Stelle seine letzte Ruhe zu finden, aber Rikolow wollte seinen Freund einfach an der für ihn schönsten Stelle auf dem Gelände wissen.

In den nächsten Tagen konnte Franciszek Dinge beobachten, die er zuvor nicht bemerkt hatte. Er konnte Geräusche wahrnehmen, die sich keiner Quelle zuordnen ließen. Es hörte sich an wie ein Wispern und gerade auf dem Friedhof konnte er dieses leise Zischen und Rumoren der Stimmen am besten hören. Dieses Geflüster kam nicht aus den Gräbern, wie er zuvor vermutete. Die Stimmen waren eher um ihn herum. Jeden Abend ging er zum Friedhof in der Hoffnung, dass diese Figur wieder mit ihm sprechen würde. Aber außer dem Flüstern der Stimme blieb er allein zwischen den Gräbern. Er bemerkte auch, dass ihn die Krähen aus gebührender Distanz aufmerksam beobachteten. Er verstand das Verhalten der Tiere nicht. Seine neue Fähigkeit, im Dunkeln wie eine Katze zu sehen, erwies sich als ausgesprochen vorteilhaft. Nun konnte er sich durch die Nacht bewegen, ohne dass ein anderer auch nur die Möglichkeit hatte, ihn zu beobachten.   Auch im Dunkeln unter der Kirche erwies sich diese Eigenschaft als sehr zuträglich. Bis jetzt hatte er eine kleine Kerze benutzt. Diese gab nur ein sehr ungenügendes Licht in diesen unterirdischen Räumen. Erst jetzt entdeckte er eine kleine Nische mit Büchern, die er zuvor noch nicht gesehen hatte.

Diese befand sich hinter den Regalen an der Wand des Gewölbes. Offensichtlich diente diese Stelle als Versteck, obwohl die Bücher in der Nische sich nicht von den anderen Werken unterschieden. Später untersuchte er die Nische selbst und stellte fest, dass die Steine in der Rückwand recht seltsam angeordnet waren, doch er schenkte dieser seltsamen Sache keine weitere Beachtung.

Franciszek Josef hatte inzwischen festgestellt, dass ihn der Alte auch in der Sache mit dem Tod nicht angelogen hatte. Er schien wirklich diese unheimliche Aufgabe übernommen zu haben, denn er sah die Schatten der Dunkelheit bei den anderen Menschen. Nun konnte er ungefähr abschätzen, wie lange verschiedene Bewohner des Dorfes noch zu leben hatten. Genau wie der alte Mann gesagt hatte, besaß Rikolow einen unwahrscheinlich langen Schatten. Franciszek wagte sich nicht vorzustellen, wie lange der Gräbermacher, ohne es zu wissen, damit leben konnte, aber es beruhigte ihn gleichzeitig, denn es lag ihm viel an dieser Freundschaft.

An einem lauen Sommerabend saß er mit dem Gräbermacher zusammen auf der Bank am Koschwitzgrab, sie hatten in der letzten Zeit viel über seinen Vater gesprochen.

Franciszek versuchte zu verstehen, was ihn so von seinem Vater entfernt hatte. Aber Rikolow sprach in diesem Zusammenhang nicht von Janucka, eine innere Stimme hielt ihn davon ab. Er hatte sehr wohl das Gefühl, dass der Junge eine besondere Beziehung zu dem unheimlichen Mädchen hatte. Rikolow ließ ihm Zeit. Schweigend saßen sie auf der Bank.

Erst als ein Nebel über dem Sumpf aufstieg, begann Franciszek zu sprechen.

»Rikolow, was weißt du über den Tod? Ich meine, du bist einer der wenigen Menschen, die viel damit zu schaffen haben.«

Der Gräbermacher sah ihn eine ganze Weile an.

»Was willst du wissen, Franciszek? Ich habe schon viele Arten des Todes gesehen, auf den Schlachtfeldern des Zaren und hier die Toten, welche ich vergraben habe. Der Tod ist das Ende, der Körper stirbt und die Seele verlässt die tote Hülle.«

Rikolow zeigte zur Kirche.

»Die Menschen glauben, dass die Seele zum Himmel oder in die ewige Verdammnis kommt.« Franciszek spürte, dass der Gräbermacher scheinbar nicht dieser Meinung ist.

»Was glaubst du wirklich, Rikolow?«

»Was ich glaube?«

Rikolow holte seine Pfeife heraus und begann andächtig, sein Rauchwerkzeug mit neuem Tabak zu füllen. Franciszek beobachtet ihn dabei, es schien tatsächlich die gleiche Pfeife zu sein, wie sie der Tod benutzte.

»Ich mache hier nur die Gruben und richte die Toten aus, Franciszek.«

Für einen Augenblick schwieg er und machte die ersten Züge aus seiner Pfeife.

»Allerdings glaube ich nicht, dass die da...« Er zeigte zur Kirche. »... in jedem Fall recht haben.«

»Wie meinst du das?«

Rikolow stand auf. »Lass uns ein Stück gehen, Franciszek.«

Ohne auf seine Einwilligung zu warten, ging er langsam über den Friedhof. »Man sagt, dass dieser Boden heilig wäre, nur hier dürften die Menschen begraben werden, damit ihre Seele in den Himmel kommt, aber das scheint nicht immer so zu sein.« Rikolow blieb an einer Stelle stehen, wo noch ein größeres Stück zwischen den Gräbern frei war.

»Hier, an dieser Stelle, sollte ich vor einigen Jahren ein Grab ausheben.«

Rikolow stand nun genau auf diesem Fleck Erde.

»Ich hatte gerade einen halben Meter gegraben, als ich auf einen Sarg stieß. Eigentlich hätte er hier nicht liegen dürfen. Da ich nun schon einmal die Grube offenhatte, legte ich den alten Sarg frei. Als ich den Deckel abnahm, ...« Für einen Moment zögerte er und zog gewichtig an der Pfeife. »... entdeckte ich etwas Furchtbares.«

Jetzt drehte er sich um lief wieder zur Bank zurück.

Franciszek, der ihm die ganze Zeit wortlos gefolgt war, stand nun selbst auf der freien Stelle zwischen den Gräbern. Und plötzlich spürte er, wie sich unter seinen Füßen etwas zu bewegen schien. Für einen

Augenblick sah er einen Schatten, der über das Gras huschte. Erschrocken sprang er zurück auf den Weg, denn für wenige Sekunden hatte ihn der Schatten berührt. Dabei spürte er einen leichten Schmerz, der sekundenlang durch seinen Körper schoss. Rikolow, der vor ihm lief, hatte davon nichts bemerkt. Franciszek wandte sich wieder dem Gräbermacher zu.

»Was hast du gesehen?«
Rikolow blieb unvermittelt stehen, so dass Franciszek fast mit ihm zusammengestoßen wäre.

»Der Tote in der Kiste musste noch gelebt haben, als die Erde auf seinen Sarg fiel. Das Skelett lag schauerlich verkrümmt am unteren Ende der Kiste. Diese Körperhaltung konnte nur ein Lebender eingenommen haben, der mit aller Kraft versucht hatte, sich aus dem Sarg zu befreien.«
Jetzt saßen sie wieder auf der Bank am Grab der dicken Koschwitz.

»Ein Bein des Skelettes ragte am unteren Ende aus dem Sarg. Der armen Seele musste es wohl gelungen sein, den unteren Teil der Kiste zu zerstören, aber dann blieb er in dem Holz stecken. Daher glaube ich nicht, dass jede Seele den Körper verlassen kann. Wenn so etwas geschieht, bleibt sie vielleicht bei dem Unglücklichen in der Kiste.«

»Du meinst, das sind die Geister, welche die Bauern so auf dem Gottesacker fürchten?« Rikolow nickte.

»Genau das meine ich, und die Seelen derer, die etwas Unrechtes getan haben, bleiben immer hier.«
Dabei blickte er über die Gräber, die nun langsam im aufsteigenden Nebel versanken. Rikolow rauchte noch seine Pfeife zu Ende und ließ Franciszek allein auf der Bank zurück. Er wartete, bis er die schweren Schritte des Gräbermachers nicht mehr hören konnte, dann lief er zu der freien Stelle zurück. Eine Weile blieb er vor dem freien Flecken Erde stehen. Er wartete, ob der Schatten noch einmal auftauchen würde, aber nichts geschah.

Franciszek legte sich nun auf den Boden und presste lauschend sein Ohr in das nasse Gras. Eigentlich wusste er, dass er etwas Unsinniges tat, aber seine Neugier war größer. Genau in diesem Augenblick huschte wieder der Schatten über die Stelle.

Franciszek sah den Schatten zu spät, um ihm auszuweichen, und ein seltsamer Hauch drang in seinen Körper. Seine Muskeln reagierten noch, er versuchte aufzuspringen, aber genau in dieser Sekunde wurde ihm schwarz vor den Augen.

Erst glaubte er, in Ohnmacht zu fallen, aber dann spürte er eine seltsame Veränderung.

Franciszek schlug die Augen auf. Er konnte nichts erkennen.

Reflexartig wollte er mit seinen Händen über die Augen streifen, aber etwas hinderte ihn daran. Während er noch versuchte, seine Hände zu befreien, hörte er ein dumpfes Geräusch.

Jetzt blieb er still liegen und lauschte. Es klang so, als ob jemand Erde auf eine Kiste werfen würde, direkt über seinem Gesicht. Im selben Augenblick schoss ihm ein grässlicher Gedanke durch den Kopf. Zur Bestätigung dieser ungeheuerlichen Vorstellung versuchte er instinktiv die Beine anzuziehen, was zu seinem Schrecken nicht ging. Seine Knie stießen gegen einen Widerstand, den er nun auch mit den Händen ertasten konnte. Eine halbe Elle über seinem Gesicht befand sich Holz.

Franciszek lag in einer Holzkiste, einem Sarg. Für den Bruchteil eines Augenblicks gab er sich der Hoffnung hin, zu schlafen und alles wäre nur ein Traum. Aber diese Vorstellung hielt seinem tatsächlichen körperlichen Empfinden nicht stand. Vollkommen erstarrt lag er in der Kiste und wagte nicht sich zu bewegen, weil jegliche Veränderung seiner Lage ihm das Ungeheuerliche bestätigen würde. Er befand sich tatsächlich in einem Sarg.

In diesem Moment hörte er wieder das Herabfallen von Erde über seinem Kopf, das Grab wurde zugeschaufelt. Erst jetzt besann er sich seiner Stimme. Er brüllte wie ein Wahnsinniger um Hilfe. Aber die Erde wurde weiter auf den Sarg geworfen.

Da von außen noch immer keine Reaktion erfolgte, reagierte sein Körper selbstständig. Das Menschenfleisch bäumte sich auf und rang nach Leben. Er tobte in dem beengten Gefängnis herum wie ein Blödsinniger. Soweit es seine Gliedmaßen erlaubten, hämmerte er gegen die Wand seines Sarges. Sein Körper versuchte, sich mit großer Anstrengung aufzurichten. Seine Knie pressten sich gegen den Deckel. Der Kopf schlug nach oben gegen das Holz. Franciszek brüllte wie ein

126

Tier.

Durch seine heftigen Bewegungen drang feiner Sand und Staub durch den Deckel in das Innere der Kiste. Er hustete gegen den Staub und den Sand an, den er nun zwischen den Zähnen spürte. Franciszek drohte zu ersticken. In seiner höchsten Not befreite ihn sein Geist mit einer wohltuenden Ohnmacht aus dieser entsetzlichen Bedrängnis.

Als er wieder erwachte und die Augen aufschlug, umgab ihn immer noch absolute Dunkelheit und Stille. Franciszek wagte nicht, sich zu bewegen. Aber er spürte, dass sich seine Situation nicht verbessert hatte. Sofort zeigten sich die äußeren Erscheinungsbilder einer aufkommenden Panik.

Er begann zu zittern. Um nicht durchzudrehen, presste er seinen Kiefer so fest zusammen, wie es ihm seine Muskelkraft ermöglichte. Jetzt wurde er etwas ruhiger. Franciszek versuchte, logisch an seine Situation heranzugehen.

Das Letzte, an das er sich erinnern konnte, war der Moment, als er sich auf den Boden zwischen den Gräbern gelegt hatte. Dann kam der Schatten und die Ohnmacht. Man musste ihn so gefunden und ihn als tot betrachtet zu haben. Er hatte in den Büchern gelesen, dass derartige Fälle schon vorgekommen waren. Wenn ihm auch die ganze Situation recht unglaubwürdig erschien, so sprach einzig die Tatsache, dass er nun unter der Erde lag, dafür. Verworren an seiner Lage blieb der Umstand, dass er selbst der Tod sein sollte. Etwas musste geschehen sein, was ihn von seiner neuen Aufgabe abbrachte.

Er musste aus der Kiste raus.

Die einzige Möglichkeit konnte nur darin bestehen, das Fußteil des Sarges zu zerstören, um so vielleicht eine Möglichkeit zu schaffen, nach oben zu kommen. Die Erde hatte sich noch nicht verfestigt, noch konnte er es schaffen. Langsam schob er sich in dem Sarg nach unten, bis seine Füße gegen das Holz stießen. Nun musste er nur noch das Holz zerstören.

Viel Platz hatte er nicht, mühsam stampfte er mit aller Kraft nach unten. Aber sein Vorhaben stellte sich als schwerer heraus, als er gedacht hatte.

Inzwischen hatte er auch das Gefühl, nicht mehr richtig atmen zu können, der Sauerstoff wurde langsam knapp. Trotz aller Willenskraft, seine Angst und Panik unter Kontrolle zu halten, spürte er die Ausweglosigkeit seiner Bemühungen. Er würde in der Kiste sterben! Er verlor wieder die Kontrolle und begann in dem beengten Sarg herumzutoben. Seine Fingernägel gruben sich in das Holz und die Nägel brachen ab, aber diesen Schmerz spürte er nicht mehr, die Luft ging ihm aus. Seine Knie und Hände schienen unaufhörlich zu bluten. Plötzlich schaffte er es, mit einer ungeheuren Kraftanstrengung mit einem Bein durch das Hinterteil des Sarges zu treten. Der Fuß steckte fest, er konnte ihn nicht mehr zurückziehen, das gebrochene Holz keilte sein Bein fest.

Franciszek spürte den kalten, feuchten Sand und wusste, dass es nun vorbei sein musste. Es gab kein Entrinnen mehr, der Sarg hielt ihn fest. Seine körperliche Erschöpfung hatte den Höhepunkt erreicht. Der Wahnsinn nahm ihn in Besitz. Mit einem letzten schrecklichen Schrei spürte er, wie sein Herz aufhörte zu schlagen.

In diesem Augenblick konnte er plötzlich etwas sehen, es wurde hell um ihn herum. Franciszek Josef lag noch immer auf dem freien Stück zwischen den Gräbern.

Die Sonne stieg langsam über dem Wald empor und drückte den Nebel zurück in den angrenzenden Sumpf. Erschöpft setzte er sich auf und sah sich um. Nichts hatte sich verändert, außer dass er wohl die ganze Nacht auf dem Friedhof verbracht hatte.

Langsam wurde ihm klar, was mit ihm geschehen sein musste. Als der Schatten durch ihn hindurchging, hatte er den Todeskampf des lebendig Begrabenen durchlebt.

Nun verstand er auch, was es mit den Schatten auf sich hatte. Das schienen tatsächlich die Seelen Verstorbener zu sein. Diese kamen nicht zur Ruhe. Jetzt verstand er auch den tieferen Zusammenhang. Begegneten andere Menschen diese Schatten, die sie nicht sehen konnten, so wurden sie genau wie er von dem Schatten durchdrungen.

Allerdings mussten bei ihm die Auswirkungen viel stärker und realer sein. So entstanden Albträume und die unheimlichen Geschichten über Friedhöfe und andere mystische Orte. Franciszek brauchte ein paar Tage, bis er dieses Erlebnis verarbeitet hatte.

Jetzt beobachtete er sehr genau die anderen Bewohner des Dorfes und suchte deren Schatten. Zu seiner Überraschung stellte er fest, dass fast keiner der Leute den zweiten Schatten hatte. Es würde also an ihm sein, ihnen einen zu geben.

Zu seiner inneren Beruhigung hatte seine Mutter schon einen langen Schatten. Er wusste, dass er das dem alten Tod zu verdanken hatte. Allerdings sah er bei den beiden Mädchen noch keinen zweiten Schatten. Ihm wurde seine neue Aufgabe bewusst. Würden sie den Schatten von ihm erhalten?

Als der Seelenfresser nach einer Woche noch immer nicht auftauchte, beschloss Franciszek in das Nachbardorf zu gehen. Er wollte einfach erfahren, ob er auch dort die Schatten der Dunkelheit bei den Bauern erblicken würde. Es war genau wie in seinem eigenen Dorf: Er konnte die Schatten sehen.

Auf dem Rückweg begegnete ihm ein alter Bauer, dieser kam ihm am Dorfrand entgegen. Franciszek sah sofort, dass der Alte keinen zweiten Schatten hatte. Als er das bemerkte, kam er auf eine unheimliche Idee. Er hielt den Alten an und sah ihm in die Augen. Perplex blieb dieser stehen. Als sich ihre Blicke kreuzten, schien der Alte in seiner Bewegung zu verharren. Der Bauer erstarrte regelrecht und Franciszek stellte überrascht fest, dass sich alles um ihn herum nicht mehr rührte. Die Zeit schien still zu stehen. Erstaunt wollte er sich umschauen, als er aber den Blick aus den Augen des Alten verlor, kam alles wieder in Bewegung.

Sofort begriff er, was geschah. Nur, wenn er seinem Gegenüber in die Augen sah, gefror die Zeit, blickte er weg, so floss sie weiter. Franciszek sah den Alten wieder an und alle Zeit gefror. Für Sekunden starrte er nun dem alten Bauern in die Augen und nichts geschah. Aber plötzlich überkam ihm ein seltsames Gefühl. Er hörte ein leises Flüstern in seinem Kopf, das immer lauter wurde.
Nun sah er die Erinnerungen des alten Mannes so klar, als hätte er sie selbst erlebt. Er konnte es riechen, schmecken und hören, als würde sich alles um ihn herum abspielen. Franciszek war überwältigt von diesem Phänomen. Geräusche und Gerüche nahm er wahr. Aber es waren nicht nur schöne Dinge. Der Bauer diente in der Armee des

Zaren.

Nun erlebte Franciszek für Sekunden, wie dieser in seiner Jugend am Überfall auf ein friedliches Dorf beteiligt war. Franciszek erfuhr, dass der Bauer sich nicht an diesem Gemetzel hätte beteiligen müssen, aber es aus freien Stücken tat. Er durchlebte die Grausamkeit, mit der die Truppen des Zaren dieses Dorf niedermetzelten.

Er konnte empfinden, was der Bauer empfand, während er die Menschen in dem Dorf abschlachtete. Ihn überkamen Gefühle von Gier auf Beute, Mordlust und eine gewaltige Befriedigung diese Macht auszuleben. In Sekunden erkannte er, was dieser Bauer für eine Seele in seiner Brust verbarg. Erschrocken und wütend sah nun Franciszek auf die Brust des Alten. Somit wurde der Blickkontakt wieder unterbrochen und die Zeit bewegte sich wieder.

Nun konnte der Bauer sprechen: »Was wollt ihr von mir?« Franciszek trat einen Schritt zurück, er musste erst einmal verarbeiten, was er da gerade erlebt hatte.

»Nichts, ich will nichts von euch!«, sagte er und ging an dem Alten vorbei.

Dieser sah ihm noch einen Augenblick nach und ging dann weiter in Richtung seines Dorfes.

Franciszek war aufgebracht, nun besaß er eine unwahrscheinliche Fähigkeit, die offensichtlich auch ihre weniger guten Seiten hatte. Er wusste im Augenblick nicht, ob er sich darüber freuen konnte. Nach ein paar Metern drehte er sich wieder um, der Bauer lief weiter zum Dorf.

Er musterte den alten, breiten Rücken des Mannes und wünschte ihm nichts Gutes für das Wenige, was Franciszek von ihm erfahren hatte. Der alte Bauer blieb plötzlich stehen. Langsam bewegte er sich zur Seite und fiel lautlos zu Boden. Wie ein morscher Ast schlug er auf den Weg, leichter Staub erhob sich um den Körper.

Langsam ging Franciszek zu dem zusammengebrochenen Bauern zurück. Als er ihn fast erreicht hatte, flog eine Krähe vom Feld direkt auf den am Boden Liegenden zu. Für einen kleinen Moment berührte der Vogel den leblosen Körper. Mit einem schrecklichen Krächzen flog er nun weiter. Franciszek hatte das Gefühl, als würde ihn das Tier für einen Augenblick mustern. Nachdem der Vogel verstummte, hörte er nun ein anderes Geräusch. Erst konnte er dieses nicht richtig zuordnen, aber dann erkannte er, dass es von einer Krähe kam. Das Tier hielt etwas in seinem Schnabel, eine Art Schleier wie ein Nebel, und dieses Gebilde nahm die Gestalt eines Menschen an.

Dieser Menschenschleier schrie erbärmlich!

Die Krähe hatte die Seele des Bauern geholt! Sie schrie und wimmerte, aber der Vogel flog schnell in Richtung des Waldes. Jetzt stand er vor dem toten Bauern. Franciszek betrachtete ihn und brauchte eine Weile, bis ihm klar wurde, was sich gerade ereignet hatte. In seiner Wut über das, was der Bauer in der Armee des Zaren getan hatte, musste er nur für Sekunden an dessen Schatten gedacht haben, den dieser Mensch verdient hätte, aber das hatte ausgereicht, um den Mann zu töten.

Franciszek Josef war der Tod, nun wusste er es mit Sicherheit! Er verfügte über die Macht, ein Menschenleben zu beenden. Wenn er auch nicht richtig verstand, wie das Ganze ablief, das würde ihm der Seelenfresser sicherlich erklären können. So wurde ihm langsam seine uneingeschränkte Macht bewusst. Allerdings konnte er sich nicht erklären, was der Rabe damit zu tun hatte. Grübelnd ging er in sein Dorf zurück. Um den Toten kümmerte er sich nicht mehr. Wie bei seinem Vater empfand er nichts dabei.

Auf dem Friedhof begegnete ihm Rikolow. Franciszek sah ihm nun in die Augen, aber nichts geschah. Lag es daran, dass der Gräbermacher schon einen Schatten besaß?

Rikolow spürte, dass sich etwas verändert hatte. Franciszek hatte einen Blick, der ihm irgendwie vertraut schien. Der Gräbermacher bemerkte zum ersten Mal, dass ihm der Knabe auf eine undurchdringliche Weise überlegen war. Franciszek beschloss, auf den kleinen Seelenfresser zu warten. Er wollte bis dahin nicht noch einmal einen solchen Versuch unternehmen. Nicht dass ihn die Situation überfordert hätte, er hatte nur Angst, etwas verkehrt zu machen.

Nachts ging er in die Katakomben der Kirche, und am Tag verschloss er sich mit Büchern in seinem Zimmer. Seine Gedanken begannen sich wieder zunehmend Janucka und ihrem willigen Körper zu widmen. Er hatte sie seit dem Tod seines Vaters nicht aufgesucht, und nun trieb ihn

131

eine innere Sehnsucht zu ihr. Als er sie an diesem Abend traf, war auch Elisa bei ihr. Die jungen Frauen bemerkten sehr wohl, dass Franciszek eine gewisse Unruhe ausstrahlte. Nur die beiden interpretierten sein Verhalten auf unterschiedliche Weise. Elisa hatte noch immer nicht erkannt, dass sich die Verhältnisse der Spielkameraden geändert hatten. Sie nahm an, dass Franciszek noch am Tod seines Vaters haderte. Allerdings wusste Janucka genau, was Franciszek bei ihr wollte. Sie genoss das nun beginnende Spiel. Auch in ihr stieg ein ungehemmtes Lustgefühl empor, welches ihren Hals rot färbte. Elisa bemerkte davon nichts. Aber Franciszek sah genau, was vorging. Er beobachtete jede Bewegung, die Janucka machte, wie sich ihre Oberschenkel unter dem Kleid abzeichneten, wenn sie sich betont bückte und just in diesem Moment etwas unter dem Herd zu schaffen hatte.

Immer wieder gab sie ihm die Möglichkeit, einen Blick in den Ausschnitt ihrer Bluse zu werfen, oder berührte ihn zufällig mit einem unterschwelligen Nachdruck. Janucka beherrschte dieses Spiel. Sie genoss die Hilflosigkeit Franciszeks, der sich dieser versteckten Animation nicht entziehen konnte. Die beiden Frauen bereiteten ein gemeinsames Abendbrot und plauderten abwechselnd dabei mit Franciszek, der angespannt am Tisch saß. Elisa ärgerte sich inzwischen über die gar zu losen Äußerungen, zu denen sich Janucka hinreißen ließ.

Sie schämte sich für das Verhalten ihrer Spielkameradin. Innerlich empfand sie zusätzlich eine brennende Eifersucht auf Janucka, da sie merkte, wie Franciszek auf die Anspielungen reagierte. Elisa wünschte sich, dass auch sie so auftreten könnte, da diese Art und Weise eine besondere Wirkung auf Männer hinterließ. Franciszek hätte sie so gerne in die Arme geschlossen. Innerlich verschämt wagte sie nicht weiter darüber nachzudenken, wie sehr sie sich nach einer Berührung von ihm sehnte. Aber dieser hatte jetzt nur noch Augen für Janucka. Als sie zusammen am Tisch saßen, hatte sich Janucka Franciszek gegenübergesetzt, dabei hatte sie es nicht versäumt, die Brustschnüre ihres Kleides weiter zu lösen, so dass Franciszek kurzzeitig die Spitzen ihrer erregten Brüste sehen konnte. Er beobachtete nun jede Bewegung ihrer Lippen.

Janucka spielte mit dem Essen. Als sie ihm nachreichte, drückte sie mit aller Kraft ihre Brust gegen Franciszeks Oberarm, so dass dieser vor Erregung kaum noch schlucken konnte. Inzwischen war er dazu bereit, sich völlig diesem erregenden Spiel hinzugeben. Plötzlich stieß Janucka ihren nackten Fuß unter dem Tisch zwischen seine Beine. Franciszek erschrak und stieß seinen Bierkrug um, dabei hüpfte er leicht vom Stuhl hoch. Elisa fuhr von ihrem Sitz auf.

»Janucka, was soll das? Was treibst du hier?«

Hasserfüllt sah sie ihrer Rivalin in die Augen.

Diese stieß einen spitzen Schrei aus und kicherte hemmungslos.

»Nichts, was willst du? Was kann ich dafür, dass Franciszek nur noch Augen für mich hat?«

Herausfordernd sah sie Elisa an und erhob sich, kampfeslustig stieß sie ihre Hände in die Hüfte.

Elisa zögerte, es war ihr unendlich peinlich, dass vor Franciszek ein derartiger Streit ausbrach. Sie sah ihm in die Augen und bemerkte in seinem Blick etwas Fremdes, etwas, was sie sich so sehr für sich gewünscht hätte, aber dieser Blick war für Janucka. Hilflos stand sie am Tisch und begann zu weinen, als sie nun begriff, dass die beiden ein Spiel trieben, von dem sie ausgeschlossen blieb. Weinend verließ sie die Stube und das Haus.

Je mehr sie Janucka hasste, umso mehr liebte sie Franciszek. Dieser hatte bestimmt keine Schuld an der Situation. Überzeugt davon, dass Janucka allein dafür verantwortlich war, dass ihre Freundschaft zerstört wurde, versuchte sie sich weinend in den Schlaf zu bringen. Nicht im Entferntesten ahnend, was ihre zwei Spielkameraden in dieser Nacht miteinander trieben.

Sie spürte nur, wie Janucka ihr Franciszek weggenommen hatte. Sie konnte nichts dagegen unternehmen.

Nachdem Elisa das Haus verlassen hatte, verloren Franciszek und Janucka keine Zeit, voller Liebeslust stürzten sie sich aufeinander.

In der folgenden Nacht saß Franciszek wieder in den Katakomben der Kirche und beschäftigte sich mit einem Buch über die medizinische

Behandlung von geistig verwirrten Menschen. Im Unterbewusstsein beschlich ihn ein seltsames Gefühl, auf dem Friedhof hatte sich etwas verändert!

Er wurde sich dieses Eindruckes nicht wirklich bewusst, erst als er glaubte, ein Pochen aus der Erde zu hören, legte er das Buch zur Seite. Jetzt konzentrierte er sich und konnte nach einer Weile genau die Herkunft dieses Geräusches feststellen. Es kam vom Friedhof. Er verließ die Katakomben und lief auf den Gottesacker. Seine Vermutung bestätigte sich, als er vor dem Grabstein der dicken Koschwitz stand. Die kleine Figur saß auf der Ecke des Grabsteins und schlug mit seinen steinernen Hacken gegen den Marmor. Dieses Aufschlagen seiner Füße hatte er unter der Kirche gehört.

»Josef, wie ich feststellen kann, sind deine Sinne vollständig ausgebildet. Ich bin zurück von meiner Reise, der Alte ist tot, um wiedergeboren zu werden.«

Franciszek nickte, er empfand nichts dabei.

»Ich habe auf dich gewartet. Der alte Mann sagte, dass du mich begleiten würdest. Wohin?«

»Überall dorthin, wohin du gehst, Josef. Ich bin immer an deiner Seite, wenn du mich auch nicht sehen kannst, ich sehe, was du siehst!«

Etwas verlegen sah Franciszek an sich herunter, er musste an Janucka denken.

»Alles, was ich sehe?«

Die kleine Figur lachte nun hämisch und sprang auf.

»Ja, alles, nichts ist mir fremd, was ihr Menschen so treibt!«

Dieser Punkt schien geklärt zu sein. Franciszek Josef trat ganz dicht an die kleine Steinfigur heran.

»Ich wiederhole noch einmal meine Frage von damals. Wer bist du? Der Tod nannte dich einen Seelenfresser.«

Ein böses Lächeln umspielte das kleine Gesicht.

»Manchmal kann eine Seele den toten Körper nicht verlassen, weil sie glaubt, noch etwas im Leben erledigen zu müssen. Die verfluchten Seelen geistern in euren Träumen herum und suchen dort einen Ausweg aus ihrem Gefängnis.« Dabei griff sich die Figur demonstrativ an den Kopf.

»Diese Seelengeister treiben sich auf den Friedhöfen herum und können für wenige Augenblicke einen Lebenden begleiten, wenn dieser sich auf dem Totenacker aufhält. Bleiben sie zu lange von ihrem Grabe weg, dann gehören sie mir!«

Franciszek nickte mit dem Kopf, er verstand, was die Kreatur meinte. Auch er hatte ein derartiges Erlebnis, als er glaubte lebendig begraben zu sein.

Unerwartet sprang die Figur vom Stein und verschwand für Sekunden aus dem Blickfeld Franciszeks. Und genauso schnell, wie sie verschwunden war, tauchte sie wieder auf und hüpfte auf den Grabstein. Jetzt allerdings hielt der Seelenfresser etwas in seinen Händen. Franciszek brauchte einen Augenblick, bis er erkannte, was der kleine Kerl zwischen seinen Fingern hielt. Es schien wie ein flüchtiger Nebelschleier zu sein. Es wandte sich in seinen kleinen Klauen und begann zu jammern.

»Da, das ist eine solche Seele. Ein böser Bauer aus deinem Dorf, du kennst die Geschichte. Er ist schon lange hier. Er wartet hier auf den Tod seiner Tochter. Er hat dem Kind nichts Gutes getan und seine ganze Familie mit seinem Hass umgebracht.«
Jetzt schüttelte er die sich windende Seele.

Franciszek sprang auf.

»Ich weiß, wer das ist, der Vater der alten Kapschuthke, der Kräuterfrau!«

Der Seelenfresser grinste. »Ihr seid nicht dumm, Josef. Wenn sie stirbt, kann sie ihm verzeihen und er kann in die Hölle fahren...« Für einen Augenblick zögerte der Seelenfresser, als wollte er noch etwas sagen, bis er seinen Satz etwas abwesend beendete: » ...zum Tod.«
Jetzt packte er die Seele am Hals und hielt sie fest.

»Allerdings hat sich unser Freund …« Und der Seelenfresser deutete mit dem Kopf auf die zitternde Seele des Bauern. »… zu lange vom Friedhof entfernt. Das wird bestraft, und er weiß das!«
Die Seele fing an zu schreien.

Franciszek drehte sich um, ob jemand anderes auf dem Friedhof das Gebrüll hören würde. Deutlich konnte er das vor Angst entstellte Gesicht des Bauern in dem Schleier erkennen. Aber der Seelenfresser versicherte ihm, dass nur er das Schreien hören konnte.

»Jetzt zeige ich dir, warum ich Seelenfresser genannt werde.«
Noch bevor Franciszek etwas erwidern konnte, packte dieser die
Bauernseele am Arm und biss ihr die Hand ab.

Franciszek war erschrocken, als er plötzlich, nur für einen Augenblick,
die schrecklichen Zähne der kleinen Steinfigur sah. Dann verschwand
die Seelenhand in seinem Rachen.

Der geschundene Menschenschatten stieß einen entsetzlichen Schrei
aus, der Schmerz musste grauenhaft sein. Der Seelenfresser ließ ihn
los.

Mit fanatischem Gebrüll verschwand die gemarterte Psyche zwischen
den Grabsteinen.

»Er kann an der Wunde nicht sterben, er ist bereits tot!«, kicherte
der Seelenfresser. »Nur die Schmerzen sind real, bis die Hand wieder
nachgewachsen ist!«

»Deshalb nannte dich der Alte ›Seelenfresser‹.« Franciszek verstand
und ein Schaudern lief ihm über den Rücken.

»Ich bin ein toter, unsterblicher Stein, ich brauche nicht zu fressen,
ha! Außer eine ungehorsame Seele.« Mit dieser Bemerkung beendete
der Seelenfresser das Thema.

Nun erklärte er Franciszek, wie er sich zukünftig verhalten sollte,
wenn er einem Menschen begegnete, der noch keinen zweiten Schatten
hatte. Er musste sich auf jeden Fall mehr Zeit lassen und das Gewissen
der Person gründlicher durchforschen, erst dann sollte er sein Urteil
sprechen. Er hatte durchaus die Möglichkeit, einen Menschen sofort
sterben zu lassen, aber eine solche Seele könnte unter Umständen den
vorbestimmten Weg verlassen. Franciszek dachte an die seltsame
Krähe bei dem Bauern im Nachbardorf. Plötzlich stand der
Seelenfresser auf und setzte sich an den für ihn bestimmten Platz auf
den Grabstein der dicken Koschwitz und erstarrte. Franciszek drehte
sich um. Rikolow kam aus der Kirche und ging runter zum Moor.
Franciszek wusste, wohin sein Freund ging, zum Grab seines Vaters.
Für einige Stunden würde er dort verweilen und seine Pfeife rauchen.
Nach einer Weile setzte er sich zu dem schweigsamen Mann.

»Er fehlt dir.«

Franciszek berührte den Friedhofsgärtner an der Schulter.

»Ja, sehr. Ich hätte mir mehr Zeit nehmen sollen, aber wir waren vielleicht beide etwas zurückhaltend.«

»Mein Vater hat große Stücke auf dich gehalten, sei dir dessen versichert.«

Für einen Moment beobachteten sie einen einsamen Adler, welcher seine Kreise über den Himmel zog.

»Weißt du, mein Junge, ich hatte seit vielen Jahren keinen festen Kontakt zu einem anderen Menschen. Erst als du geboren wurdest, veränderte sich dieser Zustand. Während meiner Zeit unter des Zaren Fahne hatte ich einen letzten Freund. Seitdem gab es keinen Menschen, an dessen Schicksal ich Interesse gehabt hätte. Nur deinen Vater und dich.« Dabei sah er dem Jungen fest in die Augen. Es fiel ihm schwer so etwas zu sagen.

»Was ist aus deinem Freund geworden?«

»Wir wurden während eines Gefechtes getrennt, eine zerstörte Brücke teilte unsere Einheit. Ich habe ihn nicht wiedergesehen. Man berichtete, dass der gesamte Verband bei einem Gefecht mit osmanischen Reitern aufgerieben wurde.«

Franciszek blickte aufs Moor, er wusste ja um diese Freundschaft. Gern hätte er Rikolow berichtet, was er wusste. Aber der alte Tod hatte ihm davon abgeraten, es würde Rikolow zu sehr verletzen und das wollte Franciszek nicht. Zudem hätte er nicht gewusst, wie er dem Friedhofsgärtner hätte erklären sollen, wie er zu dieser Information gekommen war, und das durfte er nicht. Sein Geheimnis musste bewahrt bleiben.

An diesem Abend kam es zu einer schrecklichen Auseinandersetzung auf dem Kazimierzhof zwischen Tochter und Vater. Janucka wartete am Abend auf ihren Vater in der Küche. In den letzten Monaten gab es nur wenige Augenblicke, in denen sich die beiden begegneten. Es bestand zwischen ihnen kein familiäres Verhältnis mehr. Kazimierz betrat den Raum, sah seine Tochter und nahm keinerlei Notiz von ihr. Er nahm etwas zu essen und wollte die Küche wieder verlassen, um sich nach diesem flüchtigen Essen in die Poststation zu begeben.

»Vater, bleib! Setz dich hier hin!«

Janucka bremste seine Flucht. Widerwillig drehte der Bauer sich um.

»Was willst du?«

Das Mädchen zeigte mit der Hand auf den freien Platz am Tisch. Ungehalten setzte sich dieser.

»Du sitzt auf dem Platz deiner Mutter«, knurrte er seine Tochter an.

»Sei's drum, Mutter ist tot.«

Der Bauer wollte seine Tochter über den Tisch anfahren, aber eine schnelle Handbewegung stoppte ihn.

»Sei still, Trunkenbold! Oder glaubst du, Mutter wäre glücklich, dich hier so zu sehen?«

Der Bauer knickte ein. Er wusste sehr wohl, was seine Frau von der Trinkerei gehalten hatte. Nur der Kummer seiner Liebe hatte ihn zu dem gemacht.

»Ich habe deine Mutter geliebt, aber du...«

Eine weitere Handbewegung seiner Tochter brachte ihn zum Schweigen.

»Ach, lass das, Vater. Was ist mit dem Hof unserer Familie im Nachbardorf? Er verfällt. Keine Menschenseele kümmert sich darum.«

Dabei musste Janucka lächeln und ihr Vater antwortete kleinlaut.

»Die Leute haben Angst. Keiner will den Hof, auch ich setze keinen Fuß dorthin. Der Ort ist verflucht. Wir können uns glücklich schätzen, dass kein weiteres Unheil von diesem Land ausgegangen ist.«

»Ich werde den Hof übernehmen und wieder aufbauen, Vater.«

Kazimierz glaubte, seinen Ohren nicht zu trauen.

»Du willst was?«

»Ach...« Das Mädchen winkte verachtend ab. »...das war nicht, was ich von dir wollte.« Jetzt erhob sie sich und stellte sich über ihren Vater.

»Gib mir das Eisen, welches der unglückselige Bruder des Chrzanowski-Bauern um den Hals hatte, als er zur Hölle fuhr!«

Der Bauer fuhr auf, nicht nur die Erwähnung des Eisens trieb ihn empor, allein der Ton seiner Tochter untergrub seine Autorität als Familienoberhaupt.

»Was bildest du dir ein, du...?«

Plötzlich stoppte etwas den Wutausbruch des Bauern, er brachte kein Wort mehr über die Lippen. Etwas schien ihm den Hals zuzuschnüren. Janucka stand noch immer am Tisch. Ihre ausgestreckte Hand schien ihn förmlich zu bannen. Langsam drückte ihn eine unheimliche Kraft in seinen Stuhl zurück.

»Halt dein Maul!«, fauchte Janucka.

Er spürte eine unheimliche Kraft, die ihn festhielt.

»Ich will wissen, wo das verfluchte Eisen ist, ich weiß, dass du es hast
verschwinden lassen.«

Der Druck am Hals verschwand. Er konnte sprechen.

»Woher weißt du, dass ich es habe?«

Janucka blickte ihrem Vater ausdruckslos in die Augen.

»Vater, ich weiß alles und es ist mir egal, was du mit deinem Chrzanowski-Bauernpack zu schaffen hattest, ich will das Eisen!«

Jetzt schlug sie mit einer weit ausholenden Bewegung auf den Tisch. Mit Entsetzen sah Kazimierz wie scheinbar aus dem Nichts plötzlich eine große Krähe aus dem Arm seiner Tochter sprang. Der Vogel sprang auf den Bauern zu. Dieser konnte sich nicht mehr bewegen, wie gelähmt saß er am Tisch.

Eine gewaltige Kraft bezwang ihn.

Mit Entsetzen dachte er daran, was sich damals an dem kleinen Tümpel abgespielt hatte. Chrzanowski hatte ihn damals in einer Bierlaune zu einer unheilvollen Wette überredet, dass er es nicht schaffen würde, seinem angeblich trunkenen Bruder ein seltsames Eisen um den Hals zu legen. Kazimierz gewann seinerseits diese Wette. Der Bruder verschwand damals laut fluchend in der Nacht. Als man dann Tage später die Leiche des Unglücklichen fand, brachte er schnell das Eisen beiseite. Eigentlich erwartete er, dass ihn der andere Bruder anzeigen würde, aber nichts geschah. Der alleinige Erbe des Chrzanowskihofes schwieg in der Sache und verlor auch später kein Wort über diese unselige Angelegenheit. Kazimierz wurde von heftigen Schuldgefühlen geplagt. Er fragte sich später oft, ob nicht eine böse Absicht hinter der unseligen Wette gesteckt hatte.

Aber nun widmete er seine Aufmerksamkeit wieder der Krähe und seiner Tochter. Vor seiner ausgestreckten Hand blieb das Tier stehen und starrte dem Bauern in die Augen.

»Das Eisen!« Janucka ließ nicht locker.

Ohne Vorwarnung stieß der Vogel seinen spitzen Schnabel in seine Hand und ließ ihn in der Wunde. Deutlich spürte der Bauer, wie das Tier sein Blut aus der Wunde saugte. Es war ihm unmöglich, die Hand zurückzuziehen, Kazimierz glaubte wahnsinnig zu werden. Er begann zu wimmern, zumal der Schmerz in der Hand brannte wie Feuer.

»Ich sag's ja, oh mein Gott, du bist doch meine Tochter.«

Wieder stoppte ihn eine gewaltige Kraft.

»Wo?!« Ohne eine menschliche Reaktion zu zeigen, sah ihn seine Tochter an.

»In der Scheune.« Kazimierz sackte zusammen.

Plötzlich löste sich die gewaltige Macht, welche ihn bislang festgehalten hatte. Der Vogel zog seinen Schnabel zurück und lief langsam über den Tisch zu Janucka. Dabei strich sich das Tier sorgsam durch die Flügel.

»Lass uns in die Scheune gehen, Vater«, sagte sie nun in ruhigem Ton und dirigierte ihren Vater hinaus.

Widerstandslos erhob sich der Bauer und hielt seine verletzte Hand. Wortlos reichte ihm seine Tochter einen schmutzigen Lappen, der am Herd hing. Im Hinausgehen musterte sie mit spöttischem Blick die Verletzung. Mit gebeugtem Rücken, seine Hand vor die Brust haltend, schlich Kazimierz über den Hof.

Er wagte nicht zur Seite zu blicken, ob sich nicht irgendwo eine mögliche Hilfe anbot. Mühevoll öffnete er das große Scheunentor, seine Tochter machte keinerlei Anstalten, ihm zu helfen. Die Krähe flog ihnen voran.

Etwas unentschlossen stand der Bauer im Tor, erst ein ermunternder Stoß seiner Tochter ließ ihn hineinstolpern. Wortlos griff er einen Spaten und ging in die hintere Hälfte der Scheune. In einer Ecke blieb er stehen.

»Hier.« Er zeigte mit dem Spaten an eine bestimmte Stelle. Seine Tochter nickte.

»Grabe, Vater!«, forderte sie ihn auf.

Unbeholfen fasste der Bauer mit einer Hand den rauen Stiel.

»Meine Hand, ich kann nicht.«

Der Vogel flog auf seine Schulter und der Bauer hatte keine Möglichkeit, das Tier abzuschütteln. Gefährlich nah kam der spitze Schnabel seinem Auge. Deutlich sah er sein eigenes Blut an der Spitze.

»Los, grabe, ich habe nicht den ganzen Tag Zeit.«

Ungehalten stieß ihn seine Tochter in den Rücken. Sie empfand keinerlei Mitleid mit ihrem Vater, wie er mühevoll versuchte, ein Loch in den Boden zu scharren. Langsam lief das Blut aus der Wunde am Stiel herab. Kazimierz grub, erst mit Angst, dann mit unbändiger Wut auf sein eigenes Kind.

Im Boden stieß der Spaten auf einen Ballen Stoff. Mit der Hand zog der Bauer das Bündel hervor und warf es seiner Tochter zu Füßen. Jetzt sprang der Vogel von seiner Schulter und begann das Bündel zu bearbeiten, bis das »Schindereisen« zum Vorschein kam. Der Bauer sackte zu Boden.

Janucka nahm das Eisen an sich, öffnete den Verschluss und legte es ihrem wehrlosen Vater um. Einen Augenblick geschah nichts, aber dann hob der Bauer den Kopf und sah seine Tochter an.

»Vater, ich befehle dir das zu tun, was ich mir gerade vorstelle.«

Ohne einen Widerspruch erhob sich der Bauern und nahm eine große Scheunenleiter, welche er gegen einen Mittelbalken der Dachkonstruktion legte. Er holte einen Strick und band diesen am Balken fest. All dies geschah, ohne dass es den Eindruck hatte, dass ihn seine Verletzung an der Hand in Mitleidenschaft gezogen hätte. Nachdem der Strick gut befestigt herabhing, brachte er einen alten Tisch herbei und stellte diesen unter den Strick.

Für einen Augenblick stockten seine Bewegungen, aber dann ging er ohne Begleitung seiner Tochter in die häusliche Vorratskammer und brachte vier Laibe festes Bauernbrot. Er legte jeweils einen Laib unter jeden Fuß des Tisches. Nun stand der Tisch auf den Broten. Ohne zu zögern stieg Kazimierz auf dieses Bauwerk, nahm das Schindereisen ab und legte sich den Strick um den Hals. Er spannte diesen derart, dass er gerade so auf den Zehnspitzen stehen konnte.

Erst jetzt wich die unheimliche Kraft von ihm. Nun wurde aus ihm wieder der geschundene Vater seiner Tochter. Mühsam versuchte er, aus seiner misslichen Lage einen erbarmungsvollen Blick seiner Tochter zu erhaschen.

Seine Arme konnte er nicht mehr bewegen, willenlos hingen diese an ihm herab, und das Blut aus seiner Wunde an der Hand tropfte auf den Tisch. Langsam kam seine Tochter näher. Kazimierz versuchte mühevoll zu sprechen.

»Mein Kind, was, mein Gott, was willst du noch?«
Janucka stand nun am Tisch. Mit einem Finger begann sie in dem Blut auf der Tischplatte herumzustreichen. Hatte sie genug am Finger beugte sie sich herab und bestrich einen der Brotleibe.

»Janucka...!«
Der Vater wimmerte, langsam schnürte ihm der Strick die Luft ab.

»Nichts, Vater, nichts will ich von dir.«
Sie drehte sich um und verließ die Scheune. Ohne dass sie eine Hand regen musste, verschloss sich das Tor hinter ihr. Nur der Vogel blieb bei dem Bauern. Der setzte sich auf dessen Schulter und stieß ihn aufmunternd mit seinem Schnabel unter das Auge.
Es dauerte einige Minuten, bis der Bauer Geräusche in der Scheune wahrnahm. Ratten, von überall kamen Ratten. Das Brot und der Blutgeruch hatten diese Kreaturen herbeigelockt.
Einige der grauenvollen Wesen kletterten auf den Tisch und begannen das frische Blut aufzulecken, welches noch aus der Wunde tropfte. Kazimierz begriff sofort, was ihm nun bevorstand. Aber es gab kein Entrinnen. Schon nach wenigen Minuten merkte er an der Schlinge, dass sich der Tisch senkte. Langsam brachen die Tischbeine in das Brot, die Ratten leisteten ganze Arbeit. Begierig fraßen diese grässlichen Kreaturen das Brot.

Unerbittlich zog sich die Schlinge zu. Die letzten Minuten wurden zur Höllenqual und genauso langsam, wie der Strick den Lebensfaden durchtrennte, verließ seine Seele den Körper. Darauf hatte der Vogel nur gewartet. Als sich die ersten Schleier aus der Brust des Bauern erhoben, packte die Krähe zu und begann, an dem Seelenschleier zu ziehen. Widerstrebend, unter schrecklichem Geschrei, löste sich

Kazimierz' Geist aus dem geschundenen Körper. Es schien bald so, als hätte der Vogel die Seele herausgerissen, bevor der Körper seinen letzten Herzschlag getan hatte.

Am späten Abend fand die alte Magd den Bauern. Wie eine Wahnsinnige stürzte sie vom Hof und schrie durch das Dorf. Der Schock saß so tief in ihr, dass ihr Geist für den Rest ihres Lebens im Nebel dahindämmerte.

Rikolow nahm den Bauern vom Strick und untersuchte mit Franciszek den Toten. Die Ratten hatten ganze Arbeit geleistet. Die Wunde an der Hand hatten die Tiere großflächig ausgenagt, das Brot sauber vertilgt. Es lag die Vermutung auf der Hand, der Kazimierz-Bauer hatte den Verlust seiner Frau noch immer nicht verwunden und seinem Leben aus Kummer ein Ende gesetzt.

Janucka stand weinend vor ihrem aufgebahrten Vater und keiner der Trauergäste hätte im Traum geglaubt, wie die Dinge wirklich standen. Einzig Rikolow stand der Sache recht zögerlich gegenüber. Zwei Bauern in solch kurzer Zeit. Er verstand es nicht, wie Kazimierz es überhaupt geschafft hatte, sich zu erhängen. Seine Füße hingen nur wenige Zentimeter über der Tischplatte, und er konnte nichts entdecken, was die Lücke ausgefüllt haben könnte. Franciszek fand diesen Umstand auch verwunderlich, aber die Hände des Bauern waren frei. Er hätte sich jederzeit befreien können, zumal in seiner Tasche ein Messer steckte, mit dem er ohne Weiteres den Strick hätte durchtrennen können.

So blieb nur die Erklärung, dass es sein freier Wille gewesen sein musste, auf diese Weise sein Leben zu beenden. Franciszek hingegen verstand nicht, wie es möglich sein konnte, dass der Bauer starb, bevor sein zweiter Schatten abgelaufen war. Er wusste recht genau, wie lang der Schatten des Bauern gewesen sein musste, denn er hatte ihn erst vor wenigen Tagen erhalten. Offensichtlich hielt sich das Schicksal nicht immer an den vorherbestimmten Weg.

Wenige Tage nach der Beisetzung des Bauern änderte sich einiges auf dem Kazimierzhof. Janucka stellte Knechte ein, Kühe wurden gekauft und einige stattliche Pferde standen bald auf dem Hof. Dem nicht genug, baute sie gleichzeitig den übernommenen Hof im Nachbardorf auf. Es schien sich eine Veränderung der Machtverhältnisse im Dorf abzuzeichnen. Januckas Erfolg blieb unaufhaltsam. Bei jedem Verkauf ihrer erzeugten Güter machte sie reichlich Gewinne. Sehr zum Unmut der anderen Bauern kamen nun plötzlich fremde Händler in die Gegend und kauften Pferde und Vieh von den beiden Kazimierzhöfen.

Das Verhältnis zwischen Franciszek und Janucka änderte sich. Obwohl sie sich bei jedem Besuch ihrer Lust hingaben, kühlte die Beziehung aus. Janucka begann, den jungen Mann in einer Weise zu bedrängen, die dieser nicht verstand. Er spürte sehr wohl, dass irgendetwas mit seiner Freundin nicht stimmte. Sie entschwand in der Nacht, ohne dass jemand wusste, wo sie sich aufhielt. Fragte Franciszek sie danach, erhielt er keine Antwort.

Eines Tages verließ Janucka das Dorf, ihr fester Wohnsitz befand sich nun im Nachbardorf, keiner der Bauern bedauerte diesen Umzug. Nun blieb nur noch der väterliche Hof unter der Leitung eines unnahbaren Knechtes, in ihrem Besitz. Dieser verwaltete das Anwesen in ihrem Sinne, sehr zum Verdruss der Bauern. Denn dieser Knecht kam aus dem Nachbardorf und hatte nun plötzlich in ihrem Dorf eine gewichtige Rolle eingenommen.

Obwohl Janucka nicht mehr da war, erwirtschaftete der Hof beachtliche Beträge, was Neid und Eifersucht erzeugte. Der neue Verwalter hatte von seiner Herrin alle Verfügungsgewalt erhalten und freie Hand in all den Dingen, die er zu ihren Gunsten erreichen konnte. Dazu gehörte auch die Vollmacht, den ärmsten Bauern des Dorfes Land abzukaufen und so ihren Besitz zu vergrößern. Diese wiederum mussten dann später auf ihrem ehemals eigenen Land für Janucka arbeiten.

Keiner konnte ahnen, dass dieser Umzug gar nicht so freiwillig stattfand, wie es schien. Rikolow hatte Janucka gezwungen das Dorf zu verlassen.

Der Friedhofsgärtner saß eines Tages, wie so oft, am Grab seines Freundes, als er wieder beobachtete, wie Janucka in der Nacht zur Insel schlich. Es dauerte nicht lange und er sah, wie unzählige Krähen zur Insel flogen.

Rikolow wusste, was sich dort abspielen würde, und wartete nun auf Januckas Rückkehr. Als er sie kommen sah, ging er zum Ufer, um sie in Empfang zu nehmen.

»Janucka«, sprach er das Mädchen an.

Diese aber ging, ohne den Kopf zu heben, langsam an ihm vorbei, offensichtlich hatte sie Rikolow schon von Weitem gesehen.

»Was willst du, Rikolow?«

Sie sah sich nicht veranlasst stehenzubleiben.

»Was ich will, ist, dass du dich nicht mehr auf dieser geweihten Erde blicken lässt. Glaube nicht, dass ich nicht wüsste, welch schwarze Seele in deiner Brust wie eine Bestie lauert.«

Janucka drehte sich um. Rikolow spürte, wie das Mädchen versuchte, Einfluss auf ihn zu nehmen. Aber der Friedhofsgärtner widerstand dem Angriff. Dieser Kampf wurde wortlos geführt.

»Etwas beschützt deinen Kadaver!«, geiferte Janucka, als sie spürte, wie ihre Kräfte versagten. Rikolow verstand zwar nicht, was Janucka meinte, aber es war ihm nur recht.

Er packte das Mädchen an der Kutte.

»Verlasse das Dorf, oder ich hetze die Bauern gegen dich auf. Es würde zudem eh nicht mehr viel fehlen und sie stecken deinen Hof an«. Rikolow stieß sie zurück.

»Jeder glaubt, dass es auf deinen Höfen nicht mit rechten Dingen zugeht, ein Hinweis von mir, was du auf der Insel treibst, und die Brandfackel hält Einzug!«

Anfangs wollte sie sich auf den Friedhofsgärtner stürzen, nur die Krähe in ihr hielt sie zurück.

»Irgendwann erwische ich dich, Rikolow, und dann werden wir sehen, wer hier über wen bestimmt!«

»Das mag sein, aber nicht heute, verschwinde oder ich bring dich zu deinen armen Eltern unter die Erde!« Rikolow hob zur Bekräftigung seine Hand.

Janucka wich zurück und lief über den Gottesacker davon.

Am nächsten Morgen fand ein Bauer die alte Magd vom Kazimierz tot im Wald. Tags zuvor lief sie durchs Dorf und verfluchte irgendein Wesen, das sie durch die Luft verfolgen würde. Seit dem Tod des

Bauern hatte sie den Hof nicht mehr betreten. Alle wussten, dass ihr Verstand schweren Schaden genommen hatte und die arme Frau tagelang in der Gegend herumirrte. Kein Mensch durfte sich ihr nähern. So stellten die Frauen Essen für die übergeschnappte Alte an den Waldrand. Nachts holte die Magd die Speisen und verschwand wieder im Wald.

An diesem Tag befand sich Franciszek auf den Weg zum Elternhaus von Elisa. Er ging nicht gern dorthin. Das letzte Mal hatte er die Eltern vor einem halben Jahr besucht, und diese Besuche gehörten nicht zu den angenehmsten Dingen in seinem Leben.

Die Lukower Bauern waren seltsame Menschen. Sie zählten zu den Fremden im Dorf. Schon als Kleinkind fiel ihm deren lieblose Art auf. Die Eltern schienen in einem ständigen Krieg zu stehen. Nie hatte er erlebt, dass der Lukower Bauer freundlich zu seiner Frau gewesen wäre, wenn die Familie zusammensaß. Vor seinen Augen und auch später, als er schon ein erwachsener Mann war, beschimpfte Elisas Vater seine Frau. Waren allerdings noch andere Leute aus dem Dorf zu Gast, benahm er sich wie der liebevollste Gatte der Welt. Franciszek besuchte Elisa daher nicht gern, er mochte diese verlogene Art des Vaters nicht.

Wohl wusste er, dass Elisa und ihre Mutter unter dem Tyrannen zu leiden hatten. Aber wie hätte er ihnen helfen können?

Elisa saß im Hof und rupfte eine Gans. Sie sah Franciszek kommen und zeigte ihre Freude nicht.

»Was ist los? Hat dich Janucka rausgeworfen?«

Franciszek winkte verlegen ab, er wollte jetzt nicht über derartige Dinge reden.

»Du hast keinen Umgang mehr mit Janucka, Elisa?«

Diese sah ihn nun lange an und schüttelte den Kopf. Zum ersten Mal bemerkte Franciszek, was Elisa für wunderbare Augen hatte. Er war überrascht, dass ihm das nicht schon früher aufgefallen war. Elisa ließ ihm Zeit, sie zu betrachten.

Sie genoss es, wie Franciszek sie ansah.

»Setz dich, Franciszek.« Dabei streichelte sie sanft über den Platz an ihrer Seite.

Plötzlich hatte er ein schlechtes Gewissen, wenn er an Janucka dachte. Wie zufällig berührten sich ihre Hände. Dabei durchströmte Franciszek ein Gefühl, welches er bisher nicht kannte, mit rotem Kopf zog er die Hand zurück. Elisa ging darüber hinweg, obwohl sie genau spürte, was mit dem jungen Mann geschah.

»Ich möchte Janucka nicht mehr sehen, sie hat mich zu sehr verletzt.« Dabei griff sie jetzt nach seiner Hand und Franciszek umschloss ihre Finger. Er konnte sich jetzt nicht mehr konzentrieren, zu sehr verfolgte er seine Gefühlsregungen. Er hatte geglaubt, Janucka zu lieben, musste aber nun feststellen, dass ihn ein viel stärkeres Gefühl zu Elisa zog. »Elisa, an unserem letzten Abend, mit Janucka, es tut mir leid, ich wollte nicht...«Er konnte den Satz nicht beenden, Elisa legte ihre Finger auf seine Lippen und nickte. »Ist gut, Franciszek, jetzt bist du ja da.«

In diesem Augenblick kam Elisas Vater auf den Hof, missmutig stampfte er auf die beiden zu. Ohne das Paar weiter zu beachten, ging er vcins Haus. Es dauerte nicht lange und der Bauer rief nach seiner Tochter.

Widerwillig stand Elisa auf. Augenscheinlich dauerte es dem Lukower Bauern zu lange und aufgebracht kam er auf den Hof.

»Was ist los? Warum kommst du nicht? Hol deine Mutter aus dem Stall, ich will essen.«

Jetzt stand er etwas unentschlossen vor Franciszek.

»Du kannst zum Essen bleiben.«

Franciszek sah zu Elisa und sie nickte zustimmend. Eine leichte Röte stand in ihrem Gesicht. Aber Franciszek lehnte ab, er hatte ein beklemmendes Gefühl in der Brust. Er hätte gern mit Elisa den Abend verbracht, aber die herrische Art ihres Vaters wollte er nicht ertragen, zu sehr bestand die Gefahr, dass ein zurechtweisendes Wort von seiner Seite der Verbindung geschadet hätte. Elisa glaubte, dass er ihren Vater als Vorwand benutzte, um den Hof zu verlassen. Sie ahnte, wohin er gehen würde, zu Janucka. Aber sie empfand dabei keine Eifersucht mehr.

Elisa spürte, dass sich etwas verändert hatte, Franciszek liebte sie. Franciszek ging tatsächlich zum Kazimierzhof, eigentlich wollte er sich nur eine Bestätigung seines Gefühls für Elisa holen, indem er Janucka gegenübertrat. Aber er wurde vom Verwalter unwirsch abgewiesen. Erst jetzt erfuhr er, dass Janucka ins Nachbardorf gezogen war. Erleichtert und enttäuscht zugleich ging er auf den Friedhof. Dort erwartete ihn der Seelenfresser.

»Josef, wir müssen reden.«

Franciszek setzte sich auf die Bank am Koschwitzgrab und lauschte dem Bericht der Kreatur. Der Seelenfresser berichtete ihm von der Auseinandersetzung zwischen Janucka und Rikolow in der letzten Nacht.

Denn er hatte den Friedhofsgärtner vor der unheimlichen Macht des Mädchens beschützt, sonst hätte Franciszek in dieser Nacht seinen Freund verloren.

»Josef, sein überaus langer Schatten kann ihn davor nicht beschützen, ich habe eine ungewöhnlich böse Kraft in dem Mädchen gespürt.«

»Aber ich habe sie geliebt...« Franciszek zögerte. »...Ja, ich habe sie geliebt.«

Der Seelenfresser lachte.

»Das, was du an diesem Weib geliebt hast, findest du überall!«

Nach einer kleinen Pause fuhr er mit einem hämischen Grinsen fort:

»Auch bei Elisa!«

»Es gibt wohl nichts, was dir entgeht, was?«

»Oh, eine Menge Dinge gehen an mir vorbei, ohne dass ich auch nur einen Schimmer dessen hätte, aber alles, was dich betrifft, das weiß ich mit Sicherheit!«

»Was ist los mit Janucka?«

»Oh, so einiges, schon seit eurer Kindheit hat sie den Weg zur Dunkelheit eingeschlagen, aber dir kann sie nicht schaden.«

»Und Elisa?«

Der Seelenfresser schüttelte bedenklich den Kopf.

»Ich glaube, solange du in der Nähe bist, wird nichts geschehen. Obwohl ich nicht weiß, was sie vorhat, aber...« Für einen Augenblick schwieg die Figur. »Aber, Josef, ich kann dir mit Sicherheit sagen, dass sie ihre Mutter auf dem Gewissen hat und wer weiß wen noch alles.«

Der Seelenfresser zeigte auf ein bestimmtes Grab in der Reihe, dort lag das Grab der Mutter.

»Geh hin, Josef, und leg dich auf ihr Grab, und du wirst erfahren, wie es geschah.« Franciszek trat an das Grab und zögerte.

»Nein, ich glaube dir.«

Ihm reichte seine letzte Erfahrung in derlei Sachen, noch einmal den Todeskampf eines Menschen am eigenen Leibe zu erfahren, wollte er sich ersparen.

»Du musst ihr einen Schatten geben, Josef. Die Sache muss ein Ende finden.« Franciszek schreckte zurück, der Seelenfresser hatte recht und nicht nur das, auch Elisa hatte noch keinen Schatten. Der Seelenfresser schien seinen Gedanken zu lesen.

»Ich weiß, Josef, Elisa auch, aber du hast Zeit damit, zumindest bei ihr.«

»Und wenn ein anderer kommt? Ich meine, es gibt doch recht viele Schattenmacher. Was dann?« Franciszek hatte Angst, Elisa den Lebensschatten zu geben, weil er dann wissen würde, wann sie ihn verlassen würde, und dafür wollte er einfach nicht verantwortlich sein. Es kam ihm vor, als würde er ihr Todesurteil unterschreiben. Allerdings war er sich darüber im Klaren, dass er es eines Tages machen müsste, und der Schatten sollte sehr lang sein, damit er noch lange mit ihr zusammen sein konnte. Bei diesen Gedanken begann er zu verstehen, was ihm der alte Tod gesagt hatte, wie schmerzvoll die Unsterblichkeit sein konnte, wenn alle anderen, die man kannte und liebte, gehen mussten.

»Lass das meine Sorge sein, ich werde schon meinen Einfluss geltend machen.« Der Seelenfresser würde den anderen Gehilfen des Todes erkennen.

Franciszek stand auf, er ging in die geheime Kammer unter der Kirche und versuchte sich abzulenken. Aber die Lektüre der Bücher hielten ihn nicht davon ab, über die anstehende Aufgabe, Janucka einen Schatten zu geben, nachzudenken.

Januckas Ankunft im anderen Dorf wurde nicht gerade gefeiert. Keiner der Bauern hatte vergessen, was die Krähen auf dem Hof angerichtet hatten. Aber sie scherte sich nicht um die Angst der

Bauern.

Großzügige Angebote an die Knechtschaft des Dorfes brachten den Wiederaufbau schnell in Schwung.

Auch hier beobachteten die Bauern den schnellen Aufstieg sehr misstrauisch. Aber diesmal sorgte Janucka dafür, dass ihr keiner in der neuen Gemeinde gefährlich werden konnte. Sie veränderte den Lebensbaum der reichsten Familie im Dorf und schon nach wenigen Wochen stand eine Hochzeit an. Der begütertste Bauer im Dorf entdeckte plötzlich seine unbändige Liebe zu Janucka. Er jagte seine eigene Frau davon. Aber er brachte seine kleine Tochter Lydia mit in diese neue Beziehung. Sehr zum Leidwesen Januckas. Diese hatte zwar versucht, den Schicksalsbaum des Kindes zu verändern, musste aber feststellen, dass es ihr unmöglich war, sich des Kindes zu entledigen.

Die Seele eines Kindes schien unantastbar.

Nach außen hin die liebevolle neue Mutter spielend, schloss sie das schutzlose Mädchen in ihre Arme. Nur Lydia spürte die innere Ablehnung Januckas und zog sich zu ihrem Vater zurück. Dieser bemerkte diesen Konflikt nicht, zu sehr stand er unter dem Einfluss Januckas. So verzehrte sich das Kind nach seiner leiblichen Mutter, aber diese blieb unerreichbar. Da Janucka sich des Kindes nicht entledigen konnte, versuchte sie die unbescholtene Seele des kleinen Mädchens in ihren unheilvollen Bann zu ziehen.

Aber selbst das wollte ihr nicht gelingen, sie konnte keinen Einfluss auf das Kind nehmen. Irgendetwas schützte das Kind und Janucka musste schließlich aufgeben und somit strafte sie die kleine Lydia mit ihrer ganzen Ablehnung und nahm nicht die Rolle der Mutter ein. Die Magd kümmerte sich fortan um das Kind, was so am besten für das kleine Kind Lydia war.

Janucka wandte sich wieder ihrer alten Feindschaft zu und versuchte Elisa zu schaden. Inzwischen wusste sie, welche Ziele Franciszek verfolgte, und ihre Eifersucht machte sie rasend. Immer wieder unternahm sie Versuche, Elisas Lebensbaum zu beeinflussen, aber es gelang ihr nicht.

Schließlich musste sie sich eingestehen, ihr so nicht schaden zu können.

Aber dann kam ihr die Idee, dem Hof ihres Vaters zu schaden, und das gelang ihr ohne große Mühe. Gleichzeitig beauftragte sie den Verwalter ihres Gutes im Dorf, auf den Lukower Hof Einfluss zu nehmen und diesen dazu zu bringen, alles zu verkaufen.

Im Laufe der nächsten Wochen begann sich plötzlich die wirtschaftliche Lage auf dem Lukower Hof zu verschlechtern. Egal, was der Vater Elisas auch unternahm, das Unglück schien in seinem Haus Einzug zu halten. Nichts gelang.

Die Saat seiner Felder verdarb, Vieh verstarb und Ratten fraßen die Vorräte. Elisas Mutter erkrankte schwer. Zu allem Übel begann der Verwalter des Kazimierzhofes dem Lukower zuzusetzen, das brachliegende Land zu veräußern. Jeder im Dorf wusste, dass Janucka das Land des Bauern haben wollte. Hinter vorgehaltener Hand machten die Bauern diese auch für die anderen misslichen Umstände verantwortlich.

Inzwischen hatte sich das Verhältnis zwischen Elisa und Franciszek verändert. Sie liebten sich aufrichtig und von einer Innigkeit, welche den jungen Mann vollkommen überraschte. Er glaubte alles darüber zu wissen, aber nun entdeckte er Seiten, die ihm mit Janucka verschlossen geblieben waren. Elisa liebte ihn in einer Weise, welche keine Vergleiche mit seinen vorherigen Erfahrungen zuließ. Franciszek hatte sich im Laufe der Jahre zunehmend von den Belangen der Menschen abgekoppelt. Sein Interesse lag im Studium der Bücher unter der Kirche und dem Umgang mit seiner neuen Aufgabe. Es gab für ihn nur einen Menschen, der ihm bislang tatsächlich nah stand, das war Rikolow. Aber nun schien Elisa sein Leben zu verändern. An Janucka hatte er schon Sekunden nach ihrem Zusammensein jegliches Interesse verloren, aber bei Elisa hörte dieses Gefühl niemals auf.

Der Lukower Hof begann zusammenzubrechen, er stand kurz vor der Übernahme durch Januckas Verwalter, als Franciszek um Elisas Hand anhielt. Anfangs versuchte sich ihr Vater gegen diese Verbindung zu stellen. Obwohl sein Hof zerfiel, behielt er seinen eigensinnigen

Stolz, nichts schien sein Herz zu erweichen. Er wehrte sich dagegen, dass seine Tochter von einem Mann genommen wurde, welcher nicht als Bauer seine Familie ernähren konnte. Franciszek hatte zwar den Hof seines Vaters übernommen, aber seine Mutter kümmerte sich um alle Pflichten des Anwesens.

Franciszek stellte neue Knechte ein, die seiner Mutter zur Hand gehen sollten, und der Hof lief besser als je zuvor. Der junge Potoski verdiente einen Teil seines Lebensunterhaltes damit, notwendige Schriftstücke der Bauern zu verfassen und Streitigkeiten zu schlichten. Dinge, die bislang der Pfarrer zu seinen Pflichten zählte. Der Geistliche der Gemeinde hatte es inzwischen aufgegeben, Franciszek zum neuen Hirten der Gemeinschaft auszubilden. Froh darüber, dass der junge Mann ihn weitgehend in diesen mühevollen schriftlichen Angelegenheiten entlastete, übertrug er ihm den gesamten Schriftverkehr der Pfarrei. Aber eine solche Beschäftigung konnte Elisas Vater nicht überzeugen. Jedes Mal wenn Franciszek von einer Verbindung der beiden Höfe anfing, wurde Elisas Vater ungehalten, ablehnend und an manchen Tagen regelrecht gemein. Der Lukower Bauer gab erst nach, als er keinen anderen Ausweg mehr wusste. Eine Bande von Mardern drang nachts in die Stallungen seines Federviehs ein und tötete alles. Jetzt hatte der Bauer alle Hoffnung verloren. Am nächsten Morgen bedrängte ihn wieder der Verwalter Januckas.

Plötzlich kam Franciszek auf den Hof und die Unterredung wurde unterbrochen. Franciszek hatte sich vorgenommen von Elisas Vater, mit freundlichen Worten und Hinweisen auf seine eigene ausweglose Situation, die Einwilligung zur Hochzeit zu bekommen.

Franciszek wusste, was der Verwalter von dem Bauern wollte.

»Na, hat dich Janucka wieder hergeschickt, um den Hof zu kaufen?«, begrüßte er den Verwalter.

Diesem kam sein Erscheinen sehr ungelegen und barsch versuchte er, den Jungen abzuweisen.

»Was geht es dich an, Potoski?«

»Oh, vielleicht eine ganze Menge mehr wie dich, ich bin hier, um Elisa zu freien, wenn es ihr Vater erlaubt.« Dabei sah er dem Lukower fest in die Augen.

Die beiden Männer betrachteten einander einige Zeit und der Bauer erkannte, dass es für ihn keine andere Möglichkeit gab, um seinen Hof zu retten. Der Vater Elisas stimmte zu. Obwohl er noch immer seine Unnahbarkeit zur Schau stellte, merkte Franciszek sehr wohl, dass es ihm nun doch sehr gelegen kam.

Für den Verwalter machte es den Anschein, als wäre die Sache abgesprochen. Unwirsch wandte er sich ab.

»Dann bist du wohl bald der neue Herr vom Lukower Hof, Potoski.« Franciszek schlug Januckas Helfer wohlwollend auf die Schulter.

»Dafür ist noch Zeit, auf jeden Fall wird Janucka diesen Hof nicht bekommen.«

Wortlos drehte sich der Verwalter um und ging. Nur Franciszek sah, wie ihm eine große Krähe folgte. Es schien fast so, als hätte der Vogel nur auf ihn gewartet.

Es wurde eine gewaltige Feier und viele der alten Bauern behaupteten, solch eine Hochzeit hätte es noch nie im Dorf gegeben. Alle Menschen, welche von Elisas uneigennütziger Liebe erfahren hatten und von ihr in schwerer Zeit unterstützt wurden, kamen zum Fest. Noch nie hatte sich die Gemeinde derartig friedlich versammelt. Die Kirche füllte sich bis zum letzten Platz. Der Pfarrer zelebrierte eine wunderbare Trauung, wenn auch mit einem weinenden Herzen. Der junge Bräutigam kam somit für eine kirchliche Laufbahn nicht mehr in Frage.

In dem Augenblick, als sich das junge Brautpaar anschickte, die Kirche zu verlassen, kam es zu einem unerwarteten Zwischenfall. Das Paar lief gerade durch das gewaltige Mittelschiff der Kirchen, und die Gäste saßen noch alle auf ihren Plätzen, da wurde die Kirchentür geräuschvoll aufgestoßen. Ein kalter Schrecken ging durch die Reihen. Janucka stand in der Tür.

Sie trug zur Feier des Tages ein langes, wallendes schwarzes Kleid. In ihren Händen hielt sie drei blutrote Rosen. Eine große Rose und zwei kleinere, die sich um die große herumlegten. Franciszek und Elisa zögerten einen Augenblick, liefen dann aber weiter zur Tür. Hinter ihrem Rücken erhoben sich die Gäste und schlossen sich dem Zuge an.

In der Tür stand noch immer Janucka.

»Ich komme leider zu spät, aber von mir braucht ihr ja auch keinen Segen!« Herausfordernd stellte sie sich in den Weg. Aber Elisa trat dicht an sie heran.

»Wir haben dich auch nicht eingela...« Eine Handbewegung Januckas unterbrach sie.

»Ich weiß, sicherlich ein Versehen, hier ein kleines Geschenk.« Sie gab Elisa die drei Rosen und sah dabei Franciszek tiefgründig in die Augen. Noch bevor Franciszek etwas erwidern konnte, trat sie zur Seite und das Brautpaar verließ die Kirche. Alle Gäste, die an ihr vorbeiliefen, senkten den Blick und keiner grüßte sie.

In ihrem schwarzen Kleid wirkte sie unnahbar und kalt. Rikolow kam als Letzter, herausfordernd blieb er stehen und wartete, bis Janucka die Kirche verließ.

»Was willst du hier, Janucka? Keiner hat dich geladen.«

»Das ist ein Gotteshaus, jeder hat hier Zugang.« Janucka stemmte die Hände in die Seite.

»Du nicht, verschwinde!« Rikolow machte Anstalten, sie am Arm zu packen, aber Janucka wich mit einer geschickten Bewegung aus.

»Sieh dich vor, Rikolow, ich weiß nicht, was dich schützt, aber nichts ist von Dauer auf dieser Welt.«

»Da hast du wohl recht, auch du bist nicht für die Ewigkeit, verfluchtes Weib.«

Janucka lachte hämisch.

»Wenn du dich da mal nicht täuschst.«

Sie streckte ihre Hand nach Rikolow aus. In diesem Augenblick kam die Kräuterfrau Kapschuthke aus der Kirche. Keiner hatte die Alte bemerkt, selbst Rikolow hatte geglaubt, der Letzte in der Kirche zu sein.

Wortlos schob die Kräuterfrau Januckas Hand beiseite.

»Alte Hexe!«, fluchte diese und hielt sich die Hand, als hätte sie etwas Unangenehmes berührt.

Die Alte lief einige Meter weiter und blieb stehen. Ohne sich umzudrehen, sprach sie mit Janucka. Allerdings vernahm Rikolow keinen Laut, er sah nur den tief gebeugten Rücken der alten Frau.

»Janucka, Mädchen, sag nicht solche Sachen. Blicke selbst in den Spiegel und du wirst die toten Augen einer Krähe sehen.«

Ohne eine Antwort abzuwarten, verließ sie den Friedhof. Janucka brauchte einen Moment, um die Anschuldigung zu verarbeiten, aber schnell hatte sie ihre kalte Überlegenheit zurückgewonnen.

Mit finsteren Blicken musterte sie den Friedhofsgärtner, aber ohne noch ein Wort zu sagen, ging sie zu ihrem Zweispänner. Die zwei schwarzen Rappen jagten unter heftigem Peitschenknallen über die Straße. Vor dem Potoskihof, auf dem die Hochzeit gefeiert wurde, hielt sie kurz an und brachte die beiden Pferde auf den Hinterhufen zum Stehen. Wild schlugen die Tiere mit den Vorderläufen aus. Janucka stand aufrecht auf dem Bock, dann machten die Rappen einen gewaltigen Satz nach vorn und die Kutsche jagte Richtung Wald. Nur kurz störte ihr Auftritt die Feier, alle waren froh, dass Janucka dem Feste fern blieb.

Besonders Franciszek konnte erleichtert durchatmen. Er beschloss, in den nächsten Tagen ins Nachbardorf zu gehen und Janucka ihren Schatten zu bringen.

Am Waldrand angekommen, hielt sie vor dem Haus der Kräuterfrau und wartete auf die Alte. Es dauerte nicht lange und sie sah, wie die Kapschuthke sich langsam näherte. Wortlos, ohne Notiz zu nehmen, ging sie an Janucka vorbei in ihr Haus. Janucka blickte in Richtung Dorf, aber keine Menschenseele ließ sich blicken.

Nun trat sie hinter der Alten in die Stube.

»Was sollte das vorhin mit den Krähenaugen, Alte?«

Rein äußerlich nahm sie keine Notiz von Janucka.

»Mädchen, du weißt genau, was ich meine. Glaubst du wirklich, du wärst die Einzige, welche mit den bösen Kräften in Berührung kommt?«

»Woher willst du etwas von bösen Kräften wissen? Du bist doch eine Hexe!«

Ungerührt werkelte die Alte an ihrem Herd.

»Bei wem die Krähe einmal eingekehrt ist, der hat einen Blick für derlei Dinge. Mich besuchte der Vogel, als ich ein Kind war.«

Sie drehte sich um, ohne den Kopf zu heben, und Janucka konnte ihr

Gesicht nicht sehen.

»Ich konnte als Kind dem dunklen Vogel widerstehen, du nicht.« Janucka hob die Hand und wollte der Alten auf den Kopf schlagen, aber ihre Hand verharrte in der Luft, denn die Kräuterfrau sprach nun weiter, wobei sie sich wieder ihrer Arbeit widmete.

»Janucka, Mädchen, als ich damals deiner armen Mutter half, dich auf die Welt zu bringen, habe ich die Zeichen richtig gedeutet.«

»Welche Zeichen?«

»Die Krähen, überall auf dem Hof deines Vaters hockten Krähen und warteten auf deine Geburt.

Da wusste ich, dass dich die Krähe aufsuchen würde.«

Janucka stand jetzt dicht hinter der Kräuterfrau, am liebsten hätte sie die Alte mit dem Kopf in den kochenden Topf gestoßen. Aber diese fuhr fort, ohne ihre Arbeit zu unterbrechen.

»Vor deiner Geburt hatte es der schwarze Vogel schon einmal versucht, eine hochschwangere Frau auf seine Seite zu ziehen, aber diese gottesfürchtige Frau bewies eine ungeheure Stärke gegen das Böse.«

Jetzt hielt sie mit ihrer Beschäftigung inne und musste sich mit beiden Händen festhalten, zu sehr wühlte die alte Frau die Erinnerung auf.

»Diese starke Frau nahm lieber ihren eigenen Tod und den des ungeborenen Kindes in Kauf, als dem Bösen nachzugeben.« Nun sprach sie wieder etwas ruhiger weiter: »Wie es nun so scheint, geht die Krähe direkt zu den Kindern, der Liebe einer Mutter scheint das Böse nicht gewachsen zu sein.«

Janucka wusste genau, dass die Kräuterfrau sie damit meinte.

»Was wirst du nun tun, alte Frau?«

»Nichts, weiter meine Kräuter bereiten und den Bauern helfen, wo es Elisa nicht kann.«

Fauchend stieß Janucka der Alten in den Rücken. »Elisa, Elisa, die Gütige, die Helferin in der Not, ich kann das nicht mehr hören!« Wütend stieß sie gegen den Tisch, um sich gleich wieder der Alten zuzuwenden.

»Du rührst keine Kräuter mehr, alte Hexe!« Janucka stürzte sich auf sie und drehte sie um. Sie streckte ihre Hand aus und die Brust der

Frau begann zu beben und augenblicklich kam ein nebliger Schleier aus ihrem Körper gestiegen und wanderte zu Januckas Hand. Langsam löste sich dieser und der tote Körper sackte zusammen. Triumphierend hob Janucka den Seelenschleier empor.

Da geschah etwas vollkommen Unerwartetes. Direkt vor ihr aus dem Boden der Stube stieg der Nebel einer zweiten Seele. Diese stieß Janucka mitten durch den Leib und packte die Seele in ihrer Hand. In diesem Augenblick erlebte das Mädchen für Sekunden den Todeskampf eines ertrinkenden Bauern, welcher seine Tochter verflucht hatte.

Dieser Moment ihres Verharrens genügte, dass die beiden Seelen zusammen im Boden verschwanden.

Entkräftet stürzte Janucka zu Boden. Eine sichere Seele wurde ihr entrissen und ein furchtbarer Albtraum geschenkt. Zu ihren Füßen lag die tote Kräuterfrau, und sie hatte nichts. Aber die Sache hatte noch kein Ende gefunden.

Plötzlich wurde es unwahrscheinlich hell in der Stube. Aus dem Boden zu ihren Füßen stiegen zwei Lichtpunkte und erlangten die Größe zweier Menschen. Für einen Atemzug blieb das Licht vor ihr stehen.

Janucka sah ein junges Mädchen und einen älteren Mann Hand in Hand, und das Licht stieg durch die Zimmerdecke in den Himmel. Während dies geschah, hörte sie noch einmal die Stimme der Kräuterfrau, allerdings klang diese nun wie die einer jungen Frau.

»Janucka, Mädchen, ich habe meinem Vater verziehen. Aber wer könnte dir verzeihen?«

Dann war alles vorbei, nur die Tote blieb, wo sie war.

Jetzt begriff Janucka. Das musste der Bauer gewesen sein, von dem ihr in der Kindheit erzählt wurde. Er hatte seine Tochter verstoßen und musste in einer Sturmnacht mit seiner ganzen Sippe ertrunken sein. Die verfluchte Seele des Vaters hatte die Seele seiner Tochter aus ihren Händen befreit und somit sich selbst.

Fluchend erhob sie sich, hier konnte sie nichts mehr ausrichten. In der Hoffnung, dass keiner der Bauern sie sehen würde, verließ sie das Haus und führte ihr Gespann ruhigen Schrittes ins Nachbardorf.

Die Hochzeitsgesellschaft bekam davon nichts mit. Befreit von dem unerwünschten Gast feierte die kleine Gemeinde bis tief in die Nacht. Seit diesem Tage wendete sich auch das Schicksal des Hofes, alles was nun begonnen wurde, brachte auch Erfolg. Das Glück schien zum Lukower Bauern zurückgekehrt. Einzig den Auszug seiner Tochter musste der strenge Mann verwinden.

Wie alle jungen Brautpaare unternahm nun auch Franciszek mit Elisa die traditionelle Reise in die große Stadt.

Auch sie wurde von der plötzlichen Vielfalt des Lebens überrascht. Allerdings konnte Franciszek besser mit diesen Eindrücken umgehen als seinerseits sein Vater. Den ganzen Tag wanderten sie durch die Stadt. Elisa genoss diese Reise und überall, wo sie einkehrten, wurden sie freundlich empfangen. Auch hier schien sich die unendliche Liebe des Mädchens auf die Menschen zu übertragen.

Franciszek beobachtete bei jeder sich bietenden Gelegenheit die Schatten der Menschen, und zu seiner Überraschung hatten fast alle einen zweiten Schatten des Todes. Besorgt sah er sich um, denn Elisa hatte noch keinen von ihm erhalten. Vielleicht würde ja ein anderer Schattenmacher seine Frau hier in der Stadt finden. Sicherlich hatte ihm der kleine Seelenfresser seinen Schutz versichert. Aber wo konnte er diesen hier finden?

Am Nachmittag dieses Tages saßen sie an einem großen Brunnen mit einem aufwendigen Wasserspiel. Sie ruhten sich aus von der Hitze des Tages. Franciszek befeuchtete ein Taschentuch und betrachtete dabei die kleinen Figuren der Wasserspeier in der Mitte des Brunnens und musste unwillkürlich lachen. Eine der kleinen Figuren lachte ihn an, es war der Seelenfresser, welcher sich unter die anderen Figuren gemischt hatte und nun fleißig damit beschäftigte, Wasser zu speien. Es schien ihm sichtlich Spaß zu machen, Franciszek hier zu überraschen. In den nächsten Tagen sah er die kleine Kreatur des Öfteren, meist hockte sie in alten steinernen Fassadenteilen. Seitdem Franciszek nun wusste, dass sich der Seelenfresser in seiner Nähe aufhielt, konnte er mit seiner Frau die letzten Tage ihrer Reise unbekümmert genießen.

Einige Tage später nach ihrer Rückkehr nutzte Franciszek eine günstige Gelegenheit und fuhr mit Rikolow in das Nachbardorf. Der

Friedhofsgärtner musste einige Dinge für den Pfarrer dort erledigen. Nachdem er Rikolow an der Schmiede abgesetzt hatte, führte er den Einspänner zum Kazimierz-Gehöft, wo Janucka herrschte. Seine Ankunft blieb ihr nicht verborgen. Wortlos forderte sie ihn auf, ins Haus zu treten. Ihren Mann schickte sie zur Pferdekoppel und ohne Widerspruch verließ der Bauer das Anwesen. Kaum verschwand der Ehemann, veränderte sich Januckas verhalten. Aus ihrer kühlen Art wurde sofort Leidenschaft. Aber Franciszek wies ihre Annäherungsversuche deutlich ab.

»Was ist mit dir? Gefalle ich dir nicht?« Herausfordernd löste sie die Verschnürung über ihren Brüsten.

»Du hast einen Mann, Janucka, so wie ich eine Frau.«
Sie ließ sich aber nicht beirren und winkte ab.

»Ach der, dieser ungebildete Bauer macht, was ich sage. Warum bist du sonst zu mir gekommen? So schnell nach der Hochzeit schon langweilig im eigenen Schlafgemach?« Ihre Hände glitten über seine Oberschenkel.

Aber Franciszek packte ihren Arm, wobei das lüsterne Weib aufstöhnte.

»Nein, Janucka, du überschätzt wie immer die Situation.« Er stieß sie heftig zurück.

Aber noch hatte sie nicht aufgegeben. Diesmal legte sie sich herausfordernd auf den Tisch und versuchte nach Franciszeks Hand zu greifen.

»Franciszek, was hast du? Du bist doch nicht umsonst gekommen!«

»Nein, das bin ich nicht. Lass uns in Ruhe und kümmere dich um deine Angelegenheiten. Ich will nicht, dass du meiner Familie, ja sogar dem ganzen Dorf, zu nahekommst!«

Die unerwartete Lautstärke verfehlte ihre Wirkung nicht. Wie eine Schlange sprang sie auf, und ihr Auftreten veränderte sich schlagartig. Sie streckte ihre Hand nach seiner Brust aus, aber nichts geschah.

»Was versuchst du? Irgendeines deiner unheimlichen Spielchen?«
Er musste lachen.

»Nicht bei mir, Janucka, nicht bei mir.«
Für Sekunden standen sie sich gegenüber. Franciszek blickte ihr in

die Augen. Die Zeit fror ein, aber es geschah für eine unglaublich lange Zeit nichts.

Plötzlich hatte er für einen winzigen Augenblick Bilder im Kopf, einen Milchbottich, in dem ein Holzspan schwamm.

Ein kleines Mädchen, welches im Sand stand und Krähen aufscheuchte, und drei Rosen.

Plötzlich starrten ihn aus Januckas Kopf verständnislos die Augen einer Krähe an. Franciszek fuhr zurück. Auch Janucka erschreckte sich. Der Kontakt brach ab, die Krähe verschwand und Janucka sah ihn verwirrt an.

»Was war das eben?« Sie wischte sich über die Augen, als müsste sie einen schlechten Traum tilgen.

»Nichts ist gewesen. Wie gesagt, bleib uns fern, mehr wollen wir nicht von dir.«

Franciszek ging zur Tür, jetzt würde er Janucka einen Schatten geben. Er wusste, dass er die Macht hatte, sie auf der Stelle zu töten, aber das brachte er nicht fertig. Es gab eine Zeit, da hatte er sie geliebt und vergöttert und er spürte sehr wohl, dass in ihm noch immer ein gewisses Verlangen schlummerte, wenn er an ihren, weiß Gott, wohlgeformten Körper dachte. Er blieb stehen, wortlos standen sie sich gegenüber, sahen sich in die Augen, und sie spürten plötzlich, dass alles vorbei zu sein schien, aus Liebe wurde Hass.

»Verschwinde von meinem Grund und Boden!«, sprach sie leise und bedrohlich. Er musterte sie, als sie dastand, die Hände in die Hüfte gespannt, immer noch hingen die Schnüre ihrer Korsage lose herab. Nur jegliche frauliche Wärme und Liebe hatte sich aufgelöst.

»Der Teufel trägt meist die schönste Maske, Janucka.«

»Vielleicht bist du ja selbst ein Teufel, Friedhofsjunge!«

»Ja, vielleicht bin ich das.« Jetzt sah Franciszek auf ihren Schatten und langsam kroch dieser aus dem Boden. Seltsamerweise waren es aber keine Hände, die sich da aus der Erde drückten. Es sah gerade so aus wie die Flügel eines Vogels, dann verschmolz das Ganze zum Schatten der Dunkelheit. Er hatte ihr einen verhältnismäßig langen Schatten gegeben.

Plötzlich fing Janucka an zu schreien, sie sah an sich herab, als wäre es ihr möglich, diesen Schatten selbst zu erkennen. Sie tobte und brüllte mit seltsamer Stimme. Ihre willigen Knechte liefen herbei, um zu sehen, welches Leid ihrer Herrin widerfuhr. Schnell sprang Franciszek auf seinen Wagen und peitschte das Pferd, um den Hof zu verlassen.

Janucka gab ihren Leuten ein Zeichen, das Tor zu schließen, und Franciszek hätte es nicht schaffen können. Aber plötzlich flogen die Torflügel beiseite. Die Knechte, welche gerade versuchten, einen Riegel vorzulegen, wurden seitwärts geschleudert. Rikolow stand wie ein Baum im Weg und keiner der Knechte wagte sich noch in seine Nähe.

Janucka tobte herum, aber es nützte ihr nichts. Das Gespann verließ unbeschadet ihren Hof. Der Friedhofsgärtner stieg mit auf den Bock und blickte zurück.

»Ich gehe davon aus, dass dieses Weib verstanden hat, was du von ihr wolltest?« Lachend schlug er sich auf die Schenkel und Franciszek stimmte mit ein. Wobei ihm eigentlich nicht zum Lachen war. Obwohl er nun endlich seine Aufgabe erfüllt hatte, stellte sich kein positives Gefühl bei ihm ein.

Am Grab der dicken Koschwitz wurde er schon erwartet, der Seelenfresser wusste bereits, was für einen Schatten Janucka erhalten hatte.

»Na, Josef, hast du es nicht übers Herz gebracht, deiner alten Gespielin den Garaus zu machen?«

Franciszek nickte.

»Ich hätte es nicht ertragen, aber das Werk ist getan, sie hat ihren Schatten.«

Er berichtete der kleinen Kreatur, was er in Januckas Augen gesehen hatte, und erzählte nun auch von seiner Beobachtung, als er dem ersten Bauern im Nachbardorf einen Schatten gegeben hatte, wie sich damals die Krähe über den Toten hergemacht und scheinbar dessen Seele gestohlen hatte. Er hatte der Sache später keine weitere Bedeutung beigemessen, erst als er in Januckas Augen die Krähe sah, erinnerte er sich daran. Eine Weile schwieg der Seelenfresser, er legte den Kopf in die Arme, als müsste er überlegen.

»Die Krähe ist also wieder aufgetaucht, kein gutes Zeichen. Ich habe lange vor dem Zusammentreffen mit deinem Vorgänger davon gehört. Eine andere böse Macht versuchte damals auch Seelen zu rauben. Die schwarzen Vögel spielten dabei eine große Rolle. Ich weiß nicht, wie die Sache damals ausging.« Grübelnd lief die kleine Kreatur auf und ab

und kam zu einer einzig möglichen Erklärung. »Dadurch, dass Janucka nun aber einen Schatten erhalten hat, wird auf Zeit der Sache ein Ende gesetzt. Aber bis dahin wird man sehen, was geschieht.«

»Du scheinst auch nicht alles zu wissen.«

»Ja, ja, ich habe auch deinen Vorgänger über die ganze Welt begleitet. Ich konnte nicht immer in dieser Gegend verweilen.«

Die kleine Kreatur lief gewichtig über seinen Grabstein.

»Vielleicht findest du etwas in den Büchern, Josef.«

Tagelang saß Franciszek nun unter der Kirche und suchte nach Hinweisen, aber keines der Bücher enthielt auch nur den geringsten Anhaltspunkt. Elisa beklagte sich leise über seine beständige Abwesenheit und Franciszek versprach, dem Abhilfe zu schaffen. Er beschloss, mit Rikolows Hilfe den Bücherkeller zu räumen und alle Werke in sein Haus zu bringen. Zuvor nahm er seiner Frau das Versprechen ab, keiner Menschenseele von dem Bücherschatz zu berichten.

Erst als Franciszek dem Friedhofsgärtner von seiner Vermutung berichtete, dass Janucka irgendetwas mit den Krähen zu schaffen hatte und er einen Hinweis in den Büchern suchte, stimmte dieser der Auslagerung der Werke zu. Nun fuhren die beiden innerhalb von zwei Nächten mit Hilfe von Karren die Bücher auf den Potoskihof. Franciszeks Mutter und die Knechte auf dem Gehöft bekamen davon nichts mit. In der letzten Nacht dieses ungewöhnlichen Umzuges saßen die beiden Männer am Grab Potoskis und beobachteten den Nebel über dem Moor.

»Franciszek, ich muss dir etwas erzählen. Ein Geheimnis, welches dein Vater mit ins Grab genommen hat. Es geht um den Tag deiner Geburt.«

Franciszek sah sich um, ob er den kleinen Seelenfresser entdecken konnte, dabei kam ihm seine Fähigkeit im Dunkeln zu sehen sehr zugute. Seitlich von Potoskis Grab stand er, frech grinsend, in der Dunkelheit an einen alten Grabstein gelehnt. Rikolow konnte die kleine Kreatur nicht sehen. Bevor er zu sprechen anfing, stopfte er sich sein Rauchwerkzeug und Franciszek schmunzelte über die alte, wohlbekannte Pfeife. Rikolow berichtete über alles, was er von Franciszeks Vater wusste. Die Geburt der Kinder, die seltsame Teilung der Kerzen, das Kosschwitzgrab und alle Dinge, die mit den beiden Kindern im Zusammenhang stehen könnten.

Nachdem er geendet hatte, widmete sich der Gräbermacher seiner Pfeife, aber aus dem Augenwinkel beobachtete er den jungen Mann. Am liebsten hätte er Potoskis Sohn in die Arme genommen, denn in ihm kamen nun auch alle Erinnerungen an den Vater hoch. Aber es gelang dem Friedhofsgärtner seine Gefühle zu verbergen, gerade so wie er es auch mit Potoski gehalten hatte.

Zum ersten Mal empfand Franciszek so etwas wie Verlust, wenn er an seinen Vater dachte. Er hatte ihn eigentlich nicht richtig gekannt. Fragmente aus seiner Kindheit kamen ihm ins Bewusstsein und auch dort schob sich Janucka permanent dazwischen. Ihm wurde nun klar, was für einen Kampf sein Vater geführt hatte, um ihn zu schützen. Jetzt kamen ihm auch Zweifel am Tod seines Vaters. Konnte das wirklich ein Missgeschick gewesen sein? Aber Rikolow wusste darauf keine Antwort. Sicherlich hatte er tagelang darüber nachgedacht, aber wie er die Sache auch drehte, er fand keine andere Erklärung dafür. Schuld trug das heißblütige Pferd und Potoskis Leichtsinn, sich so fest an das Tier zu binden. Eigentlich hätte sich der erfahrene Bauer der Gefahr bewusst sein müssen.

Bei längerem Nachdenken fiel ihm nur eine Sache auf. Alles begann mit dem Tod der dicken Koschwitz. Die Bäuerin verstarb eigentlich recht unerwartet, nichts an ihr hatte darauf hingewiesen, dass es gesundheitlich schlecht um sie stand. Rikolow hatte in den Jahren zuvor nur Bauern begraben, welche ihrem hohen Alter entsprechend einen natürlichen Weg auf den Gottesacker fanden. Abgesehen von denen, welchen der Alkohol das Ende brachte. Aber keiner dieser Fälle hatte etwas Unnatürliches an sich.

Es begann mit dem Tod der dicken Koschwitz. Irgendetwas musste mit dem Ableben der Bäuerin nicht stimmen.

Franciszeks Schlussfolgerung aus diesen Überlegungen führte zu einem einfachen Ergebnis. Er schlug vor, den Sarg auszugraben und den Leichnam zu untersuchen. Rikolow stimmte diesem Entschluss zu, er hatte damit kein Problem und musste schmunzelnd daran denken, wie wohl Potoski auf diesen Vorschlag reagiert hätte.

In der darauffolgenden Nacht machten sich die beiden Männer ans Werk. Rikolow überzeugte sich, dass der Pfarrer dem Messwein reichlich zugesprochen hatte und somit nicht die Gefahr bestand, erwischt zu werden. Von den Bauern würde sich keiner in der Nacht auf den Friedhof wagen.

Schwer legte sich der Nebel über den Friedhof, fast konnte man den Eindruck gewinnen, er wollte den Männer den Zugang zum Grab verweigern. Tatsächlich stand der Nebel unter der Friedhofseiche am dichtesten. Diesmal brauchte sich der Seelenfresser nicht zu verstecken, grinsend saß er auf dem Stein und beobachtete die Männer. Nur als Rikolow seine Mütze über die kleine Kreatur stülpte, um diese wie einen Hutständer zu benutzen, wurde dieser ungehalten.

»Josef, die Mütze, ich sehe nichts!«, brummelte es vom Stein, wie zufällig legte dieser die Kopfbedeckung zusammen mit seiner Jacke auf die Bank. Hinter dem Rücken Rikolows verbeugte sich die kleine Kreatur überschwänglich und zeigte dann in die Luft. Franciszek folgte diesem Hinweis und sah zu seinem Erstaunen eine große Krähe über ihren Köpfen kreisen.

»Rikolow, wir werden beobachtet.«

»Ich weiß...« Er antwortete, ohne den Kopf zu heben.

Jetzt sah Franciszek, wie sich im Nebel Krähen in gebührendem Abstand um sie versammelten. Einer der Vögel schwang sich auf den Grabstein der dicken Koschwitz und setzte sich neben den kleinen Engel.

Sicherlich in dem Glauben, dort einen sehr guten Beobachtungsposten zu haben. In einem unbeobachteten Augenblick, als Rikolow dem Grabstein den Rücken zuwandte, sprang der kleine

Seelenfresser auf und drehte mit einer schnellen Bewegung der überraschten Krähe den Hals um. Der Vogel fiel hinter den Stein und die Kreatur erstarrte in seiner ursprünglichen Stellung. Sofort erhoben die restlichen Krähen ein schreckliches Geschrei, einer der Vögel stürzte sich im schnellen Fluge auf den Seelenfresser, aber sein aufschlagender Schnabel zersplitterte an dem Stein und er brach sich gleichfalls das Genick. Rikolow stieg erstaunt aus der Grube und betrachtete den toten Vogel. Dann strich er wohlwollend über den Kopf des Engels.

»Gut gemacht, du kleiner Teufel.«
Franciszek konnte nur schwer ein Lachen unterdrücken. Der Seelenfresser verzog keine Miene.

»Wie kommst du darauf, dass die Grabfigur ein Teufel ist?«
Jetzt unterbrach Rikolow sein Graben, zumal sie schon auf den Eichensarg gestoßen waren. Wieder einmal wurde erst die Pfeife mit Tabak versorgt.

»Ach, weißt du, auf den alten Steinen unten am Sumpf ist einer dabei, da lehnt sich ein kleiner Teufel mit einem Engelsgesicht gegen den Grabstein. Er hat kleine Hörner und einen kecken Schwanz, welcher das ganze Monument umschließt.«

Zur Bekräftigung seiner Worte stieß er leicht mit dem Mundstück gegen den Stein der dicken Koschwitz.

»Seitdem sind diese kleinen Figuren Teufelchen für mich, kleine gute Geister, die meinen Friedhof bewachen und mich vor dem Unheil bewahren. Zumindest könnte ich das glauben, seit dem Janucka versucht hat, mich in ihren unheimlichen Bann zu ziehen.«
Er blies einen Schwall Rauch gegen den Engel.
»Irgendetwas hat mich in dieser Nacht vor Unheil bewahrt, und ich wünschte mir, dass es einer dieser kleinen Teufel gewesen ist.« Nun stieg Rikolow wieder in die Grube und begann, den Sarg frei zu legen. Franciszek brauchte den kleinen Seelenfresser gar nicht anzusehen, um zu wissen, wie dieser jetzt grinste.

Nun machten sich die Männer an der Eichenkiste zu schaffen. Mühevoll zogen sie den Sarg aus der Grube. Sofort füllte sich das Grab mit dichtem Nebel. Offensichtlich versetzte das Erscheinen des

Sarges die Krähen in Aufruhr. Mit fürchterlichem Gekrächz begannen sie, Scheinangriffe gegen die Männer zu fliegen. Ihre Bahnen wurden immer enger, bis es den beiden Männern gelang mit ihren Schaufeln und der Hilfe des Nebels, einige der Tiere im Flug zu erschlagen. Jetzt hielten sie wieder gebührend Abstand, aber weithin konnte man ihr Klagen über den Friedhof hören.

Rikolow öffnete den Sarg. Zuerst konnte er nichts Ungewöhnliches entdecken. Das Skelett lag noch so, wie er es gebettet hatte. Seine heimliche Angst, eine Lebende bestattet zu haben, wurde glücklicherweise nicht bestätigt. Franciszek begann, die Knochen genauer zu untersuchen, nach einer ganzen Weile wandte er sich an Rikolow.

»Wusste jemand, dass die Frau ein Kind unter ihrem Herzen getragen hatte?« Erschrocken beugte sich Rikolow über die Kiste. Franciszek zeigte auf einen kleinen, unscheinbaren Haufen feinster Skelettknochen. Für einen Augenblick zögerte der Friedhofsgärtner. Franciszek sah, wie sich der Nacken des starken Mannes rot färbte.

»Liegen die Knochen...« Er zögerte. »...nicht etwas zu weit unten?«
»Sehr richtig, Rikolow, eigentlich müssten diese ungefähr in der Höhe des Beckens liegen.«

Schaudernd erhob sich der Gräbermacher und zum ersten Mal sah Franciszek, wie dieser mächtige Mann zitterte.
»Ich habe ein lebendiges Wesen, ein Kind, unter die Erde gebracht.« Er ging einige Schritte zurück und stolperte über die ausgeworfene Erde.

»Oh mein Gott«, brachte er hervor, bevor er sich wieder aufrappelte. Franciszek brauchte dem Gräbermacher nichts zu erklären, es lag vollkommen klar auf der Hand. Die unglückliche Kinderseele hatte

sich erst im Grab aus dem Körper seiner Mutter befreit. Aber unter der Erde gab es keine Hoffnung. Franciszek strich ihm über die Schulter.
»Das konnte kein Mensch wissen, wenn diese Frau tatsächlich so korpulent gewesen ist, wie du sagst, wusste nur sie selbst davon.«

»Aber sie musste doch kurz vor der Geburt gestanden haben«, sagte

Rikolow und stopfte noch mit zitternder Hand sein Rauchwerkzeug nach. Auf jeden Fall fühlten sich beide bestätigt, dass es keine normalen Umstände gewesen waren, welche zu diesem Tod geführt hatten.

Franciszek beschloss, am nächsten Morgen die alte Kräuterfrau am Waldrand aufzusuchen. Wenn die Bäuerin schwanger gewesen war, musste sie es mit Bestimmtheit wissen. Erst jetzt bemerkten sie, dass die Krähen den Friedhof verlassen hatten. Nur in der Ferne hörten sie noch das Lamentieren der Vögel. Sie mussten auf die kleine Insel im Sumpf geflogen sein.

Rikolow ging zu einem Seitengebäude der Kirche und holte einen kleinen Kindersarg. Franciszek nahm die Säuglingsknochen und legte diese in die kleine Kiste. So lag nun der kleine Sarg in der Totenkiste der Mutter. Nachdem sie die Grube wieder geschlossen hatten, geschah für einen kurzen Moment etwas Seltsames. Die Erde auf dem Grabhügel schien sich für Sekunden zu bewegen und die seltsamen Zeichen aus ihrer Kinderzeit bedeckten für kurze Zeit die Grabstätte.

»Was hat das zu bedeuten?«

Franciszek wusste keine Antwort.

»Auf jeden Fall ist die Sache noch nicht vorbei.«

Rikolow trat einen Schritt zurück.

»Als würde der Grabhügel die kleine Seele des Kindes beschützen«, flüsterte er und sah dabei auf die kleine Steinfigur.

Am nächsten Morgen ging Franciszek zum Haus der Kräuterfrau. Als auf sein Klopfen nicht geöffnet wurde, ging er um das Haus herum.

Aber auch im kleinen angrenzenden Garten fand er die Kapschuthke nicht.

Nur die Ziege im Stall jammerte erbärmlich.

Das Tier schien schon seit Tagen nicht versorgt worden zu sein.

Nachdem er das Geschöpf aus dem Stall gelassen hatte, stürzte sich die Ziege auf einen Wasserbottich.

Über die Hintertür betrat er das Haus, sofort fiel ihm der stechende Geruch auf. Er brauchte nicht lange zu suchen, in der Stube lag der Leichnam der alten Frau. Obwohl ihn der Geruch abstieß, drehte er die Alte auf den Rücken. Noch nie hatte Franciszek einen Menschen gesehen, dessen Gesichtszüge eine derartige Friedfertigkeit zeigten. Ein freundliches Lächeln umspielte ihre eingefallenen Lippen. Für einen Augenblick sah er sich noch in der Stube um, aber es gab keinen Hinweis darauf, was sich hier abgespielt haben könnte. Es sah so aus, als wäre die Kräuterfrau auf Grund ihres hohen Alters friedvoll aus dem Leben geschieden. Franciszek wusste nicht, wie lang der zweite Schatten der Frau gewesen war. Sie hatte ihn noch von seinem Vorgänger erhalten.

Enttäuscht, keine Antworten zu bekommen, verließ er das Haus.

Es wurde eine einsame Bestattung. Nur der Pfarrer, Rikolow, Elisa und Franciszek begleiteten die alte Kräuterfrau auf ihrem letzten Weg. Ohne, dass auch nur eine Menschenseele etwas hätte sagen müssen, übernahm Elisa auf gewisse Weise die hilfreiche Stellung der alten Frau im Dorf. In ihrer unermesslichen Liebe und Güte füllte sie diese entstandene Lücke in der Gemeinde aus, wobei keiner der Bauern auf die Idee gekommen wäre, sie heimlich als Hexe zu bezeichnen. Sicherlich stand diese ureigene Angst fest im Zusammenhang damit, dass das Haus der Kräuterfrau am Rand des Waldes stand.

Nach einem halben Jahr hatte Franciszek noch immer keinen Hinweis in den Büchern gefunden. Die Krähen tauchten nirgendwo auf.

Es rückte die Zeit heran, wo sich die beiden Dörfer zu einem gemeinsamen Fest nach der Ernte trafen, so wie es schon seit Generationen gehalten wurde. Zu diesem Zweck erschien der Pfarrer aus dem Nachbardorf in der Kirche. Er selbst hatte in seiner Gemeinde nur eine kleine Kapelle. Zudem äußerte er sich besorgt über das Verhalten der Bauern in seiner Gemeinde, diese blieben in der letzten Zeit häufiger dem Hause Gottes fern. Nicht, dass er es auf die Anwesenheit Januckas im Dorfe zurückführen würde, aber ein heimlicher Zweifel nagte in ihm.

Die beiden Pastoren mussten, wie jedes Jahr, einige Daten in ihren Gemeinderegistern abgleichen. Nun übertrugen die beiden Geistlichen diese Arbeit Franciszek, der inzwischen schon fast die gesamte

Schreibarbeit des Dorfes übernommen hatte. Zum ersten Mal hielt er das alte Register der Gemeinde in der Hand. Anfangs verfolgte er mit wenig Interesse die Übertragung der Personendaten in die Bücher. Gelangweilt durchblätterte er das alte Buch. Die Eintragungen gingen bis ins 15. Jahrhundert zurück. Langsam begann ihn das Buch zu beschäftigen. Er begann, die alten Schilderungen zu studieren. Auf der ersten Seite fand er eine seltsame Anmerkung.

»Sie sind nicht wieder erschienen, dankt Gott, unserem Herrn.«
Geschrieben hatte diese Worte, wie es schien, ein Mönch: Christian von Stachywo. Franciszek durchblätterte die nächsten Seiten. Alle folgenden Einträge hatte dieser Mönch getätigt, wie er unschwer an der Schrift erkennen konnte. Fünf Jahre später änderte sich die Schrift und Franciszek fand den Eintrag über den Tod des Schreibers. Demnach verstarb der Mönch im hohen Alter, ohne dass irgendwelche Absonderlichkeiten dazu vermerkt wurden. Das einzig Ungewöhnliche war, dass der neue Schreiber hinter dem Namen des verstorbenen Mönches drei Kreuze gemalt hatte. Vermutlich mussten sich die beiden Schreiber gekannt haben, denn Christian von Stachywo hatte die Aufzeichnungen in den Büchern schon ein Jahr vor seinem Tod eingestellt. Von da an tauchte nur noch die Schrift seines Nachfolgers auf. Franciszek überlegte. Es musste noch weitere Dokumente geben.

Nach langer Suche fand er in einer verstaubten Stelle der Sakristei ein altes Buch. Es waren die gesuchten Unterlagen, Christian von Stachywo stand als letzter Verfasser im Deckel. Das Dokument reichte weit in der Zeit zurück, wenn auch die alten Teile nicht mehr lesbar waren, so konnte Franciszek zumindest das ungefähre Jahr des ersten Eintrages ermitteln. Es musste am Anfang des 14. Jahrhunderts gewesen sein. Leider befanden sich die Seiten in einem sehr schlechten Zustand.

Die Zeit hatte seinen Tribut gefordert. Franciszek beschäftigte sich nun mit den letzten Eintragungen des Mönches in diesem alten Dokument.

Er fand eine Stelle, an der auffallend viele Menschen in kurzer Zeit verstorben waren, keine der Todesursachen lieferte einen Hinweis auf etwaige unnatürliche Dinge, die ihm weiterhelfen würden. Aber dieser Abschnitt endete bald, dann kam ein Eintrag, dass der Mönch eine große Summe für eine Baumaßnahme in der Kirche ausgegeben hatte.

Unterhalb dieses Vermerks hatte der Schreiber eine Skizze hinterlassen.

Leider konnte Franciszek nur noch einen Bruchteil erkennen. Es sah aus wie ein Muster in einer Wand und irgendwie hatte er das Gefühl, so etwas schon einmal gesehen zu haben.

Er suchte weiter und fand am Anfang zwei Einträge, die eindeutiger nicht sein konnten.

»Große Krähen haben eine Herde Vieh in den Fluss getrieben.« Ein paar Wochen später stand zu lesen: »Die schwarzen Vögel haben sich an einem Sarg vergangen, dieser musste neu unter...« Den Rest konnte er nicht mehr erkennen.

Trotz aller Suche fand er keinen verwertbaren Hinweis mehr. Aber der Beweis schien erbracht: Es gab schon vor langer Zeit Schwierigkeiten mit diesen Tieren und wahrscheinlich mit anderen unerklärbaren Vorfällen, die aber der Schreiber aus vorsichtigem Grunde nicht vermerkt hatte.

Franciszek ging davon aus, dass der Mönch, Christian von Stachywo, schlau genug gewesen war, sich nicht selbst mit seinen Aufzeichnungen in Gefahr zu bringen. Schnell wurden derartige Überlegungen mit dem Teufel in Verbindung gebracht. Das hätte für den Schreiber sicherlich weit unangenehmere Folgen gehabt.

Je länger er darüber nachdachte, umso sicherer wurde Franciszek, dass der Verfasser einen Weg gefunden haben musste, die Information weiterzugeben.

Das waren auch die letzten Aufzeichnungen in dem alten Dokument, danach hatte der Mönch die neue Chronik angefangen, in die auch Franciszek letztlich seine Eintragungen vornahm.

Später unterrichtete er Rikolow von dem Ergebnis seiner Nachforschungen. Der Gräbermacher hörte aufmerksam zu, stopfte seine Pfeife und schwieg. Nach dem Franciszek mit seinem Bericht fertig war, stand Rikolow auf und lief ein Stück auf den Friedhof, als würde er etwas suchen. Dann kam er zurück und forderte ihn auf mitzukommen. Sie liefen ein Stück den Friedhof hinab in Richtung

Sumpf, als Rikolow ihn seitlich durch eine kleine Pforte an der Nordseite des Friedhofes führte. Franciszek war vollkommen überrascht. Er kannte den Friedhof seit seiner Kindheit, aber dieses kleine Tor war ihm nie aufgefallen. Noch überraschter war er, als er dahinter ein kleines, mit Dornenbüschen abgegrenztes Areal betrat. Jetzt blieb Rikolow stehen.

»Der Name des Mönches, ich musste eine Weile nachdenken, dann ist er mir wieder eingefallen.«

Er zeigte auf einen Haufen alter überwucherter Steine.

»Dort, auf einem der Steine muss dieser Namen stehen, ich bin mir sicher.«

Jetzt berichtete er, wie er darauf gekommen war.

Vor vielen Jahren musste er den Zaun an dieser Stelle reparieren und fand das alte Tor. Als er den Pfarrer danach fragte, erfuhr er, dass sich dieser Bereich nicht mehr auf kirchlichem Boden befand, aber noch zum Friedhof gehörte. Dort wurden früher die Leichen von Ungläubigen, Mördern und Selbstmördern verscharrt. Diese durften auf geweihtem Boden nicht begraben werden. Aber dieser Bereich wurde schon lange nicht mehr gebraucht und Rikolow sollte nur für etwas Ordnung darauf sorgen. Der Gräbermacher stapelte daraufhin die gefundenen Steine auf einem Haufen und konnte auf einigen sogar noch Schriftzeichen erkennen, arabische Buchstaben und Latein. Unter diesen Bruchstücken fand sich auch ein Stein mit dem Namen Christian von Stachywo.

Es dauerte nicht lange und die beiden Männer fanden den Stein. Es war kein sehr großer Grabstein und sollte vermutlich ein Kreuz darstellen, aber die Ecken waren allesamt abgebrochen. Nur der mittlere Teil war zu erkennen und den Namen konnte man geradeso entziffern.

»Warum liegt er hier? Er war doch ein Mann der Kirche.«

Franciszek wusste keine Antwort darauf, aber er würde versuchen, in den Unterlagen und Schriftstücken aus dieser Zeit etwas herauszufinden. Den Pfarrer wollte er wegen der Angelegenheit nicht zu Rate ziehen, er wollte nicht, dass dieser mitbekam, wie ambitioniert er die Kirchenunterlagen durchforschte.

Es vergingen fast zwei Wochen, bis er in einigen Briefen des damaligen Pfarrers an den Bischof endlich eine Antwort fand. Christian von Stachywo war in Ungnade verfallen, da er versucht hatte, ohne die Zustimmung seines Pfarrers und des zuständigen Bischofs Kontakt zum Heiligen Vater in Rom aufzunehmen, und dort um Hilfe gebeten hatte. Aber einer der Kardinäle in Rom hatte den Brief abgefangen und den Bischof darüber informiert, da der Mönch in seinem Schreiben Dinge andeutete, die diesen Kardinal zu einer Untersuchung wegen Ketzerei ermunterten. Franciszek konnte dann nur vermuten, was diese Anschuldigung ausgelöst haben musste. Aus einem abschließenden Schreiben des Bischofs an den Pfarrer der Gemeinde ging hervor, dass es der Bischof sehr begrüßte, dass der abtrünnige Mönch nach einer einjährigen Haft verstorben war. Somit wurde die Angelegenheit als erledigt betrachtet und die sterblichen Überreste Christian von Stachywos in ungeweihter Erde verscharrt.

Somit hatte sich das Schicksal des Mönches aufgeklärt. Rikolow nahm daraufhin die Überreste des Grabsteins und stellte ihn auf den Friedhof, nahe der Stelle, wo auch Potoski beerdigt war. Den Pfarrer unterrichteten sie nicht davon.

Am Morgen des großen Dorffestes stellten die Bauern mit Erstaunen fest, dass kein Bewohner aus dem Nachbardorf seinen Stand in der Früh auf dem Festplatz aufgebaut hatte. Etwas irritiert begannen sie, ihre kleinen Läden zu errichten. Sicherlich blieb es keinem der Bauern verborgen, dass der Kontakt zwischen den beiden Gemeinden stark nachgelassen hatte. Aber das konnte kein Grund sein, dem wichtigsten Ereignis des Jahres fernzubleiben.

Plötzlich hörten sie den Lärm von vielen Gespannen und Menschen. Über den Hügel schob sich eine Kolonne von Bauern und ihren Wagen.

Die Bauern aus dem Nachbardorf kamen alle gemeinsam, angeführt von Januckas Zweispänner mit den schwarzen Rappen. Sie lotste laut pfeifend junge Pferde zum Verkauf mit sich. Erst als der Zug den Platz erreichte, löste sich die Kolonne auf und Stände wurden eröffnet. Alles schien nun so zu sein wie in den Jahren zuvor. Franciszek konnte am Verhalten Rikolows sehen, dass dieser sehr wohl bemerkte, welche Stimmung über dem Platz lag. Janucka gebärdete sich wie eine Furie, sie beschimpfte ihre Knechtschaft und trieb zum Verkauf der Pferde an. Aber die Bauern blieben ihrer Koppel fern. Rikolow beobachtete allerorts, wie die Bauern heimlich tuschelten, auf irgendeine Weise hatten sich die Menschen aus dem Nachbardorf verändert. Selbst die Frauen und Kinder schienen einen gewissen Abstand zu wahren. Es wurden so gut wie keine Erzeugnisse aus dem anderen Dorf gekauft.

Erst als Franciszeks Frau Elisa zur Mittagszeit auf dem Platz auftauchte und durch die Reihen schritt, schien überall ein seltsamer Bann von den Menschen zu fallen. Sie begannen zu scherzen und sich freundlich zu unterhalten. Die ersten Geschäfte wurden abgeschlossen. Rikolow beobachtete Janucka die ganze Zeit, die auf ihrem Gespann hockte und alles überwachte. Mit hasserfülltem Blick verfolgte sie Elisa, wie diese wie ein friedlicher Engel durch die Menge ging. Selbst ihre eigenen Knechte verloren ihre finsteren Mienen, wenn Elisa in ihre Nähe kam.

Trotz dieser plötzlichen Friedfertigkeit kam keiner der Bauern zu Januckas Pferden.

Der Sohn der verstorbenen Koschwitz hatte gleichfalls eine Koppel für Pferde aufgebaut und bei ihm versammelten sich die Bauern und begannen, um verschiedene Tiere zu feilschen.

Schon seit geraumer Zeit bestand ein Konkurrenzkampf zwischen Janucka und ihm.

Der Koschwitzsohn besaß umfangreiche Landstücke, die er teilweise verpachtet hatte. Janucka hingegen nannte zwei Höfe und das dazugehörige Land ihr Eigen. Man konnte getrost den Besitz ihres Mannes mit dazu rechnen, denn seit der Hochzeit herrschte sie auf diesem Hof. Der Koschwitzsohn störte sich nicht an diesem Umstand, selbst wenn Janucka nun die reichste Bäuerin im Umkreis darstellte, kam er mit seinem Besitz gut zurecht.

Er konnte nicht erahnen, dass Janucka sehr wohl versucht hatte, seinen Lebensbaum zu verändern, aber aus irgendeinem Grund gelang es ihr nicht. Die Zeichen glitten bei jedem Versuch in ihre ursprüngliche Position zurück. Inzwischen glaubte Janucka, dass dieser Schutz etwas mit der verstorbenen Mutter zu tun haben musste, und daran konnte sie nichts ändern.

Franciszek wanderte über den Festplatz und achtete auf die Schatten der Bauern. Viele von ihnen besaßen noch keinen zweiten Schatten. Ergab sich die Gelegenheit, einem Bauern in die Augen zu sehen, nutzte er diese. Im Laufe des Vormittags erlangte er eine gewisse Routine.

Der Lebenslauf der meisten Bauern hatte keine besonderen Merkmale aufzuweisen. Was sollte auch in dieser Gegend Besonderes geschehen? Viele Lebensläufe ähnelten sich unglaublich. Er fand nur zwei Bauern, die etwas mehr im Leben hinter sich gebracht hatten. Beide dienten lange Zeit im Heer des Zaren und Franciszek durchlebte einige Grausamkeiten des Krieges, diesmal beurteilte er die Seelen der Bauern nach deren gesamtem bisherigen Leben. Beide erhielten einen Schatten, der ihnen noch einige Jahre Leben bescherte. Franciszek empfand nichts dabei. Dabei behielt er Janucka im Auge, um gegebenenfalls eingreifen zu können, wenn irgendetwas Unerwartetes geschehen würde.

Plötzlich stand Elisa am Pferdegatter von Janucka und streckte die Hand nach einem der jungen Gäule aus. Vielleicht stellte das eine Geste der Versöhnung dar oder die wirklich schönen Tiere hatten sie angelockt, niemand wusste das später zu sagen. Als aber Janucka ihre Feindin bei den Pferden bemerkte, verlor sie ihre mühevoll gehaltene Kontrolle.

Wild schlug sie mit der Peitsche nach dem Tier, erschrocken scheute das Pferd und schlug mit dem Körper gegen einen Begrenzungspfahl hinter dem Elisa stand. Die anderen Tiere, alarmiert von der Panik des Pferdes, begannen im Gatter herumzurennen.

Panik breitete sich aus.

Nun kamen mehrere Bauern hinzu und versuchten, die kleine Herde zu beruhigen, aber Janucka schlug in ihrer blinden Wut brutal nach den Pferden. Gerade holte sie wieder zu einem erbarmungslosen Schlag aus, als ihre Hand von einer gewaltigen Kraft zurückgehalten wurde.

174

Rikolow sprang mit einem mächtigen Satz auf das Gespann und presste sie in den Sitz.

»Du böses Weib, ich habe dir schon einmal gesagt: Lass die Tiere in Ruhe!«

Mit einem kurzen Ruck entriss er ihr die Peitsche.

»Runter von meinem Bock, du Kreatur! Das sind meine Pferde, damit kann ich machen, was ich will.«

Obwohl der feste Griff Rikolows sie schmerzhaft festhielt, sprühten ihre Augen unbändigen Hass. Jetzt versuchte sie, Rikolow in die Hand zu beißen. Dieser aber wehrte den Angriff ab und schleuderte sie vom Gespann hinunter in den Sand. Janucka rappelte sich auf und wollte sich nun ihrerseits auf ihren Widersacher stürzen, aber ein gezielter Schlag mit der Peitsche stoppte sie abrupt. Zu ihrem Verdruss hörte der Friedhofsgärtner nicht auf damit. Er sprang vom Kutschbock und zog noch ein paar Mal die Peitsche über Janucka. Alle Anwesenden standen wortlos im großen Kreis um die beiden herum. Janucka lag am Boden und Rikolow stand mit erhobener Peitsche über ihr.

»Verschwinde, zusammen mit dem Gesindel, welches sich um dich gruppiert aus unserem Dorf, oder ich prügel dich hinaus!«

Keiner wagte, ihm zu widersprechen, selbst der Pfarrer hielt sich bedeckt, froh darum, nicht selbst hinzugezogen zu werden.

Langsam erhob sich Janucka. Einer ihrer Knechte wollte ihr hilfreich zur Seite springen, aber sie stieß ihn zurück. Jetzt stand sie direkt vor Rikolow.

»Das vergesse ich dir nie!« Wieder versuchte sie, ihre Hand zu erheben, um des Friedhofsgärtners Brust zu berühren. Aber eine unbekannte Kraft hielt sie fest. Jetzt kamen Franciszek und Elisa dazu.

»Geh, Janucka, geh! Bevor ein noch weit größeres Unheil geschieht.« Leise sprach Franciszek zu ihr. »Es genügt nur ein unbedachtes Wort, und die Bauern verbrennen dich hier als Hexe im Dorf. Keiner hat es je ausgesprochen, aber glaube mir, sie denken schon lange daran.« Janucka musterte aus den Augenwinkeln die umstehenden Leute. In ihren Gesichtern konnte sie diese gefährliche Entschlossenheit erkennen. Nun begriff sie ihre tatsächliche Lage. Die Menschen hatten wahrlich Angst vor ihr, und diese Furcht konnte sich durchaus ein derartiges Ventil suchen. Man vernichtete das Unwesen, also die angebliche Hexe.

Langsam ging sie zu ihrem Zweispänner. Als sie auf dem Bock saß, rief sie ihren Knechten einige Anweisungen zu und langsam setzte sich das Gespann in Bewegung. Die Menschen bildeten eine Gasse, die zum Dorf hinauswies.

Ohne ein weiteres Wort zu verlieren, verließ sie den Festplatz. Ihre Knechte blieben zurück, sie begannen Januckas Sachen zusammenzupacken. Langsam gingen die Bauern auf Januckas Leute zu. In ihren Augen konnte man deutlich sehen, was sie vorhatten. Jetzt stellte sich Franciszek dazwischen.

»Lasst die Leute in Ruhe! Wenn sie ihrer Herrin folgen wollen, lasst sie ziehen!«

Nun erschien auch wieder der Geistliche der Gemeinde und forderte die Leute auf, Frieden zu bewahren. Murrend ließen die aufgebrachten Bauern die Knechte ziehen.

Kaum waren die Knechte Januckas aus dem Dorf verschwunden, fingen auch die restlichen Leute aus dem Nachbardorf wortlos an, ihre Sachen zusammenzuräumen.

Rikolow stieß Franciszek in die Seite und zeigte zum Himmel. Dort geschah jetzt Sonderbares. Über dem Moor hatten sich unzählige Krähen versammelt und fingen an, über der kleinen Insel ihre Kreise zu ziehen. Dabei stiegen die Vögel immer höher.

Jetzt wurden auch die anderen Bauern darauf aufmerksam. Alle standen stumm auf dem Platz und sahen zum Himmel. Nach einiger Zeit hatten sich offensichtlich alle Krähen versammelt, jetzt setzte sich der ganze Schwarm in Bewegung und flog in großer Höhe Richtung Nachbardorf. Leise konnte man am Himmel das Geschrei der Vögel hören. Eine unheimliche Atmosphäre legte sich über den Platz. Alle hatten das Gefühl, als wären diese Tiere die Vorboten eines herannahenden Unheils. Mit dem Auszug der Bauern aus dem Nachbardorf endete der Markt abrupt.

»Das konnte man nicht gerade als ein gelungenes Fest bezeichnen«, meinte Franciszek und sah den davonziehenden Bauern nach.

»Das macht mir weniger Sorgen, Junge. Aber die Geschichte mit

Janucka ...« Rikolow schüttelte bedenklich den Kopf. »...gefällt mir nicht. Sie ist mit dem Vorsatz gekommen, hier Ärger zu provozieren.«

»Und nicht nur das.« Franciszek zeigte auf die abziehenden Bauern. »Hier wurde heute der Grundstein für eine größere Auseinandersetzung gelegt.«

In dieser Nacht kontrollierten die Bauern mehrmals ihre Höfe und verschlossen alle Türen sorgfältig. Kein Mensch ließ sich in der Dunkelheit blicken.

Die Menschen hatten Angst, zumindest das hatte Janucka erreicht. Am nächsten Morgen kam ein Reiter aus dem Nachbardorf zum Koschwitzhof. Es dauerte nicht lange und ein Bote ging zum Kazimierzhof.

Am Nachmittag setzte sich eine Wagenkolonne über den Hügel in Bewegung. Janucka hatte ihren väterlichen Hof verkauft. Die Bauern spekulierten, um welche Summe es gegangen sein könnte, aber der Koschwitzsohn verlor kein Wort über die Angelegenheit. Nur am Sonntag hinterlegte er eine größere Summe in die Kollekte der Kirche, somit schien klar zu sein, dass der Bauer ein gutes Geschäft gemacht hatte.

Nach dieser Übernahme brach der Kontakt zwischen den beiden Dörfern völlig ab. Die Kinder aus dem Nachbardorf kamen nicht mehr in die Schule des Pfarrers. Selbst die Dorfjugend unterhielt keine Verbindungen untereinander. Janucka schien das gesamte andere Dorf zu beherrschen. Der Pfarrer bemühte sich nach allen Kräften, den Bauern Mut und Zuversicht auszusprechen, aber eine gewaltige Mauer des Schweigens breitete sich aus.

Vier Wochen gab es keinen Kontakt.

Dann, eines Abends, erschien auf dem Hügel, über den die Straße ins Nachbardorf führte, ein menschliches Wesen. Einige Frauen im Dorf entdeckten die Person und riefen ihre Männer. Diese bewaffneten sich mit Sensen und Äxten und standen wartend am Dorfrand. Einige Minuten stand das Individuum auf dem Hügel und schien ins Dorf zu blicken. Jetzt erkannten die Bauern an ihrer wehenden Kleidung, dass es sich um eine Frau handeln musste. Nun erschien auch Rikolow und schüttelte nur den Kopf über die Bewaffnung der Bauern.

Langsam kam die Frau die Straße herunter. Es schien, als würde sie leicht taumeln und Schwierigkeiten haben, sich auf den Beinen zu halten.

Ab und zu blieb sie stehen, um sich auszuruhen. In der aufkommenden Dämmerung konnten die Bauern sie nur schlecht erkennen. Plötzlich schrie die Frau des Chrzanowski-Bauern auf und rannte ihr entgegen.

Sie hatte ihre Tochter erkannt, welche vor Jahren einen Jungbauern aus dem Nachbardorf geheiratet hatte. Nun sahen auch die anderen, was die Mutter sofort erblickt hatte. Das arme Weibsbild sah fürchterlich aus, man konnte nur erahnen, welche Marter sie hinter sich gebracht hatte. Ihr Haar war von Blut verklebt, die linke Hand hing kraftlos am Körper herab, schien nur ein einziger roher Fleischklumpen zu sein. Noch immer tropfte Blut aus der Wunde. Das Kleid war blutgetränkt. Auch ihr Gesicht hatte Schlimmes durchgemacht, ihre Augen lagen tief in den Höhlen. Mit irrem Blick musterte sie ihre Umgebung, Blut aus ihrer zerschlagenen Nase verklebte den Mund.

Kein Ton kam über ihre Lippen, stumm, ohne irgendeine Bewegung lag sie im Arm ihrer Mutter. Als die Bauern zusammenliefen, brach sie zusammen.

Gemeinsam schaffte man sie auf den Chrzanowskihof.

Der Bauer konnte sich nicht beruhigen. Er brüllte herum und wollte nichts anderes mehr, als ins Nachbardorf zu fahren und seinen Schwiegersohn totzuschlagen. Nur schwer ließ er sich von dem Vorhaben abbringen. Als Elisa im Haus eintraf, um sich um die Verletzte zu kümmern, kehrte auf seltsame Weise Ruhe ein.

Trotz aller Bemühungen um das geschundene Mädchen sprach sie kein Wort mehr. Kein Ton kam über ihre Lippen, als Elisa ihre Wunden wusch und die geschundene Hand von Rikolow gerichtet wurde. Drei Finger mussten geschient werden, so schrecklich hatte man die junge Frau zugerichtet, sie schwieg, stumm, anklagend. Rein äußerlich machte sie einen ruhigen Eindruck, nur ihre Augen verrieten, welchen Irrsinn ihre Seele durchlebt hatte. Elisa spürte, dass Chrzanowskis Tochter nie wieder ein normales Leben führen konnte. Ein Gefühl sagte ihr, dass dieses Leben sehr kurz sein würde. Sie konnte nur ihre

Schmerzen lindern, aber aus der Dunkelheit, welche ihre Seele umschloss, konnte sie das Mädchen nicht mehr retten.

Am Abend trafen sich die Bauern in der Poststation, während Bauer Chrzanowski am Bett seiner Tochter wachte.

Die Wellen schlugen hoch in der kleinen Wirtschaft, es wurde geschrien und getobt.

Erst Rikolow brachte etwas Ruhe in die Versammlung. Es blieben nur Spekulationen darüber, was wirklich im Nachbardorf geschehen sein konnte. Es blieb letztlich nur eine Möglichkeit: Chrzanowski musste als Betroffener seinen Schwiegersohn aufsuchen und zur Rede stellen, erst dann würde man eine Entscheidung treffen können.

Einige sprachen sich dafür aus, den Bauern zu begleiten, und würde sich Rikolow dieser Untersuchung anschließen, konnte man mit Sicherheit davon ausgehen, dass sich die Widersacher einen Angriff wohlüberlegen würden. Aber der Friedhofsgärtner sprach sich dagegen aus. Es lag zu viel Provokation in der Luft, wenn die erzürnten Bauern in großer Zahl in das Nachbardorf einfallen würden. Es würde
unweigerlich zu Handgreiflichkeiten führen. Zu sehr standen alle noch unter dem Erlebten in den letzten Tagen. Rikolow schlug vor, ein paar Tage vergehen zu lassen, damit sich die Aufregung legen konnte, schließlich wusste keiner, was wirklich geschehen war. Es bestand auf jeden Fall Einigkeit darüber, dass im Nachbardorf einiges nicht mit rechten Dingen zuging. Alle wussten, dass Janucka die Quelle all dieses Ungemachs war. Sie fluchten und zechten die halbe Nacht und zogen dann in großen, sicheren Truppen nach Hause. Keiner der Bauern verließ allein die Wirtschaft, nur Rikolow ging ohne Begleitung über seinen Friedhof.

In der nächsten Nacht sprach Franciszek mit dem Seelenfresser. Erstaunlicherweise wusste dieser auch nichts über den seltsamen Abflug der Krähen. Aber er warnte Franciszek vor dem Unwesen Januckas. Inzwischen bereute er, seiner ehemaligen Gespielin keinen kurzen Schatten gegeben zu haben. Zumindest schien klar zu sein, dass Janucka mit den Krähen zusammenarbeitete und die Seelen plötzlich Verstorbener vereinnahmte. Für den kleinen Seelenfresser lag die

Vermutung nah, dass sich dadurch vielleicht ihr Lebensfaden verlängerte, obwohl Franciszek ihr einen Schatten gegeben hatte. Es musste noch eine andere Macht im Reich der Schatten geben. Fraglich blieb nur, ob das Verschwinden der Seelen Auswirkungen auf den tatsächlichen Tod haben würde. Da dieser ja die Seelen an einem unbekannten Ort neu verteilte. Franciszek stand im Dienst dieser Macht und sorgte dafür, dass die Lebenden einen zweiten Schatten bekamen, seine Belange waren nicht auf die Seelen ausgerichtet. Aber über das Zusammenspiel dieser Kräfte wusste der kleine Seelenfresser keine Auskunft zu geben. Sein Tätigkeitsfeld beschränkte sich auf die Friedhöfe und die Überwachung der verfluchten Seelen, bis diese endlich erlöst wurden. Erst an zweiter Stelle stand die Begleitung des Schattenmachers. Vom Ort der toten Seelen wusste er nichts, schließlich hatte er ein Herz aus Stein, wie er sicherlich leicht bereuend feststellte, als er mit Franciszek diese Dinge diskutierte.

Lange unterhielten sich die beiden in dieser Nacht und zum ersten Mal wurde Franciszek bewusst, wie alt diese kleine Kreatur sein musste, zeitlos, wie ein Stein. Er hatte auch das Gefühl, als würde es das kleine Wesen bedauern, so vollkommen außerhalb seiner Gefühlswelt zu stehen. So kam es, dass Franciszek mit dem Seelenfresser über etwas sprach, was er keinem Menschen je mitteilen würde.

In den letzten Wochen hatte er einen immer wiederkehrenden Albtraum. Diese Illusion verlängerte sich von Nacht zu Nacht. Jetzt erzählte er dem Seelenfresser davon. Da er nun fast jede Nacht durch diesen Traum geführt wurde.

Wenn er eingeschlafen war, hatte Franciszek das Gefühl, als würde er schon wenige Minuten später wieder erwachen. Alles kam ihm so real vor, dass er glaubte, im Schlaf zu wandeln. Er konnte sich nicht erklären, wie diese Welt in seinem Unterbewusstsein entstanden sein konnte. Niemals zuvor hatte er sich an einem solchen Ort befunden oder davon gelesen.

Es begann in einer großen unterirdischen Halle, einem langgestreckten Kuppelsaal. Zu seiner Linken befanden sich in der Wand einige große, bogenartige Durchbrüche, welche wieder in einen riesigen langgestreckten Saal führten. Überall hasteten Menschen herum.

Sie trugen Taschen und Koffer bei sich, sie kamen aus anderen großen Torbögen und verschwanden wieder darin. Einige saßen auf Bänken und schienen auf etwas zu warten. Diese Menschen trugen teilweise eine Art von Kleidung, welche er noch nicht gesehen hatte, nicht einmal in der großen Stadt. Überall hingen große Uhren an den Wänden mit Tafeln darunter, auf denen sich Schriftzüge und Zahlen in seltsamen Klappen bewegten. An den Wänden standen Glaskästen mit unwahrscheinlich großen Scheiben, dahinter saßen Menschen und unterhielten sich mit denen, die zu ihnen an den Kasten traten. Franciszek bewegte sich in seinem Traum durch diese Personen hindurch.

Wochenlang veränderte sich nichts, nur erschienen in jedem Traum andere Menschen in diesen Räumen. Aber dann führte ihn eine unsichtbare Hand mit sanftem Druck in die erste Halle zurück, dort wo sein Traum jede Nacht begann. Jetzt erkannte er zum ersten Mal zu seiner Rechten, das sich dort der Boden senkte. Die großen, schweren Fußbodenplatten bildeten ein Plateau, auf dem er sich entlang der Mauer bewegen konnte. Unterhalb dieser Erhöhung lagen viele kleinere Steine, in denen in kurzen Abständen schwere, schwarze, eckige Holzbalken lagen. Darauf wiederum ruhten zwei unendlich lange Stahlschienen.

Das Ganze sah aus wie eine unendliche Leiter, welche auf dem Boden lag. Franciszek konnte nie das Ende dieser Konstruktion erblicken, diese verlor sich in einer unendlichen Weite und Dunkelheit in der Ferne, zumal es noch mehrere dieser seltsamen Anlagen gab. In gleichmäßigen Abständen verließen diese seltsamen Gebilde die große Halle.

Jetzt begann ihn sein Traum auf eine Seite dieser Anlagen zu lenken und Franciszek lief an einer groben Backsteinwand entlang, welche diesen Eisenschienen folgte. Eines Nachts träumte er, dass auf einem dieser Eisenstränge eine gewaltige Maschine stand. Große, eiserne Räder bewegten sich langsam mit einem riesigen Pleuel auf diesen Eisenschienen. Wie ein großer Karren wurde das Gefährt dort geführt.

Es machte einen unheimlichen Lärm und Dampf zischte aus allen Ecken und Kanten. Von diesen Träumen erwachte er völlig schweißgebadet, und die Angst schnürte ihm die Kehle zu. Und immer wieder führte ihn sein Traum an dieser Wand entlang weit in die Dunkelheit, manchmal konnte er die unheimliche Maschine in der Ferne hören, und er hatte das Gefühl, als würde sich dieses Eisengefährt schnell in der Dunkelheit an ihm vorbeibewegen. Schon längst konnte er die Halle hinter sich nicht mehr erkennen, aber diese unsichtbare Macht führte ihn immer weiter. Nun führte der Weg an der Mauer zu einer Stelle, an der ein Durchbruch bestand. Jetzt schien sein Albtraum an einem Punkt angelangt zu sein, an dem es nicht weiterging.

Jedes Mal erwachte er, wenn er diesen Durchbruch erreicht hatte mit einer grässlichen Angst im Herzen. Selbst wenn er versuchte zurückzulaufen, um diesem unheimlichen Loch an der Wand zu entrinnen, gelang das nicht. Alles endete an diesem Punkt.

Nachdem Franciszek seinen Bericht beendete, musste er eine ganze Weile auf eine Reaktion des Seelenfressers warten.

»Josef, ich vermute, du sollst durch diesen Durchbruch kriechen.«

»Aber es ist ein Traum!«

»Vergiss nicht, wer du bist, was du für eine besondere Fähigkeit besitzt«, sagte die Kreatur, stand auf und lief mit verschränkten Armen grübelnd über seinen Grabstein.

»Du meinst, es ist vielleicht gar kein Traum?«

Der Seelenfresser nickte.

»Wann könnt ihr Menschen tatsächlich unterscheiden zwischen Traum und Realität? Lebt ihr nicht viel in euren Träumen? Sieh dir Janucka an. Lebt sie nicht in einem Albtraum, sind ihre Absichten noch real?«

Franciszek schwieg und blickte über das angrenzende Moor, keine Krähe war zu sehen.

»Du hast recht. Was sollte mir eigentlich geschehen? Ich liege im Bett neben Elisa, die mit ihrer Liebe über mich wacht, und es ist nur eine Illusion, welche mein schlafendes Hirn erzeugt.«

»Sehr überzeugend klingt das nicht, Josef!« Der Seelenfresser grinste. »Löse das Problem bald, denn ich glaube, die Schwierigkeiten mit dem anderen Dorf werden nicht lange auf sich warten lassen.«

»Glaubst du, da könnte ein Zusammenhang bestehen?«

Achselzuckend setzte sich die kleine Kreatur auf ihren vorbestimmten Platz und erstarrte. Der Seelenfresser hatte an diesem Punkt das Gespräch beendet.

Franciszek stand auf und ging zum Grab seines Vaters. Erst jetzt spürte er den Verlust. Wenn er an manchen Abenden an diesem Platz saß, gesellte sich oft Rikolow zu ihm und rauchte seine Pfeife. Sie mussten nicht miteinander sprechen, von diesem Ort ging eine besondere Stimmung aus, welche nur von ihnen gespürt wurde und sie miteinander verband.

In einer der nächsten Nächte bewegte sich Franciszek in seinem Traum an der Wand entlang.

Er hatte das Gefühl, lange vor der Öffnung auszuharren. Aber dann lenkten ihn seine Schritte wie von selbst hindurch. Aber irgendwie gab es keine andere Seite. Plötzlich befand er sich auf einem riesigen Kistenstapel und um ihn herum wurden ständig Kisten herabgestellt. Das Ganze geschah in einer unglaublichen Geschwindigkeit und schnell stand er auf dem Boden einer Halle. Wie aus dem Nichts stand eine unheimliche Gestalt vor ihm, für Sekunden sah diese ihn an. Er konnte keine Augen in seinem Gegenüber erkennen, einen Mund schien er auch nicht zu besitzen. So plötzlich, wie dieses Wesen vor ihm stand, verschwand es wieder. Aber im Augenblick des Verschwindens, sprach es seinen Namen aus.

»Franciszek Josef Potoski.« Franciszek bewegte sich langsam durch diese Halle. Ab und zu sah er das unheimliche Wesen aus den unterschiedlichsten Winkeln vorbeirennen. Dann stand es wieder vor ihm. »Josef, es verschwinden Seelen!« Franciszek konnte gar nicht antworten, so schnell entrückte es wieder. Er lief weiter und kam jetzt zu einer Art riesiger Regale. Darin saßen Menschen, Hunderte. Teilweise hockten sie still auf ihren Plätzen, andere schwatzten ununterbrochen miteinander.

»Wo bin ich hier?«
»Hier werden die Seelen neu verteilt«, antwortete das Wesen
hinter ihm.
»Wer bist du?«

»Der Seelenverteiler, für euch der wahrliche Tod.«
Obwohl Franciszek die Antwort vernahm, konnte er seinen
Gesprächspartner nicht mehr sehen, zu schnell bewegte er sich durch
den Raum.

»Kann ich mit dir reden?«

»Jederzeit.«

»Wie ist das möglich?« Dabei konnte Franciszek ihn nirgends entdecken.

»Ich kann mit jeder Seele an diesem Ort zu jeder Zeit reden.«

»Was ist das für ein Ort? Wie lange bin ich schon hier?«

»Du bist an keinem Flecken deiner Welt, hier ist das Nichts, keine Zeit, kein Vergehen, absoluter Stillstand.«

»Was soll ich hier?«

»Du suchst Antworten.«

Plötzlich stand Franciszek an einer anderen Stelle im Raum. In einem Seitengang liefen unendliche Reihen von Männern an ihm vorbei. Sie trugen mausgraue Uniformen, schwarze Stiefel, Tornister, einen Helm mit einer Spitze und an jeder Hüfte hing eine runde, geriffelte Büchse.

»Wer sind diese Männer?«

»Krieger, für dich aus einer anderen Zeit, aber hier gibt es keine Zeit, keine Zukunft, keine Vergangenheit. Hier ist alles vereint, in einem Augenblick, in Ewigkeit, wie ich dir schon sagte, Josef, Stillstand.« Jetzt erschien er wieder in seinem Blickfeld.

»Sieh dich um und kümmere dich um die verlorengegangenen Seelen.«

Franciszek stand noch immer an der nicht enden wollenden Masse der Krieger. Jetzt sah er in einem dieser seltsamen Regale Menschen in dunklen Kutten, Mönche. Für Sekunden stand er blicklos vor diesen Geschöpfen.

Franciszek wurde sich der Realität seines Traumes bewusst, er träumte, zumindest nahm er das an. Er gab sich diesem Gefühl völlig hin, in Erwartung, was als Nächstes geschehen würde. Allein die Tatsache zu wissen, in welchem Zustand er sich eigentlich befinden musste, überraschte ihn.

»Josef, du könntest hier bis ans Ende der Zeit verweilen und keine Sekunde würde vergehen.«

Für einen Augenblick stand der Seelenverteiler an seiner Seite. Noch bevor Franciszek etwas erwidern konnte, verschwand er am Ende des Raumes. Genauso schnell wie er verschwand, kam er plötzlich aus den

Reihen der Mönche und streifte einem der Männer die Kutte vom Kopf und verschwand wiederum. Franciszek betrachtete den jungen Mönch. Dieser hatte den Kopf gesenkt und schien die Bewegung um sich herum nicht wahrzunehmen.

»Christian von Stachywo?«, fragte Franciszek einer plötzlichen Eingebung folgend.

Langsam hob der Mönch den Kopf und sah ihn an. Ihre Blicke kreuzten sich, und nun sah er, was die Augen des Mönches gesehen hatten. Die Kirche in seinem Dorf nach ihrer Fertigstellung, die ersten Gräber wurden angelegt, der Sumpf befand sich in dieser Zeit weit unterhalb des Friedhofes. Franciszek konnte in der Ferne das Moor sehen. Dann stand der Himmel voller großer, schwarzer Vögel, sie schienen aus der Grundmauer der Kirche emporzusteigen. Im nächsten Augenblick befand er sich in der kleinen Kammer unter der Kapelle. Vor seinen Augen legte ein Mönch eine kleine Metallhülse in die seltsame Mauernische, welche er auch schon gefunden hatte. Die Zeit raste und es wurden Regale errichtet und Bücher hineingestellt. Eine menschliche Gestalt bewegte sich durch den Raum, nahm ein Buch und begann, an einem kleinen Tisch zu lesen. Dann sah Franciszek nur noch das Gesicht des Mönches, seine Augen erloschen, und er verschwand wieder in der Menge der anderen Kuttenträger im Regal.

Er hatte für einen Augenblick die Erinnerungen des Mönches Christian von Stachywo gesehen. Erstaunt trat er einen Schritt zurück, und jetzt zog sich der riesige Raum vor ihm zurück, er wurde kleiner. Franciszek hatte das Gefühl, als würde er durch ein winziges Loch in seinem Rücken gepresst. Die Lücke in der Mauer erschien und schloss sich vor seinen Augen, als hätte es niemals einen Durchgang gegeben. Im nächsten Moment glaubte er zu ertrinken. Wasser lief ihm in den Mund und er spürte deutlich die Feuchtigkeit auf seinem Gesicht. Mit einem verzweifelten Schrei, dem Erstickungstod nahe, versuchte er den Kopf zu heben, da erwachte er.

Das Erste, was er sah, waren die weinenden Augen Elisas. Seine Frau wischte ihm mit einem nassen Lappen über die Stirn. Als sie sah, dass Franciszek die Augen aufschlug, entsprang ihren Lippen ein kleiner Schrei.

»Oh mein Gott, du lebst.«

Sie fing an zu weinen.

»Was ist los...?« Franciszek versuchte sich zu erheben, musste aber feststellen, dass ihm die Arme versagten. Kraftlos fiel er in sein Bett zurück. Elisa hatte sich wieder etwas beruhigt.

»Du warst weg, Franciszek, lange weg, seit fünf Tagen liegst du in unserem Bett, und ich glaubte dich zu verlieren.« Sie strich ihm über den Kopf. »Aber jetzt bist du zurückgekehrt. Ich habe meine ganze Liebe aufgebracht, damit du deine Augen öffnest.«

Franciszek sah sich im Zimmer um, sie waren allein.

»Ich habe eine Reise gemacht. Ich kann dir nicht sagen, wohin, ich weiß es nicht.«

Elisa nickte still.

»Du bist bei ihm gewesen!«, sagte sie und sah ihm fest in die Augen. Franciszek verstand nicht, was Elisa ihm sagen wollte. Elisa fasste seine Hand und begann sie zu streicheln.

»Ich weiß es, schon als Kind habe ich von einer finsteren Gestalt geträumt, die immer über uns stand. Ich habe mich immer vor ihr gefürchtet. In der letzten Zeit hat diese grausige Gestalt zu mir gesprochen...« Sie zögerte, ob sie fortfahren sollte, aber Franciszek hörte ihr aufmerksam zu »...dieses Wesen sagte: ›Franciszek Josef Potoski gehört zu mir.‹«

Nun berichtete Elisa von ihren Träumen, welche sie seit ihrer Kindheit plagten, bis zu dem Tag als Franciszek in diesen Zustand verfiel und nicht mehr erwachte. Da erschien ihr die Gestalt zum letzten Mal und sie sah ihren Mann an dessen Seite.

»Aber er hat mich nicht mitgenommen«, beruhigte Franciszek seine Frau. »Ich weiß nicht, ob es dieselbe unheimliche Gestalt gewesen ist, welcher ich in meinem Traum begegnet bin, aber ich habe an dem Ort, an dem ich war, einen Hinweis erhalten, welche die Krähen und wahrscheinlich auch das Unwesen Januckas betrifft.«

Elisa stand auf.

»In den letzten Tagen, als du schliefst, ist einiges geschehen.«

Gerade wollte sie Franciszek berichten, als Rikolow in der Tür stand. Ohne ein Wort zu sprechen, schloss er Franciszek in die Arme. Er konnte seiner überschäumenden Freude kaum Einhalt gebieten und hätte Potoskis Sohn fast erdrückt. Er stellte keine Fragen, was mit dem Jungen gewesen sein könnte, für ihn zählte nur, dass er wieder erwachte aus diesem unheilvollen Schlaf.

Nur schwer konnte er Franciszek wieder loslassen.

Zum ersten Mal in seinem Leben konnte er seine Gefühle offen zeigen. Nach diesem ungewöhnlichen Ausbruch musste sich der Friedhofsgärtner erst einmal seine Pfeife stopfen, dann berichtete er, wie sich die Situation inzwischen verändert hatte.

Am Tag nach der Versammlung in der alten Poststation machte sich Bauer Chrzanowski früh am Morgen auf den Weg ins Nachbardorf. Die halbe Nacht hatte er am Bett seiner Tochter verbracht. Er hielt ihre Hand, und ab und zu spürte er einen Druck, als würde sie seine Anwesenheit bemerken. Weit nach Mitternacht schlief er ein, aber ein schlechter Traum ließ ihn schon in der ersten Morgenstunde wieder erwachen. So machte er sich auf den Weg.

Als er das Dorf erreichte, sah er die niedergebrannte Kapelle, noch stieg etwas Rauch aus den Trümmern. Das kleine Gotteshaus musste in der letzten Nacht gebrannt haben. Vor dem Trümmerhaufen bemerkte er nun einige Krähen, welche sich um etwas balgten, was neben einem Hackklotz ruhte. Erst als Chrzanowski näherkam, sah er, dass dort ein menschlicher Körper lag, aber die Vögel stritten sich um etwas Kleineres, was auf der anderen Seite des Klotzes lag. Nachdem die Tiere für einen Moment von ihrer Beschäftigung innehielten, um den Störenfried zu mustern, sah der Bauer einen Kopf. Diese Unmenschen hatten den Pfarrer gerichtet und seine Reste den Krähen überlassen.

Er sah sich um, kein Mensch ließ sich an dem Ort des Verbrechens blicken, nur Krähen verfolgten jede seiner Bewegungen. Langsam ging er zum Hof seines Schwiegersohnes, er hatte keine Angst, viel zu viel Hass spürte er in sich. Je weiter er durch das Dorf lief, umso mehr Krähen sah er. Als würden die Vögel alles überwachen. Auf dem Hof seines Schwagers herrschte noch morgendliche Ruhe, nur im Stall wurde schon gearbeitet. Chrzanowski hatte schon in der Nacht mit seinem Leben abgeschlossen, was er nun tat, hatte er in seinem Kopf schon vollzogen. In der Tür stand eine Mistforke. Im Vorübergehen griff er das Werkzeug und ging auf den einzigen Mann zu, der sich im Stall aufhielt, seinem Schwiegersohn. Dieser bemerkte seinen Besucher erst, als dieser ihn von hinten ansprach.

»Warum hast du das getan?«

Erschrocken fuhr der Bauer herum.

Er hätte im Leben nicht damit gerechnet, dass es einer aus dem Nachbardorf wagen würde, über den Hügel zu kommen. Jetzt stand sein Schwiegervater drohend mit einer Forke vor ihm.

Er stolperte zurück und fiel auf den Boden. Zu seinem Unglück unterschätzte er die Situation vollkommen.

»Was willst du, alter Mann? Sie ist meine Frau, auf meinem Hof, und sie hat mir zu gehorchen. Sie ist nicht einmal aus meinem Dorf.«

Chrzanowski nickte ihm zu.

»Aber sie ist mein Kind!«

Ohne Vorwarnung stieß er die mittlere Eisenspitze der Mistforke durch den Hals seines Todfeinds. Röchelnd, sich auf den Boden abstützend, starrte er auf das spitze Metall in seinem Hals, kein weiterer Ton kam über seine Lippen. Die Augen traten ihm aus dem Kopf, seine Lunge füllte sich mit Blut. Langsam setzte ihm Chrzanowski einen Stiefel auf die Brust. Einen Augenblick zögerte er, dann zog er mit einem festen Tritt das Eisen heraus. Blutspuckend fiel der Bauer nach hinten, rappelte sich auf und versuchte verzweifelt Luft zu holen, aber er saugte nur noch mehr Blut in seine Lungen. Ohne eine Regung zu zeigen, stieß ihn der Bauer erneut zu Boden und rammte die Forke zum letzten Mal von hinten durch seinen Brustkorb. Die Hände des Opfers verkrampften sich auf dem Stallboden, dann rührte sich nichts mehr.

Chrzanowski drehte sich um und verließ ohne Hast das Stallgebäude. Hinter seinem Rücken stürzte sich eine große Krähe auf den Leichnam und zerrte die sich wild windende Seele aus dem Leib des Gerichteten.

Langsam lief er durch das Dorf, zurück Richtung Hügel. Innerlich überzeugt, jeden Augenblick von den anderen Dorfbewohnern umgebracht zu werden, lief er ohne Scheu durch sie hindurch. Zögernd wurde ihm Platz gemacht, noch wusste keiner, was im Stall sein unseliges Ende gefunden hatte.

Als er wider aller Erwartung zu Hause ankam, sprach er kein Wort, nur seine Frau stand an seiner Seite, als er sich einen blutverschmierten Stiefel abwusch. Ohne ein Wort zu sagen, holte sie ein Handtuch und strich ihm über den Rücken.

Von dieser Blutrache erfuhren die andern erst, als am Abend zwei weitere Frauen aus dem Nachbardorf eintrafen. Man hatte sie zwar aus dem Dorf geprügelt, aber ansonsten widerfuhr ihnen keine weitere Misshandlung. Offenbar hatte die Tat des Chrzanowski-Bauern genug Eindruck hinterlassen, um andere davon abzuhalten, dergleichen den Frauen anzutun. So jagten sie mit allerlei Verwünschungen ihre eigenen, dorffremden Eheweiber davon. Dadurch erfuhren nun auch die Bauern in Franciszeks Dorf vom schrecklichen Ende des Pfarrers der anderen Gemeinde.

Janucka hatte, wild schreiend von ihrem Zweispänner herab, die Bauern derart aufgestachelt, dass diese ohne Verstand die eigene Kapelle zerstörten und dem Geistlichen ohne Zögern mit einer Sense den Kopf abschlugen. Wer nicht in ihrem Dorf geboren war, wurde umgebracht oder vertrieben, die unheilvolle Botschaft hatte das Dorf erreicht.

Der Pfarrer konnte sich gar nicht wieder beruhigen, er kannte seinen Amtsbruder über all die Jahre sehr gut. Er beschloss, einen Boten in die nächste Stadt zu schicken und die Behörde um Hilfe zu bitten. Sie sollten Soldaten schicken, um dem Übel ein Ende zu bereiten. Lange musste er suchen, bis er einen Bauern fand, welcher diese Aufgabe übernehmen würde. Keiner wollte in dieser Situation seine Familie zurücklassen und manche Frau fing an zu schreien, wenn sie von dem Geistlichen erfuhr, mit welcher Bitte er zu ihnen kam. Rikolow hätte diese Aufgabe sofort übernommen, aber der Pfarrer bestand darauf, dass gerade er jetzt im Dorf bleiben sollte.

Nur der Chrzanowski-Bauer willigte sofort ein, als ihm der Pfarrer seine Bitte vortrug.

»Ich werde reiten, Herr Pfarrer, vielleicht kann ich so etwas meiner Schuld bei unserem Herrgott wiedergutmachen.«

Der Pfarrer hielt sein Pferd am Zaumzeug fest.

»Unser Heiland hat dir sicherlich schon verziehen, so wie er uns allen unsere Schuld vergibt!«

»Mag sein, Herr Pfarrer, aber ich kann mir nicht selbst vergeben, darum reite ich.« Schnell sprach der Geistliche noch seinen Segen aus und der Bauer verließ das Dorf.

Rikolow sah, wie der Reiter das Dorf verließ, und schüttelte den Kopf,

er spürte, dass der Bauer keine Hilfe erreichen würde.

Chrzanowski ritt eine halbe Stunde, als er in ein dichtes Waldstück kam. Ohne dass er überhaupt eine Möglichkeit gehabt hätte, erlag er seinem Schicksal. Franciszek hatte ihm zwar vor einiger Zeit einen verträglichen zweiten Schatten gegeben, aber dieser konnte ihn nicht retten.

Wie aus dem Nichts tauchte vor ihm eine Krähe auf. Im direkten Anflug rammte sich der Schnabel des Vogels in den Hals des Pferdes. Bei der hohen Geschwindigkeit hatte das Tier keine Chance, den Zusammenstoß zu verhindern. Wie vom Blitz getroffen brach das Pferd über die Vorderläufe zusammen. Dabei wurde auch die Krähe noch tiefer in die Wunde gepresst und beim Aufschlag des Tieres zerquetscht.

Chrzanowski flog im hohen Bogen über den Hals seines Pferdes und konnte mit etwas Glück dem stürzenden Tierkörper ausweichen. Noch bevor er richtig zur Besinnung kommen konnte, stand plötzlich Janucka über ihm und legte das Schindereisen um seinen Hals. Sofort erstarrte jegliche Bewegung des Bauern. Nach einem kurzen Augenblick des Zögerns stand er auf und stand wehrlos vor der Frau. Nur seine Augen versprühten einen ungezügelten Hass. Janucka trat dicht an den Bauern heran.

»Na, Chrzanowski überrascht, deine Reise hier zu beenden? Wie geht es deinem elendigen Töchterchen?« Lachend stieß sie ihm den Knauf ihrer Reitpeitsche vor die Brust.

»Habt ihr wirklich angenommen, dass ich euch davonkommen lasse?« Langsam lief sie in den Wald, nach wenigen Metern folgte ihr der Bauer, ohne dass er Einfluss darauf gehabt hätte. Nach einer Weile erreichten sie den Rand des Waldes, vor ihnen lag eine flach abfallende Wiese mit einem kleinen Tümpel.

»So, Chrzanowski, tu', was du siehst, ich möchte sehen, ob es das Gleiche ist, was ich sehe!«

Langsam stieg der Bauer in den flachen Teich. Er legte sich auf den Bauch und seine Arme verschwanden im Schlick. Das Schindereisen drückte seinen Kopf bis zu den Ohren unter Wasser. Sekunden später begannen die Beine des Bauern verzweifelt zu zappeln. Jetzt nahm Janucka das Eisen vom Hals, noch lag der Bauern nicht still. Es steckte noch genügend Leben in Chrzanowski, nachdem das Schindereisen seine zwingende Macht über seinen eigenen Willen verloren hatte. Er begriff mit Entsetzen, was mit ihm geschah, er würde genauso sterben wie sein Bruder. In der letzten Phase des Todes empfand er eine befreiende Genugtuung, seine Schuld wurde beglichen. Janucka hielt sich nicht lange bei dem Toten auf. Sie wusste, die Krähen würden ihren Teil der Sache erledigen.

Inzwischen hatten die Bauern im Dorf beschlossen, Wachen aufzustellen, bis Hilfe eintreffen würde. Sie konnten nicht erahnen, dass ihr Bote den Tod gefunden hatte.

Franciszek hatte sich von seinem langen Schlaf erholt und begann nun zusammen mit Rikolow, etwas Ordnung in die Handlungen der aufgebrachten und verängstigten Bauern zu bringen. Ihr Hauptaugenmerk richteten sie auf die Straße über den Hügel und den angrenzenden Wald. Die anderen Seiten wurden vom Sumpf umschlossen. Sie bewachten abwechselnd diese beiden Zugangsmöglichkeiten zum Dorf. Nicht dass einer der Bauern ernsthaft daran geglaubt hätte, dass es zu Übergriffen kommen würde, aber diese Absicherung beruhigte die Gemeinde.

Gleichzeitig wurden damit auch unüberlegte Racheakte der eigenen Bauern unterbunden. Nun konnte auch kein Bauer unbemerkt das Dorf verlassen. Wenn Chrzanowski auch alles Recht der Welt hatte, konnte der Pfarrer dieses Blutvergießen nicht gutheißen.

Nachdem nun etwas Ruhe eingekehrt war, gingen die Bauern wieder ihrem Tagwerk nach, wenn sie auch jederzeit einen Blick auf den Posten am Hügel hatten. Franciszek beschloss, in der folgenden Nacht dem Hinweis des Mönches in seinem sonderbaren Traum nachzugehen.

Inzwischen wusste er, wo er das seltsame Muster in den Unterlagen des Kirchenregisters gesehen hatte, die Backsteine in der kleinen Nische unter dem Altar sahen so aus. In der Nacht begann er vorsichtig die Steine in der Nische zu lösen. Wie er gehofft hatte, befand sich dahinter ein Hohlraum. Eingewickelt in einen vermoderten Lappen fand er ein kleines Weinfass. Das alte Holz lag fest eingebettet in einer harten, schwarzen Masse. Damit wurde das Fässchen über viele Jahre konserviert. Franciszek nahm das Fundstück mit nach Haus und hatte die Hoffnung, nicht nur einen alten Wein gefunden zu haben.
Er wurde nicht enttäuscht, im Fass lag ein kleines, recht gut erhaltenes Dokument, ausgestellt von dem Mönch »Christian von Stachywo«.

Dieser versicherte bei Gott, nur die Wahrheit zu schreiben, damit der unglückliche Finder dieser Zeilen versichert sein konnte, einen gottesfürchtigen Autoren zu finden. Franciszek konnte anfangs nicht glauben, was der Mönch berichtete, aber es musste die Wahrheit sein, so wie Franciszek versuchte dieser, die Quelle des Übels zu finden. Aber ohne Erfolg, allerdings löste er das Krähenproblem in seiner Zeit. Nachdem Franciszek das Dokument gelesen hatte, ging er zu Rikolow, um ihn von seinem Fund zu unterrichten.

Christian von Stachywo wurde vom Bischof als Schreiber in diese neue Gemeinde bestellt. Sein Vorgänger, welcher diesen Ort mitgegründet hatte, wurde nach der Fertigstellung des Kirchenbaus vom Sumpffieber seiner irdischen Qualen erlöst. Der Herr des Landes hatte große Pläne für diese abgelegene Gegend. In einer ungeheuerlichen Kraftanstrengung wurde die majestätische Kirche errichtet.

Der Fürst hatte für den Bau die Gefangenen einer gewonnenen Schlacht als Arbeitssklaven zu dieser Arbeit gezwungen. Egal welchen Standes diese Sklaven waren, ob Adlige, Ritter oder einfache Landsknechte, alle mussten bis zur totalen Erschöpfung an dem Bau arbeiten. Unzählige starben in dieser Zeit, an Erschöpfung, Hunger und dem Fieber, welches die Mücken aus den Sümpfen brachten.

Nachdem diese Aufgabe bewältigt wurde, brachte der Fürst mit Gewalt leibeigene Bauern in diese Gegend und zwang sie, sich hier anzusiedeln. Die wenigen Gefangenen, welche die schrecklichen Jahre der Errichtung des Bauwerkes überlebt hatten, sprach der Landesherr frei. Er bot ihnen pachtfreies Land an, wenn sie sich der neuen Gemeinde anschlossen. So blieben die einstigen Erbauer an dem Ort, wo sie die unmenschlichste Arbeit ihres Lebens geleistet hatten. Als die Fertigstellung dem zuständigen Bischof gemeldet wurde, sandte er den ersten Pfarrer in diese Gemeinde und Christian von Stachywo wurde dem Geistlichen als Schreiber verpflichtet. Schon vom ersten Tag an gab es Auseinandersetzungen zwischen den beiden Gruppen, den als ›Einheimische‹ bezeichneten Erbauern der Kirche und den Bauern, welche gezwungen wurden, an diesem Platz zu siedeln. Da keiner der leibeigenen Siedler freiwillig hier leben wollte, lag die Hemmschwelle zur Gewalt recht niedrig. Obwohl sie Angst vor ihrem Landesfürsten hatten, der von seinen untergebenen Hirten der Gemeinde über alles im Dorf unterrichtet wurde, kam es fast täglich zu Auseinandersetzungen, in deren Folge die Landsknechte der Obrigkeit immer wieder Streitigkeiten schlichten mussten.

Aber dann eskalierte die Situation. Obwohl sich die Bauern bemühten, das Sumpfland zu kultivieren, erbrachten ihre Bemühungen nicht den vom Fürsten erhofften Erfolg. Der Fluss ließ sich nicht bändigen, und das Moor holte sich jedes Jahr neugewonnenes Land zurück. Obwohl der Landesherr noch mehr Bauern umsiedelte, reichte der erwirtschaftete Ertrag nur für die Siedler. Es blieb kein erhoffter Überschuss für die angeschlagene Kasse des Fürsten. Genau in dieser Zeit, als der Fürst erkennen musste, welchen Fehler er begangen hatte, geschah ein grausiges Verbrechen.

Einer der ehemals Leibeigenen ließ sich mit der Frau eines Umsiedlungsbauern ein. Das Ergebnis dieser heimlichen Verbindung wurde ein kleines Mädchen. Nichts geschah, solange das Kind heranwuchs und keiner von der Vaterschaft erfuhr. Aber während eines Streites zwischen den Bauern kam die Geschichte zu Tage. Der gehörnte Ehemann nahm in der Nacht das vierjährige Kind und vergrub es bei lebendigem Leibe nah der Kirche in geweihter Erde. Nach dieser grausigen Tat erschlug er den wahren Vater des Kindes mit einem Beil in dessen Bett. Schnell wurde dieses Verbrechen aufgeklärt, zumal der Täter kein Geheimnis aus seiner Tat machte und jegliche Reue versagte. Das geistige Oberhaupt der Gemeinde unterrichtete den Landesfürsten. Dieser, schon aufgebracht über den wirtschaftlichen Misserfolg und die ständigen Auseinandersetzungen der Bauern, schickte seinen eigenen Henkersknecht. Dieser Mann musste ein wahrliches Ungeheuer gewesen sein.

Er brachte ein grässliches Richtwerkzeug zu den Bauern, das »Schindereisen«. Jeder, dem man es umlegte, verlor seinen eigenen Willen und tat Dinge, zu denen er sonst nicht in der Lage gewesen wäre.

Der Henkersknecht des Fürsten brachte den mörderischen Bauern zu dem Platz, an dem dieser das Mädchen vergraben hatte, dort legte er ihm das Eisen um.

Wenige Augenblicke später zog der Bauer sein Messer und schnitt sich selbst den Bauch auf. Alle Bauern mussten sich auf dem Platz versammeln und warten, bis der Gerichtete seinen letzten Atemzug gemacht hatte. Erst dann durften sie den Ort verlassen. Die Leiche wurde im Morast versenkt. Wie später hinter vorgehaltener Hand erzählt wurde, hätten Krähen den aufgeschwemmten Leichnam des Bauern gefressen. Wenige Tage später verstarb der Scharfrichter des Fürsten am Sumpffieber.

Zu diesem Zeitpunkt wurde Christian von Stachywo zum geistigen Hirten der Gemeinde bestellt. Dieser ließ auf dem Grab des unseligen Kindes ein kleines Eichenbäumchen pflanzen. Er begann unweit der Kirche hinter einem Hügel ein zweites Dorf zu errichten, um so etwas die Spannungen zwischen den beiden Gruppen zu nehmen. Zudem wurden die Bauern dadurch gezwungen, dem Sumpf weiter Land abzutrotzen. Bis zu diesem Zeitpunkt gab es keine ungewöhnlichen Vorkommnisse.

Aber dann setzten schlagartig Ereignisse ein, welche der Mönch unter den gehäuften Todesfällen auch in den Unterlagen der Kirchenpapiere vermerkte.

Allerdings protokollierte er dort nicht die tatsächlichen Todesursachen. Nur in den Dokumenten, welche Franciszek in dem geheimem Keller der Kirche fand, standen die wirklichen Ursachen. Christian von Stachywo musste schon zur damaligen Zeit ein recht aufgeschlossener Mensch gewesen sein. Denn die damaligen Vorstellungen von Hexen und Zauberei hätten sehr schnell einen Abgesandten der heiligen Inquisition ins Dorf gelockt. Was das bedeuten würde, hatte der Mönch selbst erlebt. Auf jeden Fall wusste er zu verhindern, dass dieses Dokument den falschen Leuten in die Hände fallen konnte.

Nun berichtete Franciszek, was in dieser Zeit wirklich geschehen sein musste. Rikolow stopfte nur seine Pfeife und hörte zu. Da sie auf der Bank ihrer Kindheit am Grab der dicken Koschwitz saßen, konnte der kleine Seelenfresser den Bericht verfolgen. Christian von Stachywo führte chronologisch die tatsächlichen Todesursachen und seine persönlichen Beobachtungen zu den Fällen auf. Keiner der Unglücklichen starb in dieser Zeit eines natürlichen Todes. Schon bei dem ersten tragischen Unglück, der Bauer wurde von seinen Kühen zertrampelt, beobachtete der Mönch Krähen. So wie bei jedem weiteren Entseelten. Selbst an den Gräbern machten sich diese Kreaturen zu schaffen. Die Krähen begannen, das Dorf regelrecht zu belagern, und warteten nur auf das nächste Unglück. Aber nicht nur das, der Mönch berichtete ausführlich über einen Fall, den er selbst miterlebt hatte.

Ein großer Schwarm dieser Vögel scheuchte eine Herde junger Pferde derart in der Koppel herum, dass die Tiere halb wahnsinnig ein Gatter durchbrachen, wobei drei Kinder getötet wurden. Dann jagten die Krähen die Pferde in den Fluss und ließen den Tieren keine Möglichkeit mehr, das Ufer zu erreichen. Die Bauern mussten hilflos zusehen, wie ihre Tiere in den Fluten ertranken. Nach dieser Attacke flogen die Vögel allesamt auf eine winzige mit Schilf bewachsene Insel im Sumpf.

In der folgenden Nacht versammelten sich die Bauern leise im Morast und warfen in der Dunkelheit geschickt große Netze über die ahnungslosen Vögel.

Christian von Stachywo schrieb nun in seinem Bericht, dass ihn unendliche Zweifel plagten, der Kirche nicht von Anfang an die Wahrheit berichtet zu haben. Aber nun gab es kein Zurück mehr. Wenn es wirklich diese teuflischen Kräfte geben sollte, dann musste er nun der Sache ein Ende bereiten. Er ließ alle getöteten Krähen in Särge packen und auf dem Gottesacker am äußersten Ende begraben. Somit lagen diese unheimlichen Kreaturen in geweihter Erde. Er hoffte, damit die bösen Kräfte zu binden.

In den nächsten Tagen tauchten immer wieder vereinzelte Vögel auf und wurden von den Bauern verfolgt. Bis zur Sonntagsmesse gab es in der ganzen Gegend keine Krähen mehr.

Damit endete sein Bericht.

Erst viele Jahre später fügte er dem Dokument noch einige Zeilen hinzu. Im Laufe der Jahre waren wieder Vögel aufgetaucht, aber keine großen Schwärme. Diese Tiere verhielten sich völlig normal, obwohl die verängstigten Bauern jederzeit einen Blick auf die Vögel hatten. In dieser Zeit ließ er auch den geheimen Raum unter der Kirche anlegen. Er versteckte dort Bücher, welche ihm Freunde aus dem ganzen Land zuschickten, Bücher deren aufklärenden Worte von der Kirche als Teufelswerk und Ketzerei bezeichnet wurden. Er bedauerte sehr wohl derart zu handeln, aber dem Unverstand der Menschen konnte er diese unersetzbaren Werke nicht opfern. Er brachte nur seine Hoffnung zum Ausdruck, dass spätere Generationen von Menschen sein Handeln verstehen würden. Er wollte auch einen Brief nach Rom schicken, um dort beim Papst um Hilfe zu bitten, wenn es wieder zu solch schrecklichen Ereignissen kommen würde.

»Wohl an, ein kluger Kopf«, bemerkte nun Rikolow. »Jetzt wissen wir, wie die Skelette der Krähen in die Särge gekommen sind.«

Die beiden Männer liefen zum Grab Potoskis, sehr zum Verdruss des Seelenfressers, der nun, angetrieben von seiner Neugier, heimlich folgen musste.

»Jetzt weiß ich auch, was der Bruder von Chrzanowski bei seinem Tode um den Hals hatte, das Schindereisen. Aber woher hatte er das Werkzeug des Henkers?«

»Nicht nur das, interessanter ist die Frage: Wer hat es ihm umgelegt?« Rikolow stand auf und blickte über das Moor. Franciszek sah zu dem kleinen Seelenfresser, dieser stand im Schatten von Potoskis Grabstein und schrieb einen Namen in den Sand.

»Kazimierz.« Franciszek überlegte. Sollte der verstorbene Vater von Janucka mit der Sache etwas zu schaffen haben?

»Ich bin mir sicher, dass Janucka das Eisen jetzt in ihrem Besitz hat«, meinte Rikolow langsam. »Nur so konnte sie einige Bauern unter ihre Kontrolle bringen!«

Aber Franciszek widersprach: »Sie hat das Eisen, aber ihre Macht kommt von den Krähen, da bin ich mir sicher!«

Plötzlich sahen sie, wie eine beachtliche Zahl Bauern über den Friedhof in die Kirche liefen.

Als die beiden Männer die Kirche erreichten, hatte es der Pfarrer geschafft, etwas Ruhe in die aufgebrachten Bauern zu bringen. In deren Mitte stand eine alte Magd mit einem eingeschüchterten Kind auf dem Arm, welches sich mit aller Kraft an die Frau klammerte.

Erst unter dem liebevollen Einfluss Elisas trennte sich das Kind von der Alten, um sich sofort an Franciszeks Frau zu schmiegen. Erst jetzt konnte die ängstliche Frau berichten.

Sie flüchteten durch den Wald aus dem Nachbardorf. Sie hatte all die Jahre auf dem Hof des reichsten Bauern gelebt, bis Janucka in das Dorf kam und der Bauer plötzlich seine Ehefrau verjagte, um Janucka zu heiraten. Fortan sollte sie sich nur noch um dessen kleine Tochter Lydia kümmern. Die neue Herrin wollte das Kind nicht in ihrer Nähe haben.

Etwas zurückgezogen lebte von nun an die Magd in einem abgelegenen Teil des Hofes, heimlich nahm sie Kontakt zu der vertriebenen Mutter auf. Eine Zeitlang ging alles gut, keiner kümmerte sich mehr um das Kind. Fast täglich trafen sich Mutter und Tochter beim Pfarrer, denn dort hatte die verstoßene Ehefrau Unterschlupf gefunden. Aber als sie eines Abends mit dem Kind auf den Hof zurückkam, wurden sie von Krähen angegriffen. Schützend legte sich die alte Frau über das Kind, während sie in das Haus flüchtete. Trotzdem hatten die Krähen sie am Kopf verletzt. In der Nacht brannte die Kapelle, und der Pfarrer wurde umgebracht. Am nächsten Tag suchte die Alte nach der Mutter Lydias, aber es gab keine Spuren mehr, die Unglückliche musste verbrannt sein.

Seltsamerweise bemühte sich nun der Vater wieder um seine Tochter, in der ganzen Zeit zuvor hatte sich dieser nicht einmal bei seinem Kind blicken lassen.

Es dauerte nicht lange und Janucka erfuhr von diesen Besuchen. In der Nacht wurde die Magd unfreiwillig Zeuge einer grausigen Auseinandersetzung zwischen Janucka und ihrem Mann.

Da die Alte schlecht schlafen konnte, saß sie oft in der Nacht in der Dunkelheit auf dem Hof, als sie im Pferdestall laute Stimmen hörte. Nachdem sie leise durch eine Seitentür die Stallung betrat, bot sich ihr ein seltsames Bild. Der Bauer hockte am Boden und hielt seine verletzte Hand. Neben ihm saß eine große schwarze Krähe mit einem blutverschmierten Schnabel, offensichtlich hatte der Vogel den Bauern verletzt. Janucka stand über ihm und beschimpfte ihn. Sie forderte ihren Gatten auf, seine Tochter vom Hof zu verjagen.

Trotz seiner misslichen Lage weigerte er sich. Nun wurde die Magd Zeuge einer Sache, welche ihr vor Angst fast den Verstand raubte. Janucka ging in die Mitte des Stalls und begann seltsame Zeichen in den Sand zu malen, ein großes sich verschlingendes Muster. Dann setzte sie sich in die Mitte und rührte sich nicht mehr. Auf einmal beobachtete die Magd, wie sich die Zeichnung im Sand bewegte. Wie von Geisterhand verschoben sich die Linien. Währenddessen saß der Bauer bewegungslos auf dem Boden, versuchte er sich zu bewegen, stoppte ein gezielter Schnabelhieb sein Unterfangen.

Plötzlich sprang Janucka auf und begann zu fluchen, dabei trampelte sie auf ihrer Zeichnung herum. Ihre Zauberei schien nicht zu funktionieren. Jetzt stand sie vor ihrem Mann und forderte ihn auf, seine kleine Tochter zu töten, dabei richtete sie ihre ausgestreckte Hand auf dessen Herz. Aber noch immer verweigerte der Bauer diese grausame Tat. Wütend trat Janucka ihm vor die Brust.

Als der Bauer versuchte sich wieder aufzurappeln, legte sie ihm ein seltsames Eisen um den Hals. Einen Augenblick geschah nichts, die Magd konnte nur beobachten, wie sich der Bauer sichtlich entspannte. Janucka flüsterte etwas mit ihrem Mann und dieser antwortete ihr. Dann nahm sie sichtlich zufrieden das Eisen von seinem Hals und verließ mit der Krähe den Stall. Im Hinausgehen rief sie dem Bauern etwas zu.

»Also morgen dann!«

Dieser nickte abwesend und brach zusammen.

Eine Weile wartete die Alte verängstigt, dann lief sie zu ihrem Herren. Außerstande etwas zu sagen, hielt er ihre Hand, nur seine Augen versuchten, der Magd etwas mitzuteilen und diese verstand. Noch in derselben Nacht nahm sie das Kind und versteckte sich im Wald.

Am nächsten Tag schlich sie ins Nachbardorf. Nun stand es zweifelsfrei fest, Janucka musste eine Hexe sein. Der Pfarrer versammelte seine Gemeinde in der Kirche und hielt einen Gottesdienst, er bat seinen Herrn um Unterstützung und Hilfe in dieser schlimmen Zeit.

Allerdings konnte er die erregten Gemüter der Bauern damit nicht beruhigen. Fast alle Männer begaben sich nach der Messe in die alte Poststation. Reichlich ratlos saßen sie dort zusammen. Was sollte nun werden?

Diese Entscheidung wurde ihnen vom Nachbardorf abgenommen. Noch in derselben Nacht kroch der Vater von Lydia wie ein Tier durch den Wald. Ein unheimlicher Zwang in seinem Kopf brachte ihn dazu, die Spur seiner Tochter aufzunehmen. Da der unglückliche Mann über den ganzen Tag versucht hatte, den Fluch des Schindereisens zu erfüllen, aber er das Kind nicht fand, kam es zu einem Konflikt in seinem Innersten. Er begann sich zu verändern, Wahnsinn bemächtigte sich seines Willens. Der Drang zu töten, hatte sich in seinem Geist für diesen Tag festgefressen. Nun konnte dieses Bedürfnis nicht befriedigt werden, der Fluch begann ihn zu verändern.

Wie ein Wolf schlich er sich aus dem Unterholz auf den Wachposten des Dorfes zu. Wenige Meter, bevor er den Mann erreichte, bemerkte dieser den herankriechenden Irren. Aber der als Posten eingeteilte Bauer gehörte nicht zu den hellsten und mutigsten Bauern des Dorfes. Der arme Wicht hatte schon so genug Angst vor dem nächtlichen Wald, so dass ihn dieser Anblick vollkommen lähmte. Er war nicht in der Lage, sich zu bewegen, kein Ton kam über seine Lippen. Eigentlich starb der Bauer in dieser Nacht zweimal, einmal an dem Schock des aus der Dunkelheit kriechenden Wesens und an der Tatsache, dass ihm die Kehle durchgebissen wurde. Ohne sich weiter aufzuhalten, kroch der Bauer weiter, kam nicht auf die Idee aufrecht zu laufen. Wie ein Wolf bewegte er sich auf das Dorf zu. Sein Weg führte ihn unweigerlich auf den Friedhof, aber als er die Kirche erreichte, verlor er die Spur, welche ihn bis jetzt geführt hatte.
Elisas Aura schützte nun das Kind.

Lange Zeit lauerte er vor der Kirche, langsam verflog die Dunkelheit und der neue Morgen stieg mit einem zarten Nebelschleier aus dem Moor. Jetzt richtete er sich auf und verließ den Gottesacker, er hatte die Spur seiner alten Magd aufgenommen. Keine Menschenseele bemerkte ihn, schnell erreichte er den Potoskihof. In einer Seitenkammer an den

Stallungen fand er die Gesuchte. Ohne zu zögern, sprang er auf das Bett der alten Frau und hockte nun auf ihrer Brust. Zu Tode erschrocken erwachte die Alte, das Gewicht auf ihrem Brustkasten presste ihr die Luft ab, nur ein Röcheln kam aus ihrem Hals.

»Wo ist Lydia?« Dabei packte er seitlich ihren Kopf und quetschte ein Ohr.

Aber die alte Magd stand viel zu sehr unter Schock. Sie glaubte, dass ein Teufel auf ihr hockte, ihren Herren erkannte sie nicht. Der wilde Gesichtsausdruck des Mannes löste bei ihr einen derartigen Schauder aus, dass der einsetzende Wahnsinn Besitz von ihr ergriff. Sie glaubte sich nun in der Hölle, und der Fürst der Dunkelheit wollte ihre reine Seele stehlen. Dieser Gedanke fraß sich in ihr derart fest, dass sie mit dem Namen des Kindes nichts anzufangen wusste. Der Bauer begann auf die Alte einzuschlagen, mit ganzer Kraft stürzte er sich auf ihren Hals. Die Hände der Frau verkrampften sich, sie begann zu beten. Zur selben Zeit trat Rikolow aus seiner Kammer und wollte sich um das Vieh des Pfarrers kümmern, als er sah, wie durch den Bodennebel über dem Friedhof ganz flach und schnell eine Krähe flog. Das Tier bemerkte ihn nicht, geschickt wich der Vogel den Grabsteinen aus und flog in Richtung des Potoskihofes. So schnell wie der Vogel geflogen kam, konnte Rikolow nicht reagieren, erst als das Tier verschwand, wurde ihm klar, was das zu bedeuten hatte. Die Krähen waren zurück, zumindest eine dieser Kreaturen.

Er begriff sofort. worum es ging: um das Kind!

Schnell rannte er zum Hof. Er hoffte nur, dass Franciszek und Elisa schon aufgestanden waren. Aber auf dem Hof herrschte noch eine trügerische Ruhe.

Für einen Augenblick stand er zögerlich vor dem Haus. Die Krähe konnte er nicht entdecken, vielleicht hatte er sich auch geirrt, unnötige Angst wollte er auch nicht verbreiten. In diesem Augenblick sah er den Vogel, wie dieser aus einer kleinen Tür seitlich am Haupthaus geflogen kam. Selbst der Vogel erschrak, als er den Friedhofsgärtner plötzlich vor sich hatte. Mit einem Krächzen flog die Krähe in einer Kurve auf das Dach der Stallung und hockte sich dort auf einen Dachsparren. Rikolow lief in die kleine Seitenkammer, er fand dort, was er vermutet hatte, einen Leichnam. Jetzt klopfte er gegen die Tür des Hauses, es dauerte nicht lange und Franciszek stand verschlafen vor ihm. Die beiden Männer gingen in den Stall.

»Die alte Magd.« Rikolow drehte die Frau, die vor ihrer Schlafstätte lag, auf den Rücken.

»Das kann die Krähe aber nicht gewesen sein, zumindest nicht in solch kurzer Zeit.« Erschüttert wandte sich der Gräbermacher ab, sprang aber sofort wieder auf.

»Es muss jemand hier sein, Franciszek!«

»Janucka, sie will das Kind!«

Sie rannten schnell ins Haus und stürmten die Treppe nach oben, wo Elisa und das Kind schliefen.

Als Franciszek auf der Treppe war, sah er die offene Hintertür am

Ende des Flures. In Sekundenbruchteilen hatte er eine schreckliche Vision im Kopf. Seine Frau würde blutüberströmt auf dem Bett liegen und Janucka triumphierend über ihr stehen. Sie lachte ihn aus, weil er seiner Frau keinen zweiten Schatten gegeben hatte, der sie hätte beschützen können.

»Elisa!« Schreiend flog er die Treppe förmlich nach oben und krachte in Rikolows Rücken.

Dieser stand oben steif und unbeweglich, wie ein Baum. Franciszek prallte von ihm ab und wäre fast die Treppe wieder hinuntergefallen. Den beiden Männer bot sich eine absonderliche Szene.

Elisa stand, leuchtend wie ein Engel, mitten im Zimmer und hatte die kleine Lydia mit einem Arm an sich gepresst. Das Kind verbarg sein Gesicht in Elisas Kleidern. Das kleine Mädchen sollte nicht mitbekommen, was nun geschah. Vor ihr auf dem Boden kauerte ein Mann. Zusammengekrümmt wie ein elendiger Bettler streckte er die Hand nach dem Kind aus und verharrte in dieser Stellung. Die andere Hand hatte Elisa leicht ausgestreckt und schien damit den Mann am Boden festzuhalten. Er wimmerte und langsam entspannte sich sein Körper. Elisa ging wenige Schritte zurück. Die Situation schien sich zu entspannen, aber dann geschah etwas Unbegreifliches.

Die kleinen Scheiben im Fenster der Schlafstube flogen in tausend Stücken in den Raum. Eine schier unglaubliche Menge von Krähen stürzte sich in das Zimmer. Der schwarze Strom der Vogelleiber schoss auf Elisa zu, welche noch immer das Kind auf dem Arm hielt, aber wie vor einem unsichtbaren Schutzschild prallten die Tiere ab. Erfolglos flogen die Krähen eine kleine Schleife und stürzten sich auf den am Boden hockenden Bauern. Als wäre dessen Brustkorb aus Wachs flogen die Tiere durch ihn hindurch und hinterließen nach wenigen Sekunden ein großes Loch im Körper des Mannes. Dann verschwand der ganze Schwarm durch das zerstörte Fenster. Kaum hatte die letzte Kreatur das Zimmer verlassen, flog eine einzelne Krähe in den Raum, sah sich kurz um und stieß mit dem Schnabel in den offenen Brustkorb des in sich zusammensackenden Bauern.

Der Vogel riss die gerade aufsteigende Seele aus dem Körper und verschwand gleichfalls.

Der ganze Vorgang hatte nur einen Augenblick gedauert, dann war der Spuk vorbei. Das Kind hatte von all dem nichts gesehen, erschrocken blickte es sich jetzt um. Aber die starke Liebe Elisas schützte nun das Kind noch immer, Lydia empfand keinerlei Angst, selbst als das Mädchen den toten Körper des Mannes erblickte, blieb es ruhig. Es erkannte seinen Vater nicht.

Rikolow und Franciszek brachten den Toten auf das Gelände des Friedhofes. Sie holten den Pfarrer, damit dieser wenigstens noch seinen Segen aussprach, bevor Rikolow den Bauern in einer abgelegenen Ecke des Friedhofes vergrub. Entsetzt über den Bericht Rikolows fiel die Andacht sehr kurz aus.

Noch während Rikolow das Grab zuschaufelte und Franciszek die tote Magd auf einen Karren von seinem Hof herbeibrachte, kamen ein paar Bauern mit dem ermordeten Posten zur Kirche. Ratlosigkeit stand in ihren Gesichtern und Angst. Sie wandten sich an den Gräbermacher.

»Rikolow, lasst uns ins andere Dorf gehen und ein für alle Mal mit dieser Hexe Schluss machen!«

Aber der Pfarrer versuchte einzulenken: »Das dürfen wir nicht machen, wir müssen auf Hilfe aus der Stadt warten.«

»Da kommt keiner mehr und wenn dem so sei: Wo ist Chrzanowski? Egal, was geschehen ist, er wäre schon längst wieder bei seiner Familie.«

Verzweifelt hob der Pfarrer seine Hände gegen den Himmel.

»Aber wir sind nicht die Richter, die Obrigkeit muss das entscheiden. Unser Herrgott wird das nicht zulassen!«

Er versuchte, die Bauern zu besänftigen.

»Aber das hat er zugelassen!«, meinte einer der Bauern und stieß gegen den Karren mit den Toten.

Jetzt mischte sich Franciszek ein: »Ich glaube, für heute sind genug gestorben. Lasst uns die alte Magd aufbahren und anständig neben ihrem Herren begraben.«

Der Pfarrer stimmte ihm zu, obwohl er selbst vor Angst zitterte. Er wollte nur alles unternehmen, um weiteres Blutvergießen zu vermeiden.

Ab diesem Tage wurden jeweils zwei Männer als Posten eingeteilt.

Elisa und Franciszek nahmen das kleine Mädchen bei sich auf. Sie sollte wie eine eigene Tochter bei ihnen aufwachsen. Zudem konnte Elisa sie gegen die dunklen Mächte Januckas am besten schützen. Franciszek setzte sich am Abend auf die Bank am Grab der dicken Koschwitz und versuchte nachzudenken.

»Josef, vielleicht solltest du mit deiner Familie diesen Ort verlassen. Lass uns in die Stadt gehen, da gibt es genug für dich zu tun.«
Der Seelenfresser berührte ihn sanft am Arm.

»Nein, ich kann noch nicht.«

»Aber irgendwann musst du diesen Ort sowieso verlassen. Alle um dich herum werden älter, auch Elisa. Die Bauern werden dann merken, dass du nicht so bist wie alle anderen. Und was soll dann werden?«
»Ich weiß, aber der Zeitpunkt wäre schlecht gewählt, es käme einer Flucht gleich!«
Die kleine Kreatur winkte ab.

»Wen interessiert das in hundert Jahren noch?«

»Mich, außerdem hat der Seelenverteiler mich in meinem Traum nach den verschwundenen Seelen gefragt und vor ›Ihm‹ kann auch ich nicht fliehen.«

»Was willst du gegen Janucka unternehmen? Du hast ihr schon einen Schatten gegeben. Auf diese Weise kannst auch du sie nicht mehr töten.«

»Ich muss einen anderen Weg finden.«

»Josef, vergiss dabei nicht: Nur du und Elisa seid vor ihrer Zauberei und der Macht dieser Krähen geschützt.« Franciszek nickte.

»Allerdings...« Der Seelenfresser setzte sich auf den für ihn bestimmten Platz. »...geht es vielleicht nur um eine Krähe!«
Er wurde wieder zu einem Teil des Grabsteins, von hinten näherte sich Rikolow. Wortlos setzt dieser sich auf die Bank.

»Franciszek, ich kann rüber ins Dorf gehen und schlage diese Hexe einfach tot, dann hat dieser Spuk endlich ein Ende.« Zur Bekräftigung seiner Worte schlug er mit der flachen Hand auf seine Oberschenkel.

»Nein, ich glaube das ist nur ein Teil des Problems. Janucka verbirgt noch etwas anderes, und das hat etwas mit den Vögeln zu schaffen.«
»So ist es«, fluchte Rikolow und lenkte ein.

»Außerdem wird sie genau das erwarten und gegen all ihre Knechte bist auch du machtlos.«

Erst jetzt holte der Gräbermacher seine Pfeife heraus. Nach einer Weile des Schweigens stand er auf und blickte in Richtung der kleinen Insel im Sumpf.

»Die Krähen sind wieder verschwunden.«

»Was geht da nur vor sich im anderen Dorf?«

Schweigend saßen die beiden Männer auf der alten Kinderbank und beobachteten die Insel, aber nichts geschah in dieser Nacht.

Janucka tobte auf ihrem Hof herum, keiner wagte, das Herrenhaus zu betreten. Sie hatte mit den Augen der Krähe das Kind auf Elisas Arm gesehen und gespürt, dass kein Herankommen mehr möglich war. Sie begann zu trinken und saß allein in der Küche, die Mägde hatten sich ängstlich auf ihre Stuben zurückgezogen. Plötzlich hatte sie das Gefühl, als würde ihre Brust zusammengeschnürt. Ihr ganzes Inneres verkrampfte sich. Sie fuhr in ihrem Sitz zurück und aus ihrer Brust flog die Krähe heraus. Das Tier schüttelte sein Gefieder und sprang ein Stück weg von Janucka.

»Warum hast du deinen Mann geopfert? Dieses Bauernpack wird misstrauisch, sie werden fragen, wo er ist, und das Kind!«

Wütend zischte der Vogel.

Janucka winkte gelangweilt ab. »Ach was, die machen doch alle, was ich sage.«

»Unterschätze den Mob nicht, Janucka, sie haben Angst vor dir. Das ist wohl wahr, und du kannst sie alle töten, aber was sollte dir das nutzen?«

»Egal, ich will den Tod Elisas!«

Plötzlich sprang der Vogel auf sie zu, und er sprach mit einer derartig finsteren und unheilvollen Stimme, dass Janucka vor Schreck am Tisch erstarrte.

»Schweig still, du Weib, ich habe dir die Macht gegeben, den Schicksalsbaum zu verändern, aber du wirst nur von deiner Eifersucht geplagt.«

Die Krähe baute sich wie ein böser Schatten über ihr auf.

»Ich brauche die Seelen dieser Bauern, damit ich endlich das beenden kann, was vor so vielen Jahren begann, schon einmal bin ich überlistet worden, von diesem verfluchten Mönchlein, aber das wird nicht noch einmal geschehen, Weib, verfluchtes.«

Die Stimme ließ keinen Zweifel daran, welche Macht hinter ihr stand. Jetzt wurde der Vogel wieder friedlicher.

»Es dürfte dir doch nicht schwerfallen, die paar Bauernseelen zu fangen!«

Janucka nickte unterwürfig.

»Wenn hier alles zu meiner Zufriedenheit erledigt ist, werde ich dich fürstlich belohnen, und du kannst mit deiner kleinen Fähigkeit, den Seelenbaum zu verändern, in eine große Stadt gehen. Du wirst es dann sowieso müssen.«

»Du brauchst nur eine bestimmte Seele?«

Janucka gewann wieder etwas von ihrer Selbstsicherheit zurück.

»Warum? Weil ich nur im Körper einer besonderen Seele mein Ziel erreichen kann.«

Janucka verstand sehr gut, was das Wesen meinte. Franciszek, Elisa und sie mussten diese besonderen Seelen sein.

»Du hast mich betrogen, ich werde nicht länger leben.«

Der Vogel spreizte sein Gefieder, als hätte er den letzten Satz nicht gehört.

»Das kann ich dir nicht mehr versprechen, ich habe nur gespürt, wie Franciszek darauf Einfluss genommen hat.«

Sie sprang erbost auf.

Im gleichen Augenblick flog der Vogel auf und stieß wieder in ihren Körper. Sofort veränderte sich ihr Verhalten. Die aufbegehrende Seele Januckas stand wieder unter der Macht der Krähe.

Noch in dieser Nacht begann sie damit, jedem Dorfbewohner das Schindereisen umzulegen, und schaffte sich somit ein Heer von gefügigen Untertanen.

Franciszek grübelte die ganze Nacht über die Ereignisse. Warum wollte Janucka unbedingt die Seelen der Toten haben?

Dabei blätterte er in Gedanken in der geheimen Schrift des Mönches. Die Kerze auf seinem Tisch stand schräg zu den Seiten des alten Dokuments.

Plötzlich glaubte er, etwas auf der Rückseite einer der Seiten gesehen zu haben. Noch etwas unkonzentriert blätterte er wieder zurück. Erst jetzt erwachte sein ganzes Interesse. Im Umschlagen der Seite tauchte kurz ein Schatten auf, und für einen Augenblick sah es aus wie Schrift auf der Rückseite der Seiten. Er untersuchte die anderen Seiten, aber nur dieses eine Blatt zeigte diesen Reflex im Kerzenlicht. Franciszek untersuchte das Blatt, aber er konnte nichts erkennen, nur in einem bestimmten Winkel zum Licht kam es zu dieser Erscheinung auf dem Papier.

Jetzt wusste er, was es sein konnte: Christian von Stachywo hatte auf dieser Seite eine Botschaft in Geheimschrift hinterlassen. Jetzt verstand er auch, warum er in den Augen des Mönches in seinem Traum einen Mann in der geheimen Kammer gesehen hatte. Dieser studierte die versteckten Bücher. Plötzlich konnte er das Buch erkennen, welches der Mann las.

Franciszek stand auf, die Bücher hatte er alle zu Hause, und er wusste, wonach er suchen musste. Ein Buch über Alchemie und geheime Schriftzeichen.

Nach einiger Zeit fand er einen alten Band über diese Dinge, aber es gab unzählige Möglichkeiten, eine unsichtbare Schrift zu erzeugen und ebenso viele, diese wieder erscheinen zu lassen. Etwas ratlos durchblätterte er die Seiten und begann wahllos zu lesen. Aber dann sah er ein Zeichen über einer der Rezepturen. Drei alte verschnörkelte Buchstaben, nachträglich in das Buch geschrieben. »C. v. S.«, Christian
von Stachywo, der Name des Schreibers. Das musste die richtige Rezeptur sein. Er brauchte eine Weile, bis er die geforderten Zutaten zusammen hatte.

Eine weitere Nacht verging, bis das Gebräu benutzt werden konnte. Vorsichtig strich er die Rückseite des Dokumentes damit ein. Nach wenigen Minuten konnte er die Mitteilung lesen.

»Gott erbarme sich der menschlichen Seele, welche dieses liest. Du suchst die Quelle des Bösen, ich habe sie gefunden. Dieses Gotteshaus wurde auf einem alten heidnischen Platz errichtet, der Landesfürst hat in seiner Überheblichkeit darüber entschieden.

Dann forderte er das Böse heraus und ließ die beim Bau der Kirche verstorbenen Gefangenen im Morast versenken. Die schwarzen Vögel fraßen das Fleisch der Toten, zusammen mit ihren Seelen. Jetzt versucht das Böse so viele Seelen zu fangen, wie Tote im Sumpf liegen.
Möge unser Gott verhindern, dass dies gelingt, ich weiß nicht, was dann geschehen wird. Ich habe alle Krähen töten lassen, derer wir habhaft werden konnten, aber das Böse ist immer noch da. Hütet euch vor den Sklaven der gewaltigen Schlacht, welche unser Fürst geschlagen hat. «

Franciszek musste den Text mehrmals lesen, um dessen Tragweite zu begreifen. Es sah so aus, als hätte dieses »Böse«, wie der Mönch es bezeichnete, von Janucka Besitz ergriffen und mit ihrer Hilfe begonnen zu töten, um an die Seelen der Toten zu gelangen.

Und noch etwas wurde ihm nun klar: Das Wesen, welches ihm in seinem Traum erschienen war und sich als der absolute Tod bezeichnete, hatte von dieser Entwicklung gewusst. Somit war sein Zusammentreffen mit dem letzten Schattenmacher kein Zufall mehr. Am Abend berichtete er Rikolow, und nun auch Elisa, von dem, was er über den Mönch erfahren hatte. Rikolow fand seine Vermutung bestätigt. Seltsamerweise verhielt sich Elisa ausgesprochen ruhig. Nun erfuhr Elisa zum ersten Mal von den Beobachtungen Franciszeks Vaters und den Dingen, welche Rikolow mit Janucka erlebt hatte.

Sie empfand Mitleid mit ihrer ehemaligen Spielkameradin, ansonsten äußerte sie sich nicht.

Sie beschlossen, dass beide Männer in der nächsten Nacht ins Nachbardorf schleichen sollten, um herauszufinden, was Janucka unternehmen würde. Franciszeks Fähigkeit, im Dunkeln zu sehen, kam ihnen nun sehr zustatten.

Sie folgten der Straße über den Hügel und bewegten sich von da an über die Felder, aber Franciszek konnte keinen Wachposten des anderen Dorfes entdecken. Janucka schien sich sicher zu sein, dass es keiner wagen würde, ihr Dorf zu betreten. Als sich die Männer dem ersten Hof näherten, konnten sie das Vieh brüllen hören.
Leise betraten sie einen der Ställe. Die Tiere starrten sie an und fingen an zu rumoren. Sicherlich glaubten sie, nun versorgt zu werden, denn, wie Rikolow schnell feststellen konnte, hatte sich kein Mensch um das Vieh gekümmert. Die Euter der Milchkühe waren angeschwollen, schon längst hätte der Bauer die Tiere melken müssen. Die Pferde standen apathisch in ihren Boxen, kein Fressen, kein Wasser. Langsam gingen sie durch den Stall, plötzlich blieb Rikolow stehen und zeigte nach vorn. Vor ihnen in der Scheune schwebte eine Frau in der Dunkelheit.

Sie warteten, nichts geschah. Jetzt sah Franciszek den Strick, die Frau war aufgehängt worden. Sie fanden keine Hinweise darauf, dass sich die Frau das Leben selbst genommen hatte. Ihr wurde der Strick um den Hals gelegt, und dann hatte man die Unglückliche emporgezogen. Die Tür des Wohnhauses stand offen und bewegte sich in der Angel.

Im Haus brannte kein Licht, das Feuer in der Kochstelle hatte schon seit Tagen nicht gebrannt. In einem der Schlafräume fanden sie Kinder in ihren Betten, tot. Sie sahen so aus, als wären sie friedlich eingeschlafen.

Neben den Betten saß eine weitere Frau, sie hielt krampfhaft ein Kissen in der Hand. Vermutlich hatte sie damit die Kinder in ihren Betten erstickt. Rikolow stieß die Frau an. Diese kippte langsam zur Seite, und sie konnten einen Sensenkopf sehen, der in ihrem Rücken steckte. Der Friedhofsgärtner untersuchte die Tote und stellte fest, dass sie schon ungefähr zwei Tage hier hocken musste.

»Was hat sich nur hier abgespielt?«, fragte Rikolow leise und erschrak über seine eigene Stimme an diesem grausigen Ort.

Schlagartig dachte er an ein grausames Erlebnis, welches er in der Armee des Zaren hatte. Damals standen die Truppen an der Grenze zum Osmanischen Reich. An diesem Tag hatte er auch seinen besten Freund für immer aus den Augen verloren, dieser befand sich in einem Vorauskommando und hatte hinter einer Brücke feindliche Kräfte in die Flucht geschlagen. Rikolow folgte mit dem Tross dem Kommando. Als sie die Brücke erreichten, hatten die Feinde diese bereits zerstört. Das Vorkommando hatte nun keinen Kontakt mehr zum Hauptheer des Zaren, und wurde, wie sie später erfuhren, vollkommen aufgerieben.

Sie begannen die Brücke zu reparieren. Am nächsten Morgen trieben plötzlich unzählige Leichen den Fluss herunter. Schockiert mussten sie feststellen, dass es nur Frauen und Kinder waren. Wie sie später erfuhren, hatten osmanische Reitertruppen auf russischer Seite ein Dorf überfallen und Frauen und Kinder mitgenommen. An dieses grausame Zerrbild wurde Rikolow nun erinnert. Erst als Franciszek ihn am Arm berührte, verschwanden die Bilder. Sanft zog er den Freund aus dem Haus, hier kam jede Hilfe zu spät.

Die beiden Männer schlichen zum nächsten Hof. Überall bot sich ihnen das gleiche Bild. Die meisten Frauen hingen erdrosselt in den Stallungen, manchmal sogar mit ihren Kindern. Wenn nicht, fanden sie diese erstickt in ihren Betten.

Aber sie fanden keine toten Männer!

Im ganzen Dorf herrschte Ruhe, selbst vom Hof Januckas kam kein

Laut, alles hüllte sich in düsteres Schweigen. Unentschlossen standen die beiden Männer auf der Dorfstraße, nicht mal ein Hund ließ sich blicken, als hätten selbst diese den Ort verlassen. Sie liefen in Richtung der ehemaligen Kapelle, da blieb Franciszek stehen und lauschte in die Dunkelheit.

»Was ist? Hörst du etwas?«

»Ich weiß nicht, aber ich habe das Gefühl, als würden vom Dorfrand Geräusche herüberkommen!«

Rikolow beugte sich nach vorn, aber er konnte nichts wahrnehmen.

»Lass uns weitergehen, runter zum Dorfbrunnen«, meinte er und zeigte nach vorn. Auf dem Rand des Brunnens saß eine Person.

»Da ist jemand, und er lebt!«

Franciszek hatte die Person als Erster gesehen. Als sie näherkamen, sahen sie, dass es eine Frau sein musste. Wie ein Blatt im Wind schwankte sie umher. Rikolow stieß sie vorsichtig an.

»Was ist mit dir? Wo sind die anderen?«

Die Frau reagierte nicht auf die Berührung, tief hielt sie ihren Kopf gesenkt. Franciszek beugte sich zu hier herunter, hob ihren Kopf und ließ ihn schnell wieder los.

»Sie hat keine Augen mehr, Rikolow.«

Wie zur Bestätigung seiner Worte, öffnete sie ihre beiden Hände, welche vor ihr im Schoß lagen. Schaudernd fuhren beide zurück, das war selbst für Rikolow zu viel. In jeder Hand lag ein Augapfel, blutig verklebt haftete er in ihren Finger.

»Oh mein Gott, wer kann so etwas tun?«, sprach er mehr zu sich selbst.

Zu ihrem größten Entsetzen antwortete nun die Frau:

»Die schwarzen Vögel!« Dann verstummte sie wieder.

Erschüttert traten die beiden ein paar Schritte zurück.

»Was hat dieses Hexenweib hier angerichtet?« Rikolows Stimme zitterte. »Und ist dir schon aufgefallen, dass es hier überhaupt keine Krähen gibt, obwohl diese Viecher alle über den Hügel geflogen sind?«

Franciszek sah sich um, Rikolow hatte recht, keine Krähen.

Plötzlich lauschte der Friedhofsgärtner in die Dunkelheit.

»Jetzt kann ich auch Geräusche hören, sie kommen vom Dorfrand, vom Moor!«

Langsam gingen sie weiter, die Frau saß noch immer auf dem Rand des Brunnens. Sie wagten beide nicht sie anzufassen, oder irgendetwas für sie zu tun. Was hätten sie auch für sie ausrichten können?

Sie waren noch nicht weit gekommen und standen gerade im Schatten eines großen Baumes, als Franciszek Rikolow festhielt.

»Bleib stehen, da kommt was angeflogen!«

Sie sahen zurück zu dem Platz mit dem Brunnen und der Frau. Aus der Dunkelheit hörten sie das Schlagen von Flügeln. Beide Männer wussten, dass es nur eine Krähe sein konnte. Das Tier flog über den Baum, unter dem sie standen, hinunter zu der Frau am Brunnen. Ohne seine Geschwindigkeit zu verringern, stieß der Vogel mit dem Schnabel voran in die Brust der Frau. Der Leib kippte nach hinten und fiel mit der Krähe in den Brunnenschacht, aber sofort erschien wieder der Vogel mit einem Seelenschleier im Schnabel. Jetzt hörten sie, wie der Körper ins Wasser schlug. Dumpf schallte es aus dem Loch. In der Stille der Nacht hörte es sich wie ein Donnerschlag an.

Sie warteten noch einen Augenblick im Schatten des Baumes, bis sie weitergingen, die Geräusche wurden immer deutlicher. Im Moor wurde gearbeitet. Langsam pirschten sie sich durch den Schilfgürtel nach vor.

Plötzlich näherte sich von hinten ein Bauer mit seinem Gespann, er musste aus dem Wald gekommen sein, der direkt hinter dem Dorf lag. Er hatte lauter Zweige geladen und fuhr weiter zum Moor. Sie folgten

ihm, bedacht darauf nicht bemerkt zu werden. Aber wie es schien, lief der Bauer völlig abwesend neben seinem Gespann her.

Jetzt erreichten sie eine Stelle, von der aus sie unbeobachtet sehen konnten, was im Moor geschah. Es herrschte rege Betriebsamkeit. Die Männer des Dorfes bauten einen Knüppeldamm, hinaus aufs Moor. Über alldem thronte Janucka auf einem schwarzen Pferd. Schnell erkannten die Männer, wohin der Damm führen sollte – zu der kleinen Insel unterhalb des Friedhofes. Von ihrem Dorf aus konnte man den Damm nicht sehen, die Insel versperrte die Sicht. Rikolow wusste, dass es von dort einen geheimen Pfad gab, der zu seinem Friedhof führte.

Somit waren die Absichten Januckas klar: Sie wollte nachts das Dorf überfallen.

Die Bauern arbeiteten wie die Wilden, keiner von ihnen unterbrach seine Arbeit auch nur für Sekunden. Janucka musste allen das Schindereisen umgelegt haben, woraufhin diese ihre Familien ausgelöscht und den Bau begonnen hatten. Willenlose Lakaien, sie würden schuften, bis sich der Tod ihrer annehmen würde. Aber die Seelen bekämen die Krähen.

Der Knüppeldamm hatte die Insel schon fast erreicht, in der nächsten Nacht würde Janucka es geschafft haben. Einer der Bauern brach zusammen, keiner der anderen scherte sich darum, nur eine Krähe stieg langsam auf dessen Brust und zog einen sich windenden Seelenschleier aus dem Oberkörper. Dann erhob sich der Vogel und flog direkt durch Janucka hindurch. Wie es Rikolow auf der Insel beobachtet hatte, verharrte das Tier für Sekunden in ihrem Körper, um dann wieder aus dem Rücken emporzusteigen.

Sie beobachteten noch eine ganze Weile den Fortgang der Arbeiten, dann schlichen sie zurück und verließen das Dorf. Rikolow ging auf den Friedhof, setzte sich an das Grab seines Freundes und beobachtete die Insel. Von den Aktivitäten Januckas konnte man nichts sehen. Sie hatte den Knüppeldamm genau von der richtigen Seite angelegt. Kein Mensch würde sie unter den großen Bäumen und Büschen vom Dorf aus entdecken.

Am nächsten Tag bestellte der Pfarrer alle Bauern in die Kirche und Franciszek informierte sie über den bevorstehenden Angriff aus dem Sumpf. Die Dorfbewohner waren entsetzt über die schrecklichen Ereignisse im Nachbardorf. Einige hatten Verwandte und Familienbande, die über Jahre bestanden, und mussten nun erfahren, dass es keine Frauen und Kinder mehr dort gab.

Die schrecklichen Gräueltaten Januckas brachten die Frauen zum Weinen und die Männer brüllten herum und wären am liebsten gleich aufgebrochen, um in das Dorf einzumarschieren. Als die Stimmung ihren Höhepunkt erreichte und die Bauern blindlings aus dem Gotteshaus stürmen wollten, stellte sich Rikolow ihnen in den Weg. Mit einer Axt in der Hand stand er vor der Kirchentür und schlug mit aller Kraft das Eisen vor sich in den steinernen Boden der Kirche. Dabei brüllte er in einer Lautstärke, dass die Bauern vor Angst in die Knie sanken.

Nicht, dass sie nicht sowieso schon einen gehörigen Respekt vor dem Gräbermacher gehabt hätten, aber seine mächtige Stimme hatten sie noch nie gehört und diese gewaltige Stimme schallte durch die Kirche, dass die Dochte der Kerzen fast erloschen wären. Nachdem seine Stimme verhallt war, herrschte absolute Stille in der Kirche, selbst der Pfarrer starrte erschrocken auf Rikolows Axt, die gewaltige Funken geschlagen hatte.

»Ihr bleibt alle hier und der Erste, der versuchen sollte, die Kirche zu verlassen, dem spalte ich den Schädel mit dieser Axt!«

Alle wichen zurück und duckten sich weg.

»Erst brüllt ihr alle herum und lauft dann kopflos durch die Gegend und wollt ins andere Dorf?« Rikolow ging ein paar Schritte in die Kirche hinein und die Bauern machten ihm Platz.

»Was glaubt ihr, was euch im anderen Dorf erwartet? Die Krähen werden euch die Augen aushacken und dann die Hexe? Was glaubt ihr wohl, was ihr gegen die ausrichten könnt?«

Jetzt trat Franciszek vor und versuchte, die Situation zu entspannen. Er kannte den Jähzorn der Bauern und versuchte zu erklären, wie schwierig ihre Situation war. Würden sie so spontan und unüberlegt vorgehen, würden sie Janucka nur noch mehr herausfordern und keiner wusste, was sie tun würde, wenn ihr bösartiger Plan schon vor seiner Fertigstellung auffliegen würde.

Franciszek erklärte ihnen, dass es das Beste wäre, sie bei ihrem Vorhaben nicht zu behindern. Denn wenn sie den Damm fertig gebaut hätte, würde sie vermutlich mit ihren Leuten das Dorf stürmen. Der Vorteil bestünde darin, dass man sich nun darauf vorbereiten konnte, und, wie es schien, hatten die Krähen noch nicht bemerkt, dass sie wussten, was auf sie zukam. Der Weg von der Insel zum Friedhof ließ sich auf jeden Fall besser verteidigen als ein Angriff auf der Landseite.

Die Bauern stimmten ihm nun zu, behielten dabei aber Rikolow im Auge, der noch immer an der Tür stand und sich auf seiner Axt abstützte, aber er machte inzwischen keinen bedrohlichen Eindruck mehr und begann seine Pfeife zu stopfen.

Der Pfarrer sah das zwar mit einer gewissen Missbilligung, dass dieser wohl sein Rauchwerk hier in der Kirche entzünden wollte, aber er ging nicht darauf ein, stieg auf seine Kanzel und sprach von dort oben eindringlich auf die Bauern ein, das zu tun, was Franciszek vorschlug.

Es wurde beschlossen, dass sich die Frauen am nächsten Tag mit den Kindern in der Kirche verstecken sollten und die Bauern den Tag dazu nutzen sollten, sich mit entsprechenden Waffen auszustatten und am nächsten Abend den Angriff am Friedhof zurückzuschlagen. Man war sich darüber einig, dass die Hexe Janucka an allem die Schuld trug und alle würden den Angriff unten am Sumpf erwarten. Von dort konnten die Leute Januckas nur auf einem schmalen Pfad aus dem Sumpf herauskommen. Das würde die beste Stelle sein, um den Übergriff abzuwehren.

Franciszek hatte zudem vorgeschlagen, dass eine kleine Gruppe Bauern sich bereithalten sollte, sofort nach Beginn des Angriffes über den Hügel ins Nachbardorf zu laufen und von der anderen Seite den Knüppeldamm in Brand zu setzen. Die Sache sollte nun endgültig entschieden werden.

Franciszek besuchte noch in der Nacht den Seelenfresser und fragte diesen nach seiner Meinung. Denn es gab einen Punkt, den er nicht verstand, und hoffte, die kleine Kreatur wusste eine Antwort. Was versprach sich Janucka überhaupt von dem Unternehmen? Was würde geschehen, wenn sie siegreich aus der Sache hervorgehen sollte? Welchen Zweck erfüllte das alles? Würde sie beide Dörfer ausrotten? Was wollte sie dann hier noch anfangen?

All diese Fragen brauchten eine Antwort, aber der kleine Seelenfresser wusste sich auch keinen Rat mehr. Letztlich blieb ihnen nur noch der logische Schluss, dass dieses unbestimmte Böse, welches der Mönch in seinen Schriften erwähnte, der eigentliche Auslöser und Herr der Situation sein könnte.

Janucka trieb ihre willigen Geister an, ohne sich darum zu scheren, wie viele der Bauern vor Erschöpfung starben. Sie hatte jedem Einzelnen von ihnen das Schindereisen umgelegt und von ihnen verlangt, ihre Familien zu töten und danach sofort mit dem Bau des Sumpfweges zu beginnen.

Die wenigen Bauern, welche es trotzdem schafften, sich zu widersetzen, wurden von ihren Knechten erschlagen. Sie versuchte auch, den Lebensbaum der Bauern im anderen Dorf zu ihren Gunsten zu verändern. Allerdings stellte sie enttäuscht fest, dass die Entfernung zu den betreffenden Familien zu groß war. Ihr Radius für derlei Dinge war zu klein. Janucka hatte die Hoffnung, dass sie auf der Insel dafür nah genug sein würde. Wenn ihre folgsamen Untertanen über das Dorf herfallen würden, konnte sie die Zeit nutzen, um von der Insel aus den Lebensbaum der Verteidiger zu ihren Gunsten zu verändern.

Am Abend erreichte der Bautrupp die Insel. Kaum hatten die Bauern ihr Ziel erreicht, fielen sie erschöpft zu Boden.

Janucka musste eine Pause einlegen. Der körperliche Zustand der hörigen Menge hatte ihren Tiefpunkt erreicht. Die abgekämpften Körper waren am Ende. Mit diesen geschwächten Menschen konnte sie nicht über den geheimen Pfad, über den Friedhof, in das Dorf stürmen.

Wütend über diese Verzögerung ging sie auf die Lichtung in die Mitte der Insel.

Plötzlich geschah etwas, womit sie nicht gerechnet hatte. Die Krähen, welche sie die ganze Zeit begleitet hatten, flogen jetzt hoch über die Insel, bis sie die Tiere in der Dunkelheit nicht mehr sehen konnte. Aber die Vögel verließen die Insel nicht, aus großer Höhe stürzten sie sich wie Pfeile auf die erschöpft am Boden liegenden Bauern.

Die wenigen, welche die Herrschaft Januckas bis zu dieser Nacht überlebt hatten, wurden nun von den Krähen umgebracht. Hatten die Vögel einem Bauern die Seele aus der Brust gerissen, flogen sie zu Janucka und brachten diese in ihren Körper. Janucka wusste gar nicht, wie ihr geschah, als plötzlich die vielen Seelen in ihren Leib eindrangen. Wehrlos hockte sie auf der großen Sandfläche und wartete, bis die letzte Krähe bei ihr gewesen war.

Dann trat wieder Ruhe ein. Janucka spürte plötzlich, wie sich in ihrem Körper etwas regte. In jeder kleinsten Ader spürte sie die vielen Seelen, welche die Krähen nun in ihrem Körper versammelt hatten. Aus diesem Gefühl wurde Schmerz, ein unglaublicher Schmerz. Ihr Körper beugte sich unter Krämpfen nach vorn. Kein Schrei kam über ihre Lippen. Dann spürte sie, wie die große Krähe ihren Körper verließ, das Tier saß nun vor ihr im Sand und beobachtete ihren Schmerz. Jetzt stieß der Schnabel des Vogels an ihren Kopf. Ein kleiner Blutstropfen perlte über ihre Stirn.

»So, Janucka, du hast deine Aufgabe erfüllt, und ich habe mein Versprechen gehalten. Du bist die mächtigste Bäuerin der Gegend geworden.«

Janucka hob mühevoll den Kopf, der Schmerz entstellte ihr Gesicht. Sie bekam keinen Ton heraus und sah nur auf den schwarzen Vogel.

»Willst du etwas sagen, kleine Hexe? Ich weiß, ich sollte den Schmerz von dir nehmen«, lachte der Vogel.

Aus ihrem Mund lief Speichel, als die Krähe sie berührte. Nun schien sich der Schmerz zu vervielfältigen, endlich entsprang ihrer Brust ein entsetzlicher Schrei. Im selben Augenblick strömte aus ihrer Brust ein nicht enden wollender Nebel von Seelen. Bei jedem einzelnen ihrer Opfer empfand sie den Schmerz der Geburt.

Nachdem nun all die Ermordeten ihren Körper verlassen und einen Kreis um sie gebildet hatten, verspürte sie bloß noch ein dumpfes Gefühl im ganzen Körper. Sie erhob sich und stand nun im Schleier der Seelen. Jedes Mal, wenn eine dieser Seelen sie berührte, spürte sie deren Todesschmerz.

Sie zuckte zurück. Nun stieg die große Krähe einen halben Meter über dem Boden auf und schlug mit aller Kraft die Flügel auf den Boden. Wie ein Erdstoß setzte sich dieser Schlag über den Sand fort.

Eine Welle bildete sich im Untergrund der Lichtung und pflanzte sich in jede Richtung fort, bis in den Morast, welcher die Insel umschloss. Plötzlich erhob sich ein grässliches Gebrüll aus dem Sumpf. Als würden sich unendlich viele Ungeheuer darin befinden, und diese kamen nun aus dem jahrhundertealten Schlamm auf die Insel gekrochen.

Janucka stand noch immer auf der Lichtung und beobachtete, wie sich diese Gestalten vom Boden erhoben. Erst waren es nur mit Schlick bedeckte Wesen, aber je weiter sie auf die Lichtung kamen, umso mehr gewannen sie ihre ursprüngliche Gestalt zurück. Wie einen alten Mantel streiften sie den Schmutz ab. Was zum Vorschein kam, erstaunte sie. Es waren silberglänzende Rüstungen, Ritterrüstungen!

Selbst Pferde erhoben sich aus dem Morast. Vereinzelt zwischen den Kriegern sah sie Personen, die wie Handwerksburschen aussahen.

Steinmetze und Zimmerleute, aber derer nicht viele.

Schweigend stand nach einiger Zeit eine beachtliche Zahl dieser Wesen um sie herum. Nun kam als Letzter ein Reiter auf einem gewaltigen Schlachtross auf sie zu, jetzt erhob sich die große Krähe und flog durch die Rüstung dieses Reiters in dessen Brust. Daraufhin stieg das Pferd auf die Hinterläufe und der Ritter zog sein Schwert. Aus seinem Mund erklangen seltsame, undefinierbare Laute.

Eine tiefe Stimme schien eine Beschwörungsformel zu sprechen, die Töne waren angsteinflößend.

Nun stürzten sich die anderen Krähen auf die Seelenschleier, welche sich in einem Reigen um Janucka bewegten. Hatte ein Vogel eine dieser Seelen gepackt, brachte er diese zu einem der Wesen aus dem Sumpf. Mit einer Seele ausgestattet formierten sich die Kreaturen zu einem Zug.

»Janucka...«, sagte nun der Ritter auf seinem Pferd und er hatte die Stimme der Krähe. »...gib Acht auf deine schwarze Seele. Verlasse diesen Ort!«

Trotz aller Angst über diesen unheimlichen Aufmarsch trug Janucka genügend Hass in sich, um dem Ritter zu widersprechen.

»Niemals, erst wenn ich meine Rache habe!«

Der Ritter berührte sie mit dem Schwert an der Brust.

»Dann folge deinem Schicksal.«

Als er sein Schwert zurückzog, fiel eine schwarze Feder zu Boden. Dann schloss er sich der Kolonne an und ritt über den Knüppeldamm zurück in das Dorf. Janucka lauschte in die Dunkelheit, sie war völlig allein auf der Insel.

Dann sah sie einen hellen Schein im Himmel aus ihrem Dorf. Die Geschöpfe aus dem Sumpf mussten ihr Dorf angezündet haben. Janucka fluchte, aber nicht darüber, dass nun ihr ganzer Besitz in Flammen aufging, sondern darüber, dass diese Streitmacht nicht über den geheimen Pfad zum Friedhof gezogen war.

Plötzlich stand sie ganz allein da, keine Krähe war zu sehen, aber ihr Hass auf Elisa und Franciszek war derartig stark, dass sie nicht aufgab. Als sie die Insel erreichte, hatten ihr die Krähen berichtet, dass die Dorfbewohner hinter dem Sumpf auf dem Friedhof auf sie und ihre Helfer warten würden. Aber nun waren die Bauern nah genug an diesem Platz.

Janucka sah noch einmal in Richtung ihres Dorfes, wo der Himmel immer heller wurde, und begann nun Zeichen in den Sand zu malen, einen Lebensbaum, den sie verändern wollte.

Die Bauern auf dem Friedhof, angeführt von Rikolow, hatten die Ankunft der Krähen über der Insel beobachtet. Sie spürten eine gewaltige Erschütterung, welche von der Insel ausging. Das Sumpfwasser schlug kleine Wellen, dann hörten sie den grässlichen Schrei Januckas.

Wenige Augenblicke später hörten sie ein markerschütterndes Gebrüll, das aus dem Morast rund um die Insel kommen musste. Einige Bauern bekreuzigten sich, andere wollten davonlaufen. Aber Franciszek und Rikolow hielten die nun verängstigten Männer zusammen.

Im Dorf befand sich zum Glück keine Menschenseele mehr, alle Frauen und Kinder hatten sich um den Pfarrer in der Kirche geschart. Dieser hielt, selbst verängstigt, eine Andacht. Auch in der Kirche hatte man die Erschütterung gespürt. Nachdem der schreckliche Schrei Januckas auch zu den Betenden gedrungen war, ließ der Pfarrer alle Fenster schließen.

Einige der Frauen und Kinder fingen an zu weinen. Sie spürten alle, dass außerhalb der Kirche etwas Furchtbares geschah.

Dann wurde es ruhig auf der Insel, kein Geräusch drang zum Friedhof. Jetzt hatten sich die Bauern etwas beruhigt. Bewaffnet mit Sensen und Mistgabeln standen sie im Schilf bereit. Einige, welche dem Zaren gedient hatten, trugen ihre alten Uniformen, Lanzen und Schwerter, ein paar alte Musketen waren auch dabei. Es blieb eine ganze Weile ruhig. Von der Insel kam noch immer kein Laut zu ihnen herüber, aber dann ganz leise hörten sie etwas Seltsames. Es klang wie das Marschieren einer Truppe, allerdings entfernte sich diese von der Insel. Etwas ratlos sahen sich die Männer an, der erwartete Angriff schien auszubleiben.

Aber noch forderte Rikolow die Männer auf, etwas Geduld zu haben. Er stand wie ein Berg direkt am Sumpf, wo der geheime Pfad zur Insel seinen Anfang hatte.

Franciszek stand hinter der Bauerntruppe, um etwaige Hasenfüße an ihren Platz zurückzuschicken. Plötzlich spürte er eine Berührung am Bein, der kleine Seelenfresser stand hinter ihm.

»Josef, geh nicht in die Kirche, hast du verstanden?«

»Wieso? Was ist in der Kirche?«

»Spürst du nicht dieses Beben in der Erde? Da ist irgendetwas und ich soll dich beschützen!« Diese besondere Betonung in der Stimme der kleinen Kreatur beunruhigte ihn.

Franciszek lauschte in Richtung Insel, alles schien ruhig zu sein.

»Wo ist Elisa?«

Einen Augenblick zögerte der Seelenfresser.

»Hol sie aus der Kirche heraus, du hast ihr noch immer keinen zweiten Schatten gegeben, sie und Lydia sind die Letzten im ganzen Dorf ohne Schatten.«

Franciszek drehte sich um und lief schnell über den Gottesacker.

»Dann verlass sofort die Kirche!«, rief ihm der Seelenfresser noch hinterher.

Die Menschen in der Kirche erschraken, als Franciszek plötzlich unter ihnen auftauchte, und überhäuften ihn mit Fragen. Aber er konnte ihnen nur erzählen, was er selbst wusste, der Angriff schien auszubleiben. Die Männer aus dem anderen Dorf schienen sich zurückzuziehen. Ratlos, aber beruhigt setzten sich die Frauen mit ihren Kindern auf die Bänke und blickten zu dem Pfarrer auf, der noch immer auf seiner Kanzel stand und leise Gebete sprach. Franciszek sprach noch einmal auf die Versammelten ein und nahm dann Elisa zur Seite.

»Ich gehe jetzt zurück zum Friedhof. Wenn ich weg bin, verlässt du sofort mit Lydia die Kirche durch den hinteren Ausgang und ihr versteckt euch beide in Rikolows Kammer, bis ich zurück bin!« Elisa sah Franciszek an und bemerkte dessen Angst.

»Frag nicht, geh und tue, was ich dir gesagt habe!« Sie nickte und spürte zugleich ein Stechen. Etwas würde geschehen, das sie nicht mehr verhindern konnte. Elisa sah Feuer und Tod und es gab nichts, was sie dagegen tun konnte. Da kam etwas auf sie zu, was außerhalb jeglicher Gefühle und Empfindungen stand.

Es war eine uralte, unbändige Wut, Hass und blutige Rachsucht. Sie kannte die Gefühle, welche Janucka in ihrem Umfeld erzeugte, und damit konnte sie umgehen und entgegensteuern, aber auf das, was sich auf all die Menschen um sie herum zubewegte, konnte sie nicht einwirken.

Plötzlich spürte sie Franciszek, Lydia und Rikolow und diese Gefühle wurden so stark, dass sie wusste, was zu tun war. Wenige Augenblicke später verließ sie zusammen mit Lydia heimlich die Kirche. Als sie mit dem Kind die Kirche verließ und sich zu Rikolows Unterkunft zurückzog, spürte sie plötzlich wieder die Anwesenheit von Janucka und diese Gefühle lösten eine große Traurigkeit in ihr aus. Sie spürte, dass es mit Janucka zu Ende ging.

Franciszek kam gerade in dem Augenblick bei den Bauern an, als etwas Sonderbares geschah. Einer der Männer im Schilf stürzte ohne ersichtlichen Grund auf einen anderen Bauern und enthauptete ihn von hinten mit seiner Sense. Alle standen schockiert daneben und keiner wusste, was er nun unternehmen sollte. Der Bauer stand mit erhobenem Mordwerkzeug hinter seinem Opfer, keiner wagte sich in seine Nähe.

Rikolow kam seitlich auf den Bauern zu. Als dieser den Gräbermacher erblickte, hob er die Sense und setzte zu einem weiteren Hieb an, wie es schien. Aber dann stürzte er sich selbst in die scharfe Klinge. Das schlanke Eisen durchdrang seinen Brustkorb, mitten durchs Herz.

Noch bevor einer der Bauern etwas sagen konnte, hörten sie einen spitzen Schrei von ihrer Flanke.

Rikolow und Franciszek rannten sofort in diese Richtung. Wieder hatte ein Bauer einen seiner Kameraden getötet und einen anderen schwer verletzt. Gerade holte er zu einem weiteren Hieb aus, um den Verletzten zu töten. Da traf ihn Rikolow mit einem Knüppel zwischen die Schulterblätter. Der Mann fiel um und blieb regungslos liegen.

»Was ist hier los?«

Ratlos blickten sich alle an und erwarteten den nächsten Angriff aus ihren Reihen.

»Das ist Janucka, auf der Insel!«, rief Rikolow, er erinnerte sich an deren seltsames Handeln auf der Lichtung.

»Ich weiß, wo sie ist. Los!« Ohne abzuwarten, begann er über den geheimen Pfad auf die Insel zuzustürmen.

»Tötet die Hexe!«, brüllten plötzlich die Bauern und folgten ihm. Von einem unerwarteten Mut beseelt, rannten sie dem Gräbermacher hinterher. In ihrer Angst, das nächste Opfer der Hexe zu werden, löste sich ihre Furcht und ihr Kampfeswille erwachte. Franciszek blieb nichts anderes übrig als der Meute zu folgen.

Gemeinsam erreichten sie die Lichtung. Sie sahen Janucka allein mitten in einer Sandfläche hockend und der Sand um sie herum schien wie Wasser in Bewegung zu sein. Sie zögerten, die Fläche zu betreten, zudem Janucka keine Notiz von ihrer Anwesenheit nahm. Franciszek trat als Erster auf den seltsamen Sand. Sofort erstarrte die Fläche.

Erst jetzt hob Janucka den Kopf und sah die Bauern um sich herum. Abwehrend hob sie die Hand, als nun die Männer auf sie zuliefen.

Der Erste, der sie erreichte, trennte mit einem Hieb seiner Sense die ausgestreckte Hand von ihrem Arm. In maßloser Angst und Hass stürmten die Bauern auf ihr Opfer. Rikolow und Franciszek versuchten, die Männer zurückzuhalten, aber es erschien aussichtslos. Ein regelrechter Blutrausch erfüllte die Bauern. Einer stieß seine Mistforke durch ihren Oberschenkel. Erst in diesem Augenblick begann Janucka zu schreien. Für Sekunden hielten die Männer erschrocken inne. Der Schrei hatte etwas Teuflisches an sich, sie musste eine Hexe sein. Bevor sie ihr grausiges Werk beenden konnten, sprang einer der Bauern nach vorn, packte Janucka an den Haaren und zog sie nach hinten, um ihr den Kopf abzutrennen.

»Nein, nicht!«, schrie plötzlich Rikolow.

»Nicht hier auf der Insel. Lasst sie uns auf den Friedhof schaffen, wenn sie auf geweihter Erde begraben ist, wird sie ewige Höllenquallen erleiden!«

Mit etwas blödem Blick starrten die Bauern ihn an, aber dann begriffen sie. Janucka war eine Hexe und nur heiliger Boden konnte den Dämon besiegen. Schnell drehten sie einen Knüppel durch ihr Haar und schleiften sie fort. Rikolow und Franciszek versuchten, dem Rausch der Bauern Einhalt zu gebieten, aber der Mob brach los, nichts würde sie noch aufhalten können.

Den beiden Männern wurde bewusst, dass jegliche Versuche, die Sache unter Kontrolle zu bringen, den Blutrausch der Bauern gegen sie gerichtet hätte. Janucka schrie wie eine Irre, als die Bauern sie durch den Sumpf zum Friedhof schleiften. Manchmal erstarb ihr Gebrüll, wenn ihr Kopf im morastigen Wasser verschwand oder ein brutaler Schlag ihr den Atem nahm. Es ging so fort, bis sie wieder festen Boden unter den Füßen verspürte.

Auf dem Friedhof angekommen, wurde schnell ein Sarg herbeigeschafft.

Elisa hörte in der Kammer das an Wahnsinn grenzende Gebrüll der Meute und sah aus dem Fenster der Kammer, wie die Bauern auf die Stallungen des Pfarrers zuliefen und mit einem Eichensarg in Richtung Moor wieder verschwanden. Sie konnte zwar nicht sehen, aber sie spürte genau, was geschah. Ihre kindliche Bindung zu

Janucka erwachte, jetzt spürte sie, was sich unten am Wasser ereignen würde.

Sie fühlte auch Franciszeks Hilflosigkeit und wie dieser von Rikolow zurückgehalten wurde, es gab keine Hoffnung mehr. Das Grauen nahm seinen unerbittlichen Lauf. Weinend brach sie in Rikolows Kammer zusammen. Ängstlich schmiegte sich die kleine Lydia an sie.

Die Bauern prügelten und stießen Janucka in den Sarg. Aus dem Stumpf der abgetrennten Hand spritzte nun Blut heraus und besudelte die Bauern. Diese wurden davon nur noch mehr angestachelt. Sie stachen und traten auf den sich windenden Körper im Sarg ein. Als sie den Deckel schlossen, wimmerte Janucka nur noch. Ein Stich durch die Lunge nahm ihr die letzte Kraft. Aber die Bauern tobten noch immer wie ein Haufen Wahnsinniger um den Sarg herum. Ihre ganze Anspannung löste sich in diesen Minuten der Grausamkeit.

Sie rissen einen alten Grabstein aus dem Sumpf und banden diesen auf den Sarg. Dann begannen sie, die Totenkiste in den Sumpf zu ziehen. Die Kiste versank langsam im Schlick. Einer der Bauern stellte sich auf die Kiste und brüllte wie ein irrsinniger Kannibale, erst als der Sarg im schlammigen Wasser verschwand, sprang er auf trockenes Land. Eine Weile standen die Bauern noch völlig erregt am Ufer und beobachteten die aufsteigenden Luftblasen, die sich langsam einen Weg durch den Schlick nach oben suchten.

Dann trat Ruhe ein. Der Wahnsinn wich aus ihren Köpfen, es folgte eine totale Erschöpfung.

Rikolow und Franciszek saßen an Potoskis Grab und fanden keine Worte über das soeben Erlebte.

Nur der kleine Seelenfresser stand grinsend an einem Grabstein und beobachtete jede Bewegung der Bauern.

Janucka hatte das Kommen der Bauern auf der Insel nicht bemerkt, zu sehr hatte sie sich in die Seelenbäume der Angreifer vertieft. Die unerwarteten Tötungen unter den wartenden Bauern gingen auf ihr Konto. Sie veränderte die Lebensbäume der Betreffenden und sie wurden zu Mördern. Erst als Franciszek den Sand zur Ruhe brachte, erwachte sie aus diesem Zustand. Schnell hob sie die Hand, um den ersten Angreifer mit ihrem Bann zu bremsen. Aber erstaunt musste sie feststellen, dass die Krähe ihr diesen Zauber genommen hatte. Bevor sie ihre neue Situation erfassen konnte, trennte ein Bauer ihre Hand vom Arm. Sie empfand keinerlei Schmerz dabei, zu sehr erstaunte sie die unausweichliche Situation, in der sie sich befand.

Erst jetzt sah sie Franciszek und den Gräbermacher und begriff, ihr Ende schien gekommen. Dann begann das Prügeln und Schlagen. Sie spürte, wie ihr Kopf unter Wasser gestoßen wurde, und wusste, dass man sie auf den Friedhof brachte. Alles, was dort geschah, bekam sie nur durch einen Schleier mit. Sie hatte den Eindruck, neben sich zu stehen, und diesen Gewaltakt von außen zu beobachten. Dabei hatte sie das Gefühl, als wäre Elisa ganz nah bei ihr und diese Empfindung schien den Schmerz zu dämpfen.

Erst als sich der Sargdeckel schloss, kehrte sie scheinbar in ihren Körper zurück. Plötzlich erwachten all ihre Sinne. Sie konnte hören, wie der Stein auf dem Deckel befestigt wurde und das Schieben und Kratzen über den Boden begann. Als der Sarg das Wasser erreichte, drang langsam träger, stinkender Schlick in ihre Kiste ein. Sie hörte den Tanz des Bauern auf der versinkenden Totenkiste und dann erlebte sie die plötzlich entsetzliche Ruhe. Nur ein leises Gluckern drang zu ihr durch, die Luft wich aus dem Hohlraum.

Jetzt kam sie etwas zur Besinnung, obwohl ihr der unausweichliche Irrsinn ihrer Situation bewusst wurde, hatte sie ein beruhigendes Gefühl, als würde sie plötzlich Elisas Stimme hören. Aber diese Ruhe war nur von kurzer Dauer. Sie spürte das Ansteigen des Wassers, der Schmerz ihrer Wunden drang in ihr Bewusstsein zurück. Langsam stieg der Wahnsinn in ihr hoch, aber plötzlich spürte sie einen leichten Druck auf ihrer Brust. Sie öffnete die Augen, die sie bis jetzt krampfhaft zugepresst hatte, und überrascht sah sie ein kleines Licht. Ein kleines Wesen saß grinsend vor ihr und hielt eine winzige Laterne in der Hand.

Es schien gerade so groß zu sein, dass es zwischen ihrer Brust und dem Holz über sich Platz hatte.

»Ich möchte, dass du mich siehst, Janucka!«

Völlig überrascht starrte sie die kleine Kreatur an und langsam erschien ein Bild vor ihren Augen, ein schönes Erlebnis aus ihrer kindlichen Erinnerung.

»Du bist der kleine Engel auf dem Koschwitzgrab. Hatte Franciszek damals doch recht, als er behauptete, du würdest leben.«

Trotz der unausweichlichen Gewissheit zu sterben, blieben ihre Gedanken geordnet.

Janucka entspannte sich, für den Moment spürte sie auch keine Schmerzen.

»Bist du hier, um über mich zu urteilen?«

»Du meinst, ich wäre dein Richter?« Der Seelenfresser kicherte.

»Nein, es ist mir egal, was ihr Menschen zu Lebzeiten treibt.« Die Kreatur rutschte etwas höher zu ihrem Gesicht, denn das Wasser stieg unaufhaltsam höher. Aber das beeindruckte Janucka nicht in diesem Augenblick.

Jetzt verlor das Gesicht des Wesens jegliche Freundlichkeit.

»Ich bin hier, um dir zu sagen, dass du dich mit dem Falschen eingelassen hast. Deine Seele ist verflucht! Du wirst für immer an

diesem Ort gefangen sein und ich sage dir: Verlasse niemals diesen Friedhof, sonst wirst du noch andere Schmerzen erfahren als die, welche dir jetzt noch bevorstehen. Denn dann gehörst du mir!«

Jetzt riss die Kreatur ihren Mund weit auf und ein schreckliches Gebiss kam zum Vorschein.

»Sei also gewarnt, meine Qualen dauern ewig. Gegen das, was ich dir antun kann, sind deine irdischen Schmerzen nur ein kleiner Albtraum, eine unwesentliche Erinnerung, ein Nichts!«

Das Licht erlosch und sie spürte, wie das Wesen an ihr herunterlief und im Wasser verschwand. Sofort spürte sie wieder die Verletzungen am ganzen Körper und die Realität ihres bevorstehenden Todes erfasste ihr Bewusstsein. Aber der Wahnsinn bemächtigte sich nicht ihres Verstandes. Sie begann zu toben, zu schreien, aber das Wasser stieg weiter.

Dann erreichte es ihren Mund, krampfhaft versuchte sie, den Kopf zu heben, der Nacken verspannte sich und für Minuten konnte sie ihren Mund über Wasser halten. Sie spürte, wie die Flüssigkeit in ihre Ohren lief, und dann kam der Augenblick, als sie die Lippen spitzte, um ihren letzten Atemzug zu machen. Das morastige Wasser lief ihr in den Mund. Es begann ein verzweifeltes Husten und Würgen, es dauerte noch Minuten, bis alles hinter ihr lag.

Der verkrampfte Körper erstarrte, der Lebensfaden der Hexe Janucka wurde durchtrennt.

Langsam verließen die Bauern den Platz ihres Wahnsinns, aber sie kamen nicht weit. Nach wenigen Metern hörten sie ein unheimliches Geräusch und dann sahen sie, wie sich eine Masse von Menschen über den Hügel auf ihr Dorf zu bewegte. Da die Kirche auf dem höchsten Punkt der gesamten Gegend stand, konnten sie das Gelände sehr gut überblicken.

Jetzt erkannten sie auch die Ursache des seltsamen Lärms. Es waren Ritter in ihren schweren Rüstungen.

»Die kommen von der Insel. Das war es, was Janucka im Sumpf zum Leben erweckt hatte.«

»Tote Krieger aus der Hölle!«, meinte einer der Bauern. »Gegen diese Teufel haben wir keine Chance. Alle in die Kirche, dort können wir uns am besten verbarrikadieren und unsere Familien sind auch dort!«

Alle liefen nun zur Kirche, dabei sahen sie, wie in ihrem Rücken die ersten Höfe in Flammen aufgingen. Das Heer der Ritter bewegte sich geradewegs auf die Kirche zu. Alles, was ihnen im Weg stand, wurde vernichtet.

Franciszek hielt Rikolow zurück.

»Komm, nicht in die Kirche!«

»Aber Elisa und das Kind sind dort und ich glaube, wir sind dort sicher.«

Rikolow zögerte.

»Nein, Elisa und Lydia sind in deiner Kammer, ich habe sie vorhin dort hingeschickt!«

»Aber warum?«

Franciszek zog den Gräbermacher hinter die Kirche, dort waren die Gebäude des Pfarrers und die Kammer, in der Elisa wartete.

»Vertrau mir!«, sagte Franciszek und schob den Widerstrebenden vor sich her. Inzwischen hatten die Bauern die Kirche erreicht und verriegelten von innen die Türen.

Die ersten Ritter erreichten den Friedhof. Gleichzeitig stieg Nebel aus dem Sumpf und bewegte sich zielstrebig auf die Kirche zu. Dabei umschloss er die Angreifer. Der Dunst schien jegliches Geräusch der Rüstungen und Waffen zu verschlucken. Wie ein Heer der Lautlosigkeit erreichten nun diese die Kirche. Der Nebel nahm inzwischen das ganze Gelände in Beschlag.

Elisa, das Kind und die beiden Männer rannten hinter der Kirche über den Friedhof zu den alten Gräbern am Ende des Gottesackers. Dort versteckten sie sich und konnten trotz des Nebels sehen, was an der Kirche geschah. Elisa sank auf die Knie und begann leise zu weinen, sie wusste, was geschehen würde. Dabei bedeckte sie mit ihren Händen das Gesicht des Kindes. Dieses wurde ganz ruhig, schien einzuschlafen und bekam nun nicht mehr mit, was geschah. Der anführende Ritter auf seinem Schlachtross hatte sein Schwert gezogen und schlug nun gegen die Tür am Hauptportal. Das Wummern der Schläge schallte über den ganzen Gottesacker. Aus der Kirche klang das laute Beten und Jammern der Bauern.

Lange und ohne Unterlass schlug der Ritter gegen die Tür. Plötzlich hielt er inne, und sie konnten sehen, wie er mit dem Schwert in Richtung Osten wies, die ersten Strahlen der Sonne wurden am Horizont sichtbar. Das musste ein Zeichen sein, die Angreifer versuchten nun mit ungeheurer Gewalt die Tore aufzubrechen. Es schien so, als würde die aufgehende Sonne ihren Angriff beenden können. Die Menschen in der Kirche verkrochen sich im Innersten des Gotteshauses, als klar wurde, dass die Tore nicht lange standhalten würden. Einige versammelten sich um den Pfarrer, der im Gebet versunken vor dem Altar hockte. Die Bauern begannen zu singen.

Jetzt brachen die Angreifer die Pforte auf und strömten in die Kirche, hinter dem letzten schloss sich die Tür wie von selbst. Es erhob sich ein fürchterliches Geschrei. Verzweifelt versuchten die eingeschlossenen Bauern sich zu wehren.

Es wurde ein unglaubliches Gemetzel. Jetzt flogen Krähen wie Geschosse von außen durch die Fenster in die Kirche. Von allen Seiten kamen die Vögel und stürzten sich in diese Hölle der Gewalt. Dann brach unter dem Altar ein Feuer aus und pflanzte sich rasend schnell über die uralten Kirchenbänke und Wandverkleidungen fort.

In wenigen Minuten schlugen die Flammen aus den hohen Fenstern der Kirche. Das Geschrei in der Kirche wurde schwächer, keine der Türen ließ sich von innen öffnen. Ein paar der Krähen kamen wieder aus den Fenstern geflogen. Die brennenden Tiere stürzten sich wie Feuerpfeile in die noch stehenden Häuser des Dorfes, alles stand in kurzer Zeit in Flammen.

In der Kirche konnte man nur noch das Krachen der brennenden Balken hören, kein menschlicher Laut drang mehr aus dieser Gluthölle.

Der Glockenturm brannte wie eine Fackel und plötzlich begannen die Kirchenglocken zu schlagen. Das Dach des Hauptgebäudes brach zusammen, eine gewaltige Funkenwolke stieg in den Himmel. Die steinernen Wände fingen an zu glühen, eine derartige Hitze entwickelte der Brand. Eine Seite des Turmes brach zusammen und jetzt konnten die vier Überlebenden eine absonderliche Beobachtung machen.

Auf halber Höhe des Glockenturms stand, auf einem der brennenden gewaltigen Querbalken, eine Person und brachte die Glocken zum Läuten. Der Strick brannte lichterloh, selbst diese Gestalt stand in Flammen, aber ohne Unterlass zog sie am Strick.

Rotglühend in seiner Rüstung stand er da oben, es musste der Ritter sein, welcher mit seinem Schwert gegen die Tür geschlagen hatte. Sie konnten sehen, dass die Rüstung nur noch aus Flammen und heißer Glut bestand, aber er läutete weiter. Dann brach die Halterung der Glocke, sie stürzte nach unten und begrub den Ritter unter sich. Den ganzen Tag blieben sie auf dem Friedhof und sahen zur Kirche. Am Ende waren nur Trümmer zu sehen. Nichts erinnerte daran, dass an diesem Ort die gewaltigste Kirche der Gegend gestanden hatte. Ein paar Steine der Grundmauern standen noch übereinander. Alles andere bestand nur noch aus dampfender Asche, die der Wind schnell in der Gegend verteilen würde. Auch das Dorf gab es nicht mehr, alles war verbrannt, nichts hatten die Flammen verschont.

Später dachte Franciszek lange über die Ereignisse nach und es gab nur eine schlüssige Erklärung für ihn. Alles musste mit dem Bau der Kirche zusammenhängen, und er erinnerte sich, dass ihm der alte Tod das Datum seiner Zeugung nannte, den 15. Juli 1410. An diesem Tag hatten die polnischen Fürsten zusammen mit Litauen den Deutschen Ritterorden bei Tannenberg geschlagen. In dieser Zeit, vielleicht auch an diesem Tag, wurde der Grundstein für diese Kirche gelegt und der Landesfürst hatte wahrscheinlich die gefangenen Ritter aus der Schlacht hierher verschleppt, und mit ihnen den Bau der Kirche begonnen. Es musste das Elend, die Wut und der Hass dieser ersten Sklaven gewesen sein, die hier unter den denkbar schlimmsten Voraussetzungen eine Kirche aus dem Sumpf errichtet hatten. Das Abschlachten der beiden Dörfer beendete nun das Unglück, welches vor so vielen Jahren hier, an diesem Ort, seinen Ursprung fand.

Sie blieben noch einige Tage in dem zerstörten Dorf. Rikolow hatte in einer ausgebrannten Scheune eine Notunterkunft geschaffen. Sie trieben die verstreuten Pferde zusammen und das wenige Vieh, das dem Feuertod entfliehen konnte.

Franciszek und Rikolow zimmerten einen großen Planwagen, auf dem sie ein paar Sachen verstauen konnten, die sie in den Trümmern gefunden hatten. Rikolow verbrachte einen ganzen Nachmittag am Grab seines Freundes, er nahm Abschied.

Sie waren sich alle sicher, dass keiner von ihnen wieder an diesen Ort zurückkehren würde.

Der Seelenfresser bedauerte es nicht, das Dorf zu verlassen. Seine Aufgabe bestand darin, Franciszek Josef Potoski zu begleiten, bis dieser seiner Aufgabe des Schattengebens überdrüssig wurde. Die Überwachung der verfluchten Seelen auf dem Gottesacker würde ein anderer übernehmen, es kümmerte ihn nicht. Seinesgleichen gab es genug, solange Menschen Unrecht taten, würde es immer Arbeit für die Seelenfresser geben.

Elisa wurde sehr still, sie kümmerte sich um das verschüchterte kleine Mädchen. Ihre ganze Liebe hatte nichts genützt, um dieses

Unglück zu verhindern. Die Macht des Bösen hatte sich als stärker erwiesen.

Dann eines Morgens verließen sie mit einigen Pferden und einer beachtlichen Zahl Vieh das Dorf in Richtung Krakau. Es dauerte Tage, bis sie ein kleines Dorf erreichten. Sie waren sich darüber einig, keiner Menschenseele von dem zu erzählen, was sie erlebt hatten. Das Dorf war nicht viel größer als das ihre, das sie verlassen hatten. Dort blieben sie nicht lange. Die Bauern traten Fremden genauso misstrauisch gegenüber, wie es in ihren beiden Dörfern gewesen war.

Noch befanden sie sich im Sumpfland am Fluss und der Pfarrer des Dorfes besorgte ihnen eine Unterkunft und Futter für ihre Tiere. Aber er drängte darauf, dass sie bald weiterziehen sollten. Franciszek begegnete einigen Bauern und gab ihnen einen Schatten, aber auch nur, weil ihn der kleine Seelenfresser bedrängte.

Als sie nach fast einer Woche die erste Stadt erreichten, verkauften sie alle Tiere. Nur mit dem Wagen und vier Pferden zogen sie weiter.

In Warschau fand Franciszek eine Anstellung in einer kirchlichen Einrichtung, die sich hauptsächlich um die Belange der katholischen Kirche kümmerte. Da Franciszek beweisen konnte, dass er sich nicht an einem Aufstand gegen die Russen 1863 beteiligt hatte, wurde er in der Verwaltung der neuen russischen Provinz »Weichselland« eingesetzt.

Rikolow, der viele Jahre seiner Jugend im Heer des Zaren gedient hatte, bekam gleichfalls in Warschau eine Stelle als Friedhofsgärtner auf dem Powazki-Friedhof. Allerdings musste er sich dort nur um die Bepflanzung der ganzen Anlage kümmern, die Bestattungen übernahm ein anderer. Aber Rikolow war damit sehr zufrieden, so konnte er sich von den Menschen fernhalten und in der Natur des Friedhofes leben.

Als sie Warschau erreichten, gab Franciszek Elisa und Lydia einen sehr langen Schatten. Der kleine Seelenfresser hatte ihn so lange bedrängt, bis er endlich nachgab.

In der Stadt gab es zu viele Schattenmacher, der Seelenfresser konnte die beiden Frauen nicht immer begleiten.

Franciszek bezog mit Elisa und Lydia eine kleine Wohnung, die nah am Friedhof lag, auf dem Rikolow arbeitete. Elisa fand eine Stelle in einem nahegelegenen Heim für Waisenkinder und betreute auch alte Leute in ihrer Nachbarschaft.

Lydia verließ ihre Adoptiveltern im Alter von zwanzig Jahren und ging mit einem polnischen Anwalt nach Amerika. Jahre später erhielten Franciszek und Elisa einen Brief aus Boston, es ginge ihr gut, aber das Trauma ihrer Kindheit konnte sie nicht vergessen. Das blieb die letzte Nachricht, die sie erhielten.

Elisa sollte niemals ein Kind bekommen, sie starb leise an dem Tag, als die deutschen Truppen 1915 in Warschau einmarschierten an einer unbekannten Krankheit, die ihren Körper von innen zerstörte. Franciszek konnte es einfach nicht begreifen, ihr Schatten hatte noch immer eine beachtliche Länge. Auch der kleine Seelenfresser wusste keinen Rat. Vielleicht hatte der Kummer über die Ereignisse im Dorf niemals ihre Seele verlassen. Mit Morphium linderte er ihre Schmerzen bis zum letzten Tag. Ihre Liebe zu Franciszek war darüber nie erloschen.

Rikolow musste nach ihrem Tod erleben, wie sich Franciszek veränderte, er kam über den Verlust nicht hinweg. Schon Jahre zuvor hatte er darunter gelitten, ihren körperlichen Verfall zu erleben, Elisa alterte aus einem nicht ersichtlichen Grund immer schneller, als würde sie ihre Lebenskraft für andere verwenden. Ihr fiel natürlich auf, dass die Zeit Franciszek nichts anzuhaben schien, wie sie immer wieder erwähnte, und sie schien glücklich darüber zu sein, bis zu ihrem letzten Tag.

Ein halbes Jahr nach ihrer Bestattung riefen der deutsche Kaiser und Kaiser Franz Joseph aus Österreich das selbständige Polen aus. An diesem Abend kam Rikolow zu Franciszek, und es sollte das letzte Mal sein, dass sich die beiden unterhielten.

»Jetzt, wo Polen frei ist, werde ich nach Amerika gehen.« Ohne eine weitere Einleitung stellte er Franciszek vor seine Entscheidung. Dann nahm er seine alte Pfeife heraus und begann sein ewiges Ritual des Tabakstopfens. Franciszek beobachtete ihn und nickte, er sprach kein Wort.

»Junge, komm doch mit! Vielleicht reist du nach Boston zu deiner Tochter?«

»Nein, Rikolow, ich kann Elisa nicht verlassen!«

»Aber Junge, sie ist nicht mehr hier, sie, sie...« Er konnte es nicht aussprechen. Es brach dem alten Friedhofsgärtner das Herz, wenn er Franciszek von Elisa sprechen hörte. Die unendliche Traurigkeit hatte den Jungen verändert.

»Du musst irgendwann damit aufhören, lass sie endlich gehen!«

»Ich kann nicht, es ist, als hätte ich einen eisernen Ring um mein Herz. Ich würde sterben, wenn ich diesen Ort verlasse.« Rikolow schwieg eine Weile, da ihm der Schmerz Franciszek die Kehle zuschnürte.

Er hatte den schrecklichen Tag nicht vergessen, als Elisas Herz aufhörte zu schlagen. Als ihr Leben erlosch, lag sie in Franciszeks Armen, er spürte genau, wann der Zeitpunkt gekommen war. Ruhig, voller Liebe schlief sie für immer ein, während Franciszek ihren schwachen Körper an sich presste.

Rikolow kam erst am nächsten Abend zu Franciszek und fand ihn mit Elisa im Arm. Der Glanz in seinen Augen war erloschen. Rikolow wandte sich wieder an Franciszek.

»Findest du nicht, dass wir beide ein etwas sonderbares Verhältnis zum Tod haben?«

»Ja, ich weiß, was du meinst, wir altern sehr langsam.« Finster lachte Rikolow.

»›Sehr langsam‹ wäre gelinde gesagt ein zaghafter Ausdruck, mein Freund. Ich bin inzwischen weit über hundert Jahre alt. Ein polnischer Fälscher musste meine Papiere etwas umändern, damit kein Mensch dahinterkommt!«

»Ich weiß...« Franciszek hatte dem Friedhofsgärtner nie erzählt, was die wirkliche Quelle ihres Lebens war.

»Und du selbst, mein lieber Junge, hast wohl das gleiche Problem. Ich glaube bald, seit deinem vierzigsten Geburtstag hast du dich überhaupt nicht mehr verändert.«

Franciszek wusste, warum. In Krakau gab es unendlich viele Menschen ohne den zweiten Schatten. Seit Elisas Tod hatte er aber damit aufgehört.

Zum ersten Mal bereute er den Umstand, so lange leben zu dürfen. Erst als Elisa ihn verließ, verstand er mit aller Konsequenz, was der alte Tod ihm damals gesagt hatte. Zeit, der unendliche Vorrat an Zeit konnte grausam sein.

Rikolow schlug leicht auf den Kopf seiner Pfeife.

»Ich glaube, das hat alles mit unserer alten Kirche in den Sümpfen zu schaffen, nur von dort kann so etwas kommen.«

Jetzt neigte er sich leicht nach vorn und legte seine Hände ins Gesicht.

»Ich frage mich oft, ob es nicht eher ein furchtbarer Fluch ist. Ich will nicht ewig leben, Franciszek.«

»Das wirst du nicht, mein Freund, du alterst nur etwas langsam.«

»Darum muss ich nach Amerika gehen, dort kennt mich kein Mensch. Ich möchte die schneebedeckten Berge sehen in Alaska. Wenn ich noch so lange zu leben habe, werde ich eine Hütte bauen, mitten in der Wildnis. Dort, wo keine Menschen sind.« Rikolow starrte in die Ferne, als könnte er die Hütte schon sehen.

Er hatte lange darüber nachgedacht, seit Elisa sie verlassen hatte. Er wusste nicht, ob er die Trennung vom kleinen Potoski verkraften würde. Aber auf der anderen Seite bereitete es ihm Schmerzen mit anzusehen, wie der Junge unter dem Verlust litt. Seit ihrem Tod verbrachte Franciszek viele Nächte auf dem Friedhof an ihrem Grab und Rikolow konnte dort einfach nicht mehr hingehen. Franciszek stand auf und nahm den großen und noch immer kräftigen Mann in den Arm. Er wusste, dass Rikolows Schatten noch lang genug sein würde, um eine Hütte in den Bergen zu bauen, um noch viele Jahre dort zu leben.

»Geh nach Amerika, mein Freund, geh! Steh auf, packe deine Sachen und verlasse diesen Ort. Verabschiede dich nicht von mir, geh einfach, als würdest du morgen wiederkommen. So ist es für uns beide nicht so schwer!«

Lange hielten sie sich an diesem Abend in den Armen, dann drückte

Franciszek den alten Mann leicht von sich. Rikolow verließ das Zimmer, ohne ein Wort zu sagen, und verschwand. Franciszek sah ihm aus dem Fenster nach, solange bis ihn die Dunkelheit der Straße verschluckte.

Im Sommer 1989 fanden Waldarbeiter in einem kleinen Tal der Rocky Mountains eine alte Goldgräberhütte. Unweit von dem Haus entdeckten sie auf einer Bank den Leichnam eines Mannes. Von Weitem sah es aus, als würde er dort sitzen und für alle Zeit in das Tal blicken. Sie waren überrascht, in dieser Gegend überhaupt eine menschliche Behausung zu finden, denn dieses Waldgebiet war so abgelegen und unzugänglich, dass schon seit Jahren kein Mensch mehr in dieser Gegend gewesen war. Selbst spätere Nachforschungen in der nächstgelegenen Umgebung, wo sich ein kleiner Ort befand, ergaben nichts. Niemand wusste von dem Alten in den Bergen.

Seiner Kleidung nach zu urteilen ein alter Fallensteller, der in den warmen Monaten in einem kleinen Bachlauf nach Gold schürfte und im Winter von der Jagd lebte. In seinen großen, vom rauen Wetter gegerbten Händen hielt er eine alte Pfeife. In der Hütte entdeckten sie des Weiteren einen kleinen Goldvorrat und dessen Papiere. Spätere Untersuchungen der Polizei ergaben, dass es sich um einen polnischen Einwanderer handelte, mit einem schlecht gefälschten Pass. Demnach hätte der Alte fast zweihundert Jahre alt sein müssen, was sicherlich auf die schlechte Arbeit der Fälscher zurückgeführt werden musste.

Oder der Tote hatte nie einen Pass besessen und dieser musste von einem seiner Ahnen stammen, da er einen sehr alten Einreisestempel hatte, von einer Zeit, als viele Polen nach Amerika auswanderten. Die Behörden beschlossen, den Mann neben seinem Haus zu bestatten. Ein schlichtes Holzkreuz aus Birkenholz kennzeichnete die Stelle. Einer der Waldarbeiter fertigte ein kleines Holzbrett an und schrieb den Namen »Rikolow« mit Kohlestift darauf und das Datum seiner Bestattung, dann verließen sie das Tal.

Es würde Jahre dauern, bis wieder Menschen in dem Tal auftauchten, eine Gruppe von Jägern fand die alte Hütte, welche inzwischen fast in sich zusammengestürzt war, und sie entdeckten auch das Grab hinter dem Haus. Obwohl es deutlich zu erkennen war, dass seit Jahren kein Mensch an diesem Ort gewesen war, das Grab war vollkommen verwildert, machte das Kreuz aus Holz den Eindruck, als hätte man es gerade aufgestellt. Auf einer kleinen Holztafel hatte der Regen vermutlich den Namen verwischt und die schwarze Schrift sah nun aus wie ein fliegender schwarzer Vogel.

Warschau nach der Jahrtausendwende. Die Welt hatte den vorhergesagten globalen Untergang überstanden. Das neue Jahrtausend hatte begonnen.

Auf einer Bank, mitten auf dem ältesten Friedhof Warschaus, saß ein junger Mann und blickte in die sternenklare Nacht. Er genoss es, hier ungestört den Himmel beobachten zu können. Er war ein besonderes Kind. Seine Mutter brachte ihn in einem militärisch abgeschirmten Gebiet in der Tiefe Russlands zur Welt.

Dort ereignete sich vor achtzehn Jahren eine Strahlungskatastrophe. Zu diesem Zeitpunkt lag seine Mutter im Kreißsaal des örtlichen Krankenhauses. Als die ersten Hilfstruppen eintrafen, fanden sie nur noch Tote auf dem Gelände.

Nur in einem Zimmer, der Säuglingsstation, gab es einen Überlebenden. Ein neugeborener Knabe brüllte vor Hunger. Das Kind wies keinerlei gesundheitsschädigende Strahlenwerte auf. Man brachte den Jungen in ein Kinderheim. Von dort unternahm er mehrere Fluchtversuche und lebte zeitweise auf der Straße, bis er immer wieder von den Ordnungskräften aufgegriffen wurde. Alle Vermittlungen in Pflegefamilien schlugen fehl. Der Junge ließ sich einfach nicht unter Kontrolle bringen.

Als er volljährig war, ging er zu Fuß nach Polen. In Warschau angekommen schlug er sich mit Gelegenheitsarbeiten durch. Mit Hilfe einer polnischen Hilfsorganisation wurde ihm eine feste Wohnung zugewiesen und er bekam die Möglichkeit, noch zwei weitere Jahre zur Schule zu gehen. Dort erwies sich der Junge als ausgesprochen intelligent und begann ein Studium an der Universität. Obwohl er zu den fähigsten Köpfen der Uni zählte, lebte er sehr zurückgezogen. Man konnte ihn als menschenscheu bezeichnen.

In einer der Nächte setzte sich ein älterer Mann zu dem Jungen auf die Bank. Sie unterhielten sich lange. Hätte ein Fremder die beiden Männer beobachtet, hätte er den Eindruck gehabt, die Männer auf der Bank würden eine kleine Engelsfigur auf einem Grabstein in ihr Gespräch mit einbeziehen.

Der ältere Mann unterbreitete dem jüngeren ein erstaunliches Angebot, welches dieser nicht abschlug.

Zwei Tage später fand ein Friedhofsgärtner die Leiche eines alten Mannes unter einem wundervollen Grabstein. Der Leichnam lag in einer seltsamen Stellung neben dem Grab, als würde er dort friedlich schlafen. Das Grab musste ein reicher Mann während des ersten Weltkrieges angelegt haben. Die Grabpflege wurde schon seit Jahren von einer Stiftung bezahlt. Auf dem wundervollen Grabstein stand nur ein Wort: »Elisa«.

In den Papieren des Toten stand als Geburtsort ein Dorf, welches die Behörden nicht kannten. Als im Kirchenblatt die Beerdigung verkündet wurde, tauchte die Tochter eines bedeutender Anwalt aus Amerika, auf.

Er veranlasste als Testamentsvollstrecker, dass der gefundene Leichnam eines Franciszek Josef Potoski mit in das Grab mit dem Namen »Elisa« gelegt wurde. Auf Wunsch des Verstorbenen wurde auf dem alten Grabstein ein kleiner steinerner Engel befestigt, an einer Stelle, die aussah, als wäre sie schon immer dafür vorgesehen gewesen.

© 2021, Thomas Brösing,
Herstellung und Verlag: BoD – Books on Demand,
Norderstedt
ISBN: 9783753416724